MIA C. BRUNNER

Tod zum Viehscheid

ALPTRAUMHAFT SPANNEND Kurz vor dem traditionellen Alpabtrieb wird neben einer Hütte in den Oberstdorfer Bergen die Leiche eines jungen Mannes gefunden. Hauptkommissar Forster steht zunächst vor einem Rätsel. Die Ermittlungen führen ihn zu zwei verfeindeten Landwirten. Ein Jungvieh ist verschwunden. Es handelt sich dabei um den letzten Nachkommen einer preisgekrönten Kuh, die den Rothausens gehört. Familie Mühlbrunner allerdings erhebt Anspruch auf das Tier. Ist der Streit um die prämierte Kuh derart eskaliert, dass deshalb ein Mensch sterben musste? Oder hat das Motiv etwas mit der alten Bauernhausruine zu tun, in der unheimliche Dinge geschehen und in der ein weiterer Mensch fast sein Leben verliert? Als wäre die Aufklärung dieses Mordfalls nicht schon genug, muss Florian Forster auch noch in seinem privaten Umfeld ermitteln und gräbt ein Familiengeheimnis aus, von dem er sich wünscht, es nie erfahren zu haben.

Mia C. Brunner wurde in Wedel in der Nähe von Hamburg geboren. Seit 15 Jahren lebt sie mit ihrem Mann und ihren zwei Töchtern im Allgäu. Waren es früher nur Kurzgeschichten, die sie für ihre Kinder schrieb, machte sie später ihre ersten Krimierfahrungen mit selbstverfassten Dinnerkrimis, in denen sie ihre Faszination fürs Schreiben und ihre Leidenschaft fürs Kochen verbinden konnte. »Tod zum Viehscheid« ist ihr fünfter Allgäu-Krimi im Gmeiner-Verlag.

MIA C. BRUNNER

Tod zum Viehscheid

Allgäu-Krimi

GMEINER

Immer informiert

Spannung pur – mit unserem Newsletter informieren wir Sie regelmäßig über Wissenswertes aus unserer Bücherwelt.

Gefällt mir!

Facebook: @Gmeiner.Verlag
Instagram: @gmeinerverlag
Twitter: @GmeinerVerlag

FSC www.fsc.org
MIX
Papier aus verantwortungsvollen Quellen
FSC® C083411

Besuchen Sie uns im Internet:
www.gmeiner-verlag.de

Im Ehnried 5, 88605 Meßkirch
Telefon 07575/2095-0
info@gmeiner-verlag.de

1. Auflage 2021

Lektorat: Christine Braun
Herstellung: Mirjam Hecht
Umschlaggestaltung: U.O.R.G. Lutz Eberle, Stuttgart
unter Verwendung eines Fotos von: © Dozey / stock.adobe.com
Druck: CPI books GmbH, Leck
Printed in Germany
ISBN 978-3-8392-0084-1

Personen und Handlung sind frei erfunden.
Ähnlichkeiten mit lebenden oder toten Personen
sind rein zufällig und nicht beabsichtigt.

1

Die Faust traf ihn mit einer solchen Wucht im Gesicht, dass sein Kopf zur Seite geschleudert wurde und Blut aus seiner Nase und der aufgeplatzten Lippe gegen den alten Holzbalken spritzte, der den Dachbalken stützte. Noch während er fiel, riss er die Arme in die Höhe und versuchte sich umzudrehen. Doch vergeblich. Sein Hinterkopf prallte gegen den Metallrahmen der offenen Tür. Dann schlug sein Körper der Länge nach rückwärts auf dem Steinboden auf.

Er lag in einer Pferdebox.

Sein Herz raste, sein Kopf dröhnte und fühlte sich an, als würde er jeden Moment platzen.

Mit einem schweren Stiefel trat ihm jemand brutal in die Seite. Der Schmerz, der ihm augenblicklich durch die Lunge fuhr, raubte ihm kurzzeitig den Atem. Hustend und würgend spuckte er einen Schwall frischen Blutes auf den kalten Boden und versuchte verzweifelt, Sauerstoff in seine Lunge zu bekommen.

»Lass dich hier nie wieder blicken, Rotzleffl, damischr Siech!«

Kaum hatte er sich von dem ersten Angriff erholt, ließ ein erneuter Tritt gegen seine linke Schulter ihn gequält aufschreien.

»Jetzt verschwinde, du Seggl. Oder hast du noch immer nicht genug?«

Der Angreifer packte ihn am Kragen und riss ihn

vom Boden hoch, um ihn kurz darauf mit voller Wucht gegen den steinernen Futtertrog zu stoßen.

Es grenzte an ein Wunder, dass er das Bewusstsein nicht verlor, denn nun packte sein Gegner ihn direkt unter dem Kinn und schlug seinen Kopf brutal gegen die Wand. Als er die zwei Hände links und rechts an seinem Hals spürte, die ihn von vorn packten und sich um seinen Nacken legten, wusste er, dass er nicht mehr lange durchhielt. Er flehte innerlich, endlich ohnmächtig zu werden. Die Schmerzen waren unerträglich.

»Bitte nicht!«, nuschelte er durch seine verletzten, angeschwollenen Lippen. Blut tropfte aus seiner Nase und besudelte sein Hemd und den Boden vor seinen Füßen. Dann wurde sein Kopf blitzschnell nach unten gerissen, ein Knie donnerte gegen seine linke Schläfe. Bevor der neue Schmerz einsetzte, verlor er die Kontrolle über seinen Körper, sackte zusammen und blieb reglos am Boden liegen.

»Morgen will ich dich hier nicht mehr sehen, Sauseggl, damischr!«, fluchte der Mann zum wiederholten Male und verließ die Pferdebox. Er schlug das große Holztor der Scheune mit einer solchen Kraft zu, dass die Bretterwände zwischen den einzelnen Boxen heftig vibrierten.

In dem Moment, als der Angreifer das Gebäude verließ, fiel die alte brennende Öllampe, die auf einer der hohen Zwischenwände gestanden hatte, scheppernd zu Boden. Ein kleiner Funke reichte, um die wenigen Halme trockenen Strohs, die in der leeren Pferdebox lagen, augenblicklich zu entzünden.

2

Auch nach dem dritten Klingeln öffnete niemand.

Im Haus lief klassische Musik in einer Lautstärke, dass man es durch die geschlossene Haustür hören konnte.

Er klingelte Sturm. Es musste doch jemand zu Hause sein, wenn Musik lief.

Die Geräusche im Haus verstummten kurz. Dann erklangen die ersten Töne eines weiteren Stückes.

Genervt verdrehte er die Augen. Das 3. Brandenburgische Konzert von Johann Sebastian Bach. Wie oft hatte er das früher spielen müssen? Und wie oft war er kläglich daran gescheitert? Erst nach über zehn Jahren Klavierunterricht hatte seine Mutter eingesehen, dass aus ihm niemals ein berühmter Pianist werden würde. Er selbst hatte das schon nach wenigen Unterrichtsstunden gewusst. Völlige Talentfreiheit und das Fehlen jeglicher Bemühung hatte sein Klavierlehrer ihm früh bescheinigt, doch seine Mutter hatte etwas länger gebraucht, um zur gleichen Erkenntnis zu kommen, und Mittel und Wege gefunden, ihn immer wieder zum Üben zu zwingen. Noch heute, über zwei Jahre nach seiner letzten Klavierstunde, breitete sich dieses unangenehme Gefühl angewiderter Abneigung in seiner Brust aus, sobald er ein klassisches Musikstück hörte. Er lächelte gequält, rieb sich den Nacken und atmete ein paarmal tief durch.

Als nach erneutem Klingeln wieder keiner öffnete, ging er ums Haus herum und hoffte, sich an einer Fensterscheibe bemerkbar machen zu können. Vielleicht nahmen die Bewohner des Hauses die Hausglocke aufgrund der lauten Musik nicht wahr.

Er spähte in jedes Fenster, an dem er vorbeikam, sah aber niemanden.

Ob tatsächlich keiner daheim war? Das wäre seltsam, schließlich hatte er einen Termin mit dem Ehepaar Michelsbach. Vor einer Stunde wurde ihr Treffen kurzfristig per Telefon sogar noch bestätigt. Und entgegen seiner Natur war er ausnahmsweise pünktlich erschienen.

Die Terrassentür auf der Südseite des Grundstückes stand einen Spalt offen. Die Musik aus dem Inneren beschallte den hübsch dekorierten und penibel gepflegten Garten.

»Hallo? Frau Michelsbach? Herr Michelsbach? Ich bin's, Matteo. Darf ich reinkommen?«

Vorsichtig schob er die Glastür etwas weiter auf und schaute ins Wohnzimmer. Die Lautstärke des Bach-Konzertes hier drinnen war ohrenbetäubend.

»Hallo?«, schrie er, trat vorsichtig ein und drückte die Tür hinter sich zu. »Ich hab mir erlaubt, einfach reinzukommen. Bitte erschrecken Sie nicht. Frau Michelsbach? Wo sind Sie denn?«

Der umgekippte Rollstuhl gleich neben der Doppeltür zum Flur fiel ihm als Erstes ins Auge. Er ging hinüber, stellte ihn auf und schaute in den hellen Flur. Er sah die Haustür und warf einen Blick in die Küche.

»Hallo?«, versuchte er erneut, auf sich aufmerksam zu machen, seufzte dann resigniert und ging zur Stereoanlage unter dem großen Fenster auf der Westseite des Wohnzimmers. Er drehte den Lautstärkenregler ganz nach links.

Endlich wurde es still.

»So, jetzt wird mich sicher jemand hören«, sagte er zu sich selbst, drehte sich um und setzte zu einem weiteren Ruf an.

Da sah er sie.

Erschrocken sprang er einen Satz nach hinten. Er stolperte, fiel und prallte mit dem Rücken gegen die hohe Glasvitrine neben der Stereoanlage. Eine filigrane Kristallfigur, die oben auf der Vitrine stand, fiel um, rollte über den Rand und zerbarst auf dem Parkettboden in tausend Stücke.

Matteo atmete schwer, als er sich wieder aufrichtete, die Augen gebannt auf einen Punkt neben dem Sofa gerichtet. Er ging langsam auf das Sitzmöbel zu und beugte sich über den ersten toten Körper, der der Länge nach ausgestreckt rücklings auf dem Boden vor dem Sofa lag.

Blut. Überall war Blut.

Verzweifelt suchte er den Puls am Handgelenk, doch seine eigenen Hände zitterten so sehr, dass er nicht sicher war, die richtige Stelle zu finden. Also beugte er sich über den reglosen Körper und wiederholte seine Suche an der Halsschlagader.

Nichts. Kein Pochen. Kein Puls.

Die Frau war tot.

Ihre Haut war kalt, ihre Augen starrten zur Zimmerdecke und ihre Schläfe zierte eine dicke Beule.

Ein kurzer Blick auf den zweiten Körper, der auf der Schwelle zum Zimmer nebenan bäuchlings auf dem

Boden lag, verriet ihm, dass auch dort jede Hilfe zu spät kam. Eine riesige Blutlache quoll unter dem Körper hervor und besudelte das Parkett des Wohnzimmers sowie den Teppichboden im angrenzenden Raum. Im Rücken des toten Mannes steckte ein silberner, vermutlich antiker Brieföffner, die Klinge so tief im Körper versenkt, dass nur noch der edel verzierte Griff herausragte.

Matteo wurde übel. Er wusste nicht, was er tun sollte. Panik ergriff ihn, lähmte ihn, und er taumelte unbeholfen durchs Zimmer, bevor er plötzlich laut schrie. Auf dem Weg zur Terrassentür stieß er mit dem Knie gegen den niedrigen Glastisch vor dem Sofa, stöhnte schmerzerfüllt auf und verließ humpelnd, aber dennoch fluchtartig das Haus und das Anwesen der Familie Michelsbach.

*

»Ach, komm schon. Der Termin steht seit über einer Woche fest. Du kannst das jetzt nicht so kurzfristig absagen.« Florian verschränkte die Arme vor der Brust, lehnte sich an den Türrahmen, schaute ins Schlafzimmer und beobachtete, wie Jessica hektisch die Knöpfe ihrer Bluse aufmachte, sie auszog und neben die schwarze Jeans auf das Bett warf. Dann griff sie nach einem T-Shirt.

»Es tut mir wirklich leid, Florian«, sagte sie und sah den enttäuschten Ausdruck auf seinem Gesicht. »Ich muss schnellstmöglich zum Tatort. Detlef hat sich vorgestern krankgemeldet, und ich musste seine Rufbereitschaft an diesem Wochenende übernehmen. Entschuldige, ich habe vergessen, es dir zu erzählen. Ich habe selbst schon nicht mehr daran gedacht, weil ja meistens nichts passiert. Aber jetzt ist etwas passiert und ich muss sofort los. Sagst du bitte die Reservierung ab?«

Florian seufzte, drehte sich auf dem Absatz um und lief ins Wohnzimmer.

Wenige Minuten später kam Jessica ihm nach. »Du siehst übrigens richtig schick aus«, lobte sie ihn und gab ihm einen Kuss. »Wir holen das nach, versprochen. Nur warne mich das nächste Mal bitte vor. Neben dir hätte ich in Jeans und Bluse total unscheinbar gewirkt.« Sie wies auf sein dunkelblaues Jackett. »Was gibt es denn zu feiern? Habe ich unseren Jahrestag vergessen?«

»Nein. Ich wollte einfach mal wieder mit dir ausgehen. Ich finde, das machen wir in letzter Zeit viel zu selten.« Florian sah sie ernst an und küsste sie auf die Stirn. »Verschwinde endlich.«

Als Jessica das Wohnzimmer verlassen hatte und er nach wenigen Sekunden die Haustür im unteren Stockwerk zuschlagen hörte, ließ er sich seufzend auf den Sessel fallen, zog eine kleine Schachtel aus seiner Hosentasche, legte sie auf den Tisch, streckte seine Beine aus und platzierte seine Füße direkt daneben.

Er sah die winzige Schachtel lange an.

»Immerhin hat sie heute nicht Nein gesagt«, murmelte er und schloss lächelnd die Augen.

*

Der Tatort irritierte sie.

Jessicas erster Eindruck von den zwei toten Menschen auf dem Boden war, dass sich die Frau heftig gewehrt haben musste. Sie hatte neben der Kopfwunde, die offensichtlich schlimm geblutet hatte, geschwollene rote Prellungen im Gesicht und an den Unterarmen. Typische Abwehrverletzungen. Der Mann dagegen war scheinbar auf der Flucht aus dem Raum von hinten niedergestreckt worden. Sein Gesicht konnte Jessica nicht sehen. Vielleicht war er ebenso wie seine Frau vor seinem Sturz geschlagen worden.

Die zwei Beamten, die die Leichen nach dem Hinweis eines anonymen Telefonanrufers vor einer Stunde gefunden hatten, bestätigten, dass es sich bei den Toten mit hoher Wahrscheinlichkeit um das Ehepaar Michelsbach handelte, den Bewohnern dieses Hauses.

Waren die beiden gezielt angegriffen worden? Oder hatten sie einen Einbrecher überrascht? Nach einem Einbruch sah es hier allerdings nicht aus.

Das Wohnzimmer wirkte trotz der umgefallenen und zerschellten Kristallfigur neben der Glasvitrine sauber und aufgeräumt. Neben der Tür zum Flur stand ein Rollstuhl. Hatte er der Frau gehört? Oder war der Mann aus dem Stuhl gefallen und hatte sich mithilfe seiner Arme über den Fußboden gezogen, bis zu dem Ort, an dem er erstochen worden war? Aber wäre der Rollstuhl dann nicht umgekippt?

Jessica machte sich ein paar Notizen in ihr Smartphone und versuchte gleichzeitig, sich alles einzuprägen, was ihr wichtig erschien. Blut am Couchtisch, Terrassentür offen, Kaffee in einer Thermoskanne nebst drei Tassen auf dem kleinen Beistelltisch neben dem Sofa. In der Küche ein großes Tablett mit Kuchen.

Sie schlenderte zur Stereoanlage und bemerkte, dass

das Gerät eingeschaltet war, der Regler für die Lautstärke jedoch auf null stand.

»Haben Sie schon Fingerabdrücke von der Anlage genommen?«, fragte sie einen Mitarbeiter der Spurensicherung, der bestätigend nickte und sich wieder seiner Arbeit zuwandte.

Als Jessica am Knopf für die Lautstärke drehte, erklang klassische Musik.

»Das ist Bach, glaube ich«, sagte Ewe, der Rechtsmediziner und beste Freund ihres Freundes Florian. »Könnte eins der Brandenburgischen Konzerte sein, aber frag mich nicht, welches.« Er baute sich neben Jessica auf, zog seine Latexhandschuhe aus und ließ sie achtlos auf den Boden fallen. »Was machst du überhaupt hier? Hat nicht dein Kollege Kern heute Dienst? Und wolltest du nicht etwas mit Florian unternehmen?«

»Detlef ist krank, deshalb musste ich einspringen«, erklärte Jessica und sah Erwin »Ewe« Buchmann fragend an. »Kannst du mir schon etwas zum Todeszeitpunkt sagen?«

»Ja, ich schätze vor acht bis zehn Stunden, also vermutlich heute am späten Vormittag … oder etwas später.« Er schob den Ärmel seines weißen Schutzanzuges nach oben und sah auf seine Armbanduhr. »Jetzt ist es kurz nach 20 Uhr. Ja, kommt hin.«

»Gut. Und stimmt meine Vermutung, dass der Rollstuhl neben der Tür dem Mann gehörte?«, fragte die Hauptkommissarin und deutete auf den am Boden liegenden Mann. »Kannst du feststellen, ob er querschnittsgelähmt war?«

»Ähm, nein. Das kann ich ohne Untersuchung nicht. Jedenfalls macht es nicht den Anschein. Die Muskulatur an seinen Beinen ist gut entwickelt. Außerdem ist ein Bein angewinkelt, was bedeuten könnte, dass er es bewegt hat – oder dass es nach seinem Tod so drapiert wurde«, mutmaßte Ewe. »Doch der wichtigste Hinweis – natürlich werde ich das alles in der Rechtsmedizin noch einmal überprüfen – sind seine Schuhe. Siehst du? Die Sohlen sind abgenutzt. Ergo – er ist damit gelaufen.« Ewe grinste breit.

»Der Rollstuhl gehörte also der Frau?«, wollte Jessica wissen. Dann fielen ihr ein paar gerahmte Fotos über dem Kaminsims auf der anderen Seite des Wohnzimmers auf. Sie ging hinüber, um sich die Bilder genauer anzusehen. »Schau mal, Ewe. Der junge Mann auf dem Foto sitzt im Rollstuhl. Ihm gehört er vermutlich. Ist das der Sohn? Wo könnte der Junge sein?« Jessica dachte angestrengt nach und starrte dabei wie gebannt aus dem großen Fenster in den Garten.

Plötzlich kam ihr ein grausamer Gedanke. Erschrocken sah sie zu Ewe. »Oh Gott, hoffentlich finden wir hier nicht noch eine Leiche.«

Etwa eine Stunde später traf der Bereitschaftsdienst des Jugendamtes zusammen mit einem Krankenwagen ein und veranlasste den Transport des jungen Mannes in die Kinder- und Jugendpsychiatrie am Stadtrand von Kempten. Glücklicherweise war dem Sohn des Ehepaares Michelsbach, der wie ein junger Teenager aussah, doch fast 20 Jahre alt war, nichts passiert.

Jessica und die Beamten hatten das Haus durchsucht und Felix Michelsbach in seinem Bett liegend vorgefunden. Er hatte sie voller Angst angesehen, als sie sein Zimmer betreten hatten, aber keinen Ton herausgebracht. Ob er des Sprechens nicht mächtig war oder ob die Panik ihn lähmte, weil er den Mord an seinen Eltern mitbekommen hatte, konnte bisher niemand sagen. Allerdings stand außer Frage, dass er seine Eltern getötet hatte, denn er war nicht in der Lage, sich eigenständig aus dem Bett zu bewegen. Seine Arme waren spastisch gelähmt, was mit seinen Beinen war, wussten sie nicht. Seinen Kopf allerdings konnte er problemlos heben und bewegen. Jessica hatte das Gefühl, dass er verstand, was sie sagte. Er sah sie direkt an, wenn sie mit ihm sprach, gab aber keine Antwort.

Die Jugendamtsmitarbeiter brachten ihn vorerst in eine Klinik. Dort sollte er untersucht werden, auch um einzuschätzen, wo der junge Mann in Zukunft untergebracht werden konnte.

Vor Anfang nächster Woche brauchte Jessica nicht mit Untersuchungsergebnissen zu rechnen, und die DNA-Analyse der gefundenen Spuren würde mit Sicherheit noch ein paar Tage länger dauern. Wenn die Klinikleitung sie also am morgigen Sonntag nicht anrief, um ihr zu verkünden, dass der junge Michelsbach doch mit ihr reden konnte, würde sie erst am Montag an dem Fall weiterarbeiten können. Die Befragung der Nachbarn hatten die Kollegen der Streife bereits übernommen. Mehr gab es erst einmal nicht zu tun.

3

»Herrgott, warum ausgerechnet hier?« Ewe war mit seinen Kräften am Ende und ließ sich auf einen kleinen Felsen am Wegrand nieder. »Wie weit ist es denn noch?«

»Ich vermute, wir müssen dort hinten bei dem großen Holzstapel neben der Baumgruppe um die Ecke und dann in diese Richtung weiter. Vielleicht noch 500 Meter«, schätzte Florian und wies auf den Gipfel des Berges, der über den hohen Tannen auf der rechten Pfadseite gerade noch zu sehen war. »Wozu schleppst du auch immer so viel mit? Hätten ein paar Latexhandschuhe nicht ausgereicht? Glaub nur nicht, ich helfe dir mit dem schweren Koffer. Ich finde es auch anstrengend, dass es ständig bergauf geht. Bin doch keine Bergziege.« Er wischte sich mit dem Handrücken den Schweiß von der Stirn und schob die Ärmel seines Pullovers bis zum Ellenbogen hoch. Seine Jacke hatte er wohlweislich im Auto gelassen, das gute zwei Kilometer weiter unten am Wegrand stand. Dort, wo die Straße an einem Wanderparkplatz aufhörte und der ausgetretene schmale Pfad über üppig mit Gras und Kräutern bewachsene Bergwiesen anfing. Aufgrund des unebenen und recht steilen Weges war der Aufstieg zur Alpe äußerst kräftezehrend und sehr mühsam.

»Kann es endlich weitergehen?«, fragte Florian ungeduldig. »Wenn du ständig Pausen brauchst, sind wir nicht zurück im Präsidium, bis es dunkel wird. Hoch mit dir!«

»Es ist gerade mal 10 Uhr vormittags.« Ewe erhob sich stöhnend und griff nach seinem Metallkoffer. »Runter geht es sicherlich etwas schneller«, bemerkte er sarkastisch. »Ich habe jetzt schon das Gefühl, dass mein Koffer nichts lieber will, als nach unten zu kommen. Warum müssen Leichen auch immer an so unzugänglichen Stellen liegen?«

Heute in der Früh hatte sich ein Anrufer direkt an die Kemptener Dienststelle gewandt und von einer Leiche gleich neben seiner Alphütte berichtet. Er sei heute Morgen um kurz vor 4 Uhr quasi über diesen toten Menschen gestolpert, als er nach seiner einzigen Milchkuh rufen wollte, um sie zu melken. Über die Identität oder das Aussehen konnte dieser Alphirte nichts sagen, nur, dass es sich um einen Mann handelte.

Da Jessica mit dem Fall des ermordeten Ehepaares in Kempten betraut worden war, musste Florian diesen Todesfall übernehmen. Das kam ihm ganz gelegen, denn mit allergrößter Wahrscheinlichkeit war der Mann durch einen Unfall zu Tode gekommen. Niemand würde sich diesen schmalen Weg zur Alpe hinaufquälen, um dort oben einen Mord zu begehen. Da gab es bequemere Möglichkeiten.

Die Kluxhagener Alpe lag auf etwa 1.300 Metern Höhe an einem grasbewachsenen Berghang gegenüber dem imposanten Fellhorn und mit Blick auf das schöne Stillachtal. Die Hütte bestand aus einem einzigen Zimmer mit winzigen Fenstern. Wenn man durch die alte Holztür ins Innere wollte, musste man seinen Kopf einziehen, sonst stieß man mit der Stirn gegen den Türsturz.

Florian sah durch eins der Fenster hinein, konnte aber niemanden sehen.

Direkt neben der Hütte aus dunkelbraunem, teilweise verwittertem Holz stand ein kleiner Verschlag, der als Stall diente. Für die etwa 50 Rinder, die weitab der Alpe in den Berghängen grasten, reichte der winzige Unterstand niemals aus. In den kleinen Stall passten höchstens drei oder vier Kühe.

Am heutigen Tag hielten sich der Nebel und die tief hängende Wolkendecke bis in die frühen Mittagsstunden in den höheren Berglagen. Eben noch hatte die warme Augustsonne den mühsamen Aufstieg erschwert, hier oben auf der Alpe war es dagegen kühl, feucht und neblig.

»Ich habe keinen Empfang«, stellte Florian nach einem kurzen Blick auf sein Smartphone fest. »Haben Sie uns angerufen?«, fragte er den jungen Mann, der aus dem Stall trat, seine dunkelgraue Strickjacke auszog und neben der Tür an einen Haken hängte. Er schob die Ärmel seines karierten Hemdes nach oben und fuhr sich mit beiden Händen durch sein dunkelbraunes Haar.

»Ja, das habe ich«, bestätigte der Mann nickend und reichte dem Hauptkommissar die Hand. »Und bevor Sie fragen, ich bin auf dem Pfad etwas weiter ins Tal gelaufen. Nach ungefähr 600 bis 700 Metern hat man Handyempfang. Hier oben gar nicht«, erklärte er und stellte sich dann vor. »Georg Bruchstein. Ich bin der Alphirte.«

»Hauptkommissar Florian Forster. Und das ist Erwin Buchmann, der Rechtsmediziner. Sie haben die Leiche hoffentlich nicht bewegt«, mahnte Florian und sah sich suchend um. Einen Toten konnte er im Umkreis der Hütte jedenfalls nicht ausmachen. Von hier aus konnte man trotz des Nebels ungefähr 50 Meter weit sehen. Vielleicht lag der Tote hinter dem Gebäude.

»Sehen Sie den Zaun dort drüben?« Georg Bruchstein wies mit ausgestrecktem Arm auf einen Punkt östlich von ihnen. »Dahinter ist ein tiefer Spalt im Berg. Mir sind dort in den letzten Jahren einige Tiere verunglückt, deshalb habe ich diese Absperrung zum Schutz gebaut. Ich kontrolliere regelmäßig, ob trotz Zaun ein Tier hineingefallen und verendet ist. Heute Nacht hatten wir ein Unwetter mit heftigen Blitzen und Donner. Da weiß man nie, ob eines der Schumpen durchgeht und abstürzt. Heute früh habe ich dort unten aber kein Rindvieh, sondern eine Leiche gefunden.«

»Wie tief ist denn der Spalt?«, wollte Ewe wissen. »Kommen wir da runter?«

Der Alphirte griff nach einem Seil, das über einer niedrigen Mauer aus losen Steinen zu seiner Rechten hing. »Der Spalt – wir nennen ihn Klux-Klamm – ist etwa drei Meter lang, teilweise bis zu acht Meter breit und zwischen 10 und 15 Meter tief. Ich kann Sie mit dem Seil sichern und an einer ungefährlicheren Stelle runterlassen.«

»Ausgezeichnet«, brummte Ewe. »Es reicht ja nicht, dass ich heute einen Berg besteigen muss. Jetzt muss ich auch noch klettern gehen.«

»Ich würde es dir gerne abnehmen, Ewe. Aber ich habe keine Ahnung von Leichen«, sagte Florian grinsend. Und an Georg Bruchstein gewandt: »Haben Sie den Mann in der Felsspalte erkannt? Sind Sie immer allein auf der Hütte?«

»Den Mann kenne ich nicht. Das hoffe ich zumindest, denn man kann ihn nicht vollständig sehen. Der Körper liegt mit dem Gesicht nach unten zwischen und teilweise unter den Felsen. Es müssen sich ein paar größere Steinbrocken gelöst haben und auf ihn gefallen sein. Das Gestein ist an manchen Stellen der Klamm recht locker«, erklärte Bruchstein und ging mit weit ausholenden Schritten auf den besagten Zaun zu. »Und ja, ich bin hier oben fast immer allein. Die Schumpen und ich verbringen den ganzen Sommer in den Bergen. Insgesamt über drei Monate. Manchmal bekomme ich Besuch von meiner Frau und meiner Tochter. Sie bleiben dann ein paar Tage auf der Alpe.«

»Aber zurzeit …«, begann Florian, wurde jedoch sofort unterbrochen.

»Seit zwei Wochen bin ich allein. Wer von Ihnen will jetzt hinabsteigen?« Georg Bruchstein hielt das Seil herausfordernd in die Höhe.

Das Ende des dicken Taus lag neben ihm im Gras. Florian hatte sich am Rand des Abgrundes auf einen flachen Stein gesetzt, stützte die Ellenbogen auf den Knien ab und schaute zu Erwin Buchmann hinunter, der ungesichert am Grund der Bergspalte zwischen den Felsen herumkletterte und schließlich die Leiche erreichte.

Angenehm war der Anblick des toten Körpers nicht. Selbst von hier oben erkannte Florian die eingedrückte Schädeldecke am Hinterkopf der Leiche. Der Nebel hatte sich verzogen, die Sonne stand hoch am Himmel und ihr Licht erhellte den Spalt bis in die entferntesten Tiefen. Man konnte sehen, dass die Arme und Beine des Toten mehrfach gebrochen und unnatürlich verrenkt wie die Tentakel eines Kraken zwischen den Steinen lagen. Den größten Teil seines Rückens bedeckte ein schwerer Stein in der Größe einer Wassermelone. Immerhin war nirgends Blut zu sehen. Der Regen der letzten Nacht hatte alle Verletzungen und Schnittwunden an Armen und Hals ausgespült und gesäubert, sodass nur noch wunde rote Löcher in der Haut zu sehen waren.

Der Rechtsmediziner legte prüfend seine Finger an die Halsschlagader der abgestürzten Person, sah zu Florian hoch und schüttelte den Kopf.

»Hat ihm jemand auf den Schädel geschlagen?«, wollte der Hauptkommissar wissen und schaute kurz zu Georg Bruchstein, der neben ihm stand und ebenfalls hinunterblickte. »Vielleicht mit einem Stein?«

»Das kann sein«, bestätigte Ewe und sah sich die Kopfverletzung des Toten genauer an. »Aber den Schädelbruch kann sich der junge Mann auch durch den Sturz zugezogen haben, genau wie die Arm- und Beinbrüche.«

»Ein junger Mann also. Wie alt schätzt du ihn?« Florian ließ seine Füße über dem Abgrund baumeln und beugte sich ein kleines Stückchen vor. »Woran erkennst du sein Alter? Du kannst doch sein Gesicht gar nicht sehen.«

»Ich habe keine Ahnung, wie alt er ist«, brummte Ewe genervt. »Der Mann trägt ein sehr buntes Paar Turnschuhe, wie sie junge Leute bevorzugen. Auch der Sidecut, diese an einer Seite komplett rasierte Frisur, lässt auf einen jüngeren Menschen schließen. Ich stelle nur

Mutmaßungen an«, erklärte er. »Ich brauche meinen Koffer.«

Die Bergung der Leiche gestaltete sich äußerst schwierig.

Zuerst musste Florian ein ganzes Stück den Pfad hinunterlaufen, um mithilfe seines Smartphones die örtliche Bergrettung mit einem Hubschrauber anzufordern. Mit dem großen Transporter der Rechtsmedizin konnten sie den steilen Hang nicht hinauffahren. Ebenso war es nahezu unmöglich, die Leiche auf einer Trage über den Feldweg den Berg hinunterzuschaffen. Selbst ein Geländewagen mit viel PS und Vierradantrieb würde den steilen Anstieg kaum bewältigen.

Erst über eine Stunde später traf der Hubschrauber ein und landete direkt neben der kleinen Alphütte.

Der Älpler Georg Bruchstein hatte indes seine Herde in höhere Berglagen getrieben, um sie dem Stress der lauten Rotorblätter des Rettungshubschraubers nicht auszusetzen. Zwei Bergretter stiegen schließlich in die schmale Felsspalte hinab und stellten fest, dass sie die mitgebrachte Trage nicht verwenden konnten. Es war unmöglich, sie an den Seilen die Felswand hinaufzuziehen, ohne dass der darauf liegende Leichnam beschädigt wurde. Deshalb legten sie den Toten in eine Plane, banden diese zusammen und zogen das Paket so behutsam und langsam wie möglich hinauf. Die ganze Aktion dauerte mehrere Stunden.

Erst am späten Nachmittag war die Bergung abgeschlossen.

4

»Du bist wirklich ein Idiot. Ich habe dir genaue Anweisungen gegeben, und was machst du? Ich dachte, ich kann mich auf dich verlassen und du wärst endlich so weit. Aber du bist der Worte nicht wert, die ich hier sinnlos verliere.«

Die Standpauke, die er sich anhören musste, dauerte bereits 20 Minuten, und wann immer er versuchte, sich zu rechtfertigen, wurde er lautstark unterbrochen und wütend niedergeschrien.

»Ich dachte …«, startete er einen erneuten Versuch, verstummte jedoch augenblicklich, als er in das grimmige Gesicht sah. »Es tut mir leid. Ich verspreche, beim nächsten Mal …«

»Beim nächsten Mal?« Die wütende Stimme überschlug sich fast. »Ein nächstes Mal wird es so schnell nicht geben. Ich habe dir eingebläut, dass es beim ersten Mal klappen muss. Habe ich dir gesagt, es muss beim ersten Mal klappen?«, wiederholte er rhetorisch. »Du bist ein Idiot. Was soll nur aus dir werden?« Er ging mit weit ausholenden Schritten und erhobenem Haupt durch das halb dunkle Zimmer wie ein General, den Blick starr geradeaus, aufrecht, die Hände hinter seinem Rücken ineinandergelegt. »Du hast mir dein Wort gegeben«, rief er in das Zimmer, ohne den jungen Mann anzusehen. »Und ich gab dir meins. Wenn meine Anweisungen noch ein einziges Mal derart stümperhaft und ohne den gewünschten Erfolg ausgeführt werden, ist nicht nur unsere Abmachung gestorben«, drohte er, blieb stehen und sah ihn streng an. »Ich hoffe, wir verstehen uns.«

Der junge Mann nickte, trat einen Schritt zurück, senkte den Kopf und starrte auf den Boden. »Ich habe verstanden. So ein Fehler wird nie wieder vorkommen.«

*

Gegen 19 Uhr traf Florian wieder zu Hause ein und wurde stürmisch von Svenja und Tobias begrüßt, den Kindern von Susanne, Jessicas verstorbener Schwester. Seit drei Jahren waren die beiden in seiner und Jessicas Obhut, und er liebte sie inzwischen so, als wären es seine eigenen. Da der jüngere Tobias nach den Sommerferien in die zweite Klasse kam, wäre es langsam höchste Zeit für ein Geschwisterchen. Für Florian war die Sache glasklar. Zuerst würde er Jessica heiraten, dann die beiden Kinder adoptieren, die seit dem letzten Jahr Vollwaisen waren. Und in nicht allzu ferner Zukunft hätte er gern ein oder zwei weitere Kinder. Jessica ahnte von seinem Plan nichts. Florian wusste aber, dass sie an einer Adoption ihrer Nichte und ihres Neffen nichts auszusetzen hatte. Bei allem anderen war er sich nicht so sicher.

»Du kommst spät«, stellte Jessica ohne die Spur eines Vorwurfes fest, als sie die Treppe herunterkam und ihm zur Begrüßung einen Kuss gab. »Hast du Hunger? Ich kann dir die Reste vom Mittagessen aufwärmen.« Sie schickte die Kinder nach oben und ging in die Küche. »Es gibt Erbsen und Wurzeln und Frikadellen.«

»Fleischküchle«, korrigierte Florian augenzwinkernd und folgte ihr in die Küche. »Und es heißt Möhren oder gelbe Rüben.«

»Die gelben Rüben sind aber orange. Und wenn du etwas essen willst: Es sind nur Frikadellen da!« Sie grinste breit und zwinkerte ihm ebenfalls zu.

»Was auch immer. Hauptsache Nahrung.« Er gab sich geschlagen. »Ist meine Mutter heute nicht zu Hause?«

Maria Forster, der das alte Stadthaus in Kempten gehörte, in dem sie alle lebten, und die im unteren Stockwerk zwei Zimmer mit Bad und schöner Terrasse bewohnte, leistete ihnen abends beim Essen häufig Gesellschaft in der gemeinsamen Küche.

»Sie ist spazieren gegangen«, berichtete Jessica, holte den aufgewärmten Teller mit dem Gemüse und den Frikadellen aus der Mikrowelle und platzierte ihn vor Florian auf dem Tisch. »Aber du solltest dich dringend einmal mit ihr unterhalten, wenn sie zurückkommt.«

»Wieso? Habt ihr euch gestritten?«

»Quatsch.« Jessica schüttelte verständnislos den Kopf. »Maria war heute irgendwie komisch, ist jedem Gespräch ausgewichen und hatte extrem schlechte Laune. Sie wollte mir nicht sagen, was los ist. Vielleicht ist sie bei dir etwas aufgeschlossener.«

Jessicas besorgter Gesichtsausdruck beunruhigte Florian. Er zog jedoch zweifelnd eine Augenbraue hoch und schüttelte langsam den Kopf. »Meine Mutter hat mir noch nie erzählt, was sie bedrückt. Da bin ich vermutlich der falsche Ansprechpartner. Was ist denn genau passiert?«

Jessica zuckte ratlos mit den Schultern. »Heute Nachmittag war noch alles gut. Sie hat mit Tobi zusammen einen Kakao getrunken und mit ihm ein Brettspiel gespielt«, sagte sie und sah Florian nachdenklich an. »Vielleicht lag es an dem Besuch, der später gekommen ist.«

Weil Florian keine Anstalten machte, nach dem erwähnten Besuch zu fragen, fuhr sie fort: »Als ich mit Tobi zum Fußballtraining wollte, kam uns in der Einfahrt ein Mann entgegen und fragte mich, ob hier eine Maria Forster wohne. Ich habe genickt, mir nichts dabei gedacht und auch nicht nachgefragt. Er ist zur Haustür gegangen, und wir sind zum Sportplatz gefahren.«

»Was war das für ein Mann? Hat meine Mutter einen heimlichen Verehrer?« Jetzt lachte Florian. »Der arme Kerl. Meine Mutter ist einfach nicht der Typ für ernsthafte Beziehungen. Männer seien ihr viel zu anstrengend, hat sie vor Jahren einmal zu mir gesagt. Ich vermute, deshalb bin ich auch ohne Vater aufgewachsen.«

In seinen Worten lag kein Bedauern. Jessica wusste, dass Florian seinen Vater nie kennengelernt hatte und auch nicht unter seiner Abwesenheit litt. Was man nicht kennt, kann man nicht vermissen, lautete sein Motto.

»Es war ein älterer Herr, über 70, schätze ich. Weißes, volles Haar, sehr groß, schlank, aber breitschultrig. Imposante Erscheinung. Er wirkte wie ein ehemaliger Richter oder Basketballprofi.«

»Richter oder Basketballspieler?« Florian sah seine Freundin zweifelnd an.

»Was ist, wenn das dein Vater war?«, warf Jessica unerwartet ein.

Florian erschrak zuerst, lachte dann jedoch schallend. »Das ist absolut unmöglich«, brachte er kopfschüttelnd heraus und konnte sich vor Lachen kaum beruhigen. Ihre Aussage schien ihn so zu belustigen, dass er Tränen in den Augen hatte.

»Wieso ist das so abwegig?«, wollte Jessica wissen und klang gekränkt.

»Ganz abgesehen davon, dass ich in Sachen Körperbau nichts von ihm geerbt hätte«, begann er schmunzelnd, als er sich beruhigt hatte. »Ich bin weder hünenhaft groß wie ein Basketballspieler noch ehrgeizig und klug genug, um Richter zu werden.« Er verstummte kurz und dachte angestrengt nach. »Aber das mit dem vollen Haar im hohen Alter, das könnte mir schon gefallen.« Er nickte zustimmend und zwinkerte Jessica erneut zu. »Es ist trotzdem unmöglich. Mein Vater ist bereits vor meiner Geburt bei einem Autounfall ums Leben gekommen.«

*

Der sandige Feldweg war staubtrocken. Seit sie das kleine Mofa von der asphaltierten Straße auf die ausgefahrene, von unzähligen Schlaglöchern übersäte Nebenstraße gelenkt hatte, zog sie eine riesige Wolke aus aufgewirbeltem Staub hinter sich her. Selbst hier auf dem schmalen Streifen Feldweg, in den sie abbiegen musste, wenn sie die Wiese am Hang erreichen wollte, wurde es nicht besser. Sie hatte Mühe, das laut ratternde Gefährt in der schmalen Spur zu halten, weil der klapprige und etwas zu breite Anhänger mit seinen Rädern über die ausgefahrene Spurrinne hinausragte und über das viel zu lange Gras und Gestrüpp am Wegrand holperte.

Die Sonne brannte heute erbarmungslos vom wolkenlosen Himmel. Bereits jetzt um kurz nach halb elf war es unerträglich heiß, und sie war dankbar, dass Tante Gertrud sie heute in der Küche gebraucht hatte. So blieb ihr die schweißtreibende Arbeit auf dem Feld erspart. Morgen würde sie vermutlich weniger Glück haben. Dann würde Tante Gertrud entweder Rosa oder Gesa, eine ihrer Cousinen, für den Küchendienst abkommandieren.

»Da kommt Laura!«, hörte sie Simon trotz des Mofa-Geknatters rufen. Einige der Feldarbeiter hoben den Kopf und sahen in ihre Richtung. Gesa und Rosa winkten aufgeregt, ließen die Rechen fallen und rannten ihr lachend entgegen.

»Pause!«, rief Onkel Karl mit seiner tiefen, durchdringenden Stimme, stellte seinen Rechen an den großen Heuhaufen zu seiner Linken und wischte sich den Schweiß mit dem Unterarm von der Stirn.

Laura hielt am Rand der Wiese, stieg vom Mofa und öffnete die Plane über dem kleinen Anhänger. Alles schien heil geblieben zu sein. Tante Gertrud hatte die belegten Brote, die Gemüsesticks und den Eistee in Blechdosen und Thermoskannen für den Transport sicher verpackt. Ganz oben lag die Tageszeitung für ihren Onkel.

»Danke«, sagte er und nahm ihr die Zeitung ab. »Und wo ist mein Bier?«

»Hier, Onkel Karl. Aber Obacht, es ist ordentlich durchgeschüttelt worden.« Laura reichte ihm die Flasche, griff dann nach den Brotdosen und öffnete jede einzelne.

»Wurde Zeit, dass du kommst, Laura. Ich bin schon fix und fertig. Und Durst habe ich«, jammerte Rosa und rieb sich die schmerzenden Schultern. »Dabei sind Sommerferien. Da sollte man frei haben und lange schlafen, nicht den Tag mit Sklavenarbeit verbringen.«

Onkel Karl lachte nur. »Deine Ferien beginnen, wenn die Arbeit erledigt ist.«

Rosa, Gesa und die anderen durften sich eigentlich nicht beschweren. Jedes der Kinder und Jugendlichen auf dem Hof musste nur in den Ferien helfen, ansonsten bestanden Onkel Karl und Tante Gertrud darauf, dass sie ordentliche Schulen besuchten und eine vernünftige Ausbildung machten. Laura ging in die elfte Klasse des Gymnasiums, machte im nächsten Jahr ihr Abitur und wollte dann zum Studieren nach Augsburg. Sie wollte Grundschullehrerin werden. Das war ihr Traum, und den durfte sie leben. Ihre Eltern, die Schwester von Onkel Karl und ihr Mann, betrieben ganzjährig eine Sennalpe in Österreich. Laura sah die beiden nur ein paar Tage im Jahr. Sie war ihrem Onkel Karl sehr dankbar, dass sie seit Jahren wie eines seiner eigenen Kinder auf seinem Hof leben konnte. Ansonsten wäre es mit dem Schulbesuch und erst recht mit einem Gymnasium sehr schwierig geworden.

Neben den Familienmitgliedern gab es drei Helfer auf dem Hof. Einer davon war Simon. Heute war er der Einzige, der auf dem Feld half. Hendrik und Josef, die anderen beiden, hatten Stalldienst. Die Schumpen, also die Rinder, die noch keine Kälber hatten, waren zwar bis Mitte September auf der Alpe, doch die Milchkühe mussten versorgt werden. Außerdem sollten sich die beiden jungen Männer heute um den Pferdestall kümmern. Vor etwa einer Woche war den Rothausens fast der Stall abgebrannt. Grund dafür war eine Öllampe, die weder in den Stall gehörte noch mitten in der Nacht und dazu unbeaufsichtigt brennen durfte. Diese Lampe war umgefallen und hatte den Stall in Brand gesetzt, aber jemand hatte das Feuer gelöscht. Als Onkel Karl am frühen Morgen das Gebäude betreten hatte, hatte er die verkohlte Stallwand gesehen. Keiner wusste, wer das Feuer gelegt und wer es gelöscht hatte. Die drei Pferde hatten in dieser Nacht auf der Weide gestanden, warm genug war es, und die Tiere fühlten sich draußen am wohlsten.

Sie hatten Glück gehabt, dass nichts Schlimmes passiert war, trotzdem hatte Onkel Karl ihnen allen eine lange Predigt gehalten. Wer auch immer dieses Unglück heraufbeschworen habe, solle es nicht wagen, noch einmal mit einer brennenden Öllampe den Stall zu betreten. Schließlich hätten sie erstens elektrisches Licht und zweitens sei die Nacht zum Schlafen da, nicht zum Herumschleichen in leeren Ställen.

Auch Laura wusste nicht, wer in der fraglichen Nacht im Pferdestall gewesen war. Doch sie hatte eine Vermutung.

5

»Servus, Jessica.« Oberwachtmeister Glasinger hob kurz die Hand zum Gruß. »Wir haben den Verdächtigen in den Verhörraum 3 gebracht. Ein Kollege wartet dort, bis der Anwalt eintrifft.« Das Bedauern in seinem Gesicht war nicht gespielt, als er sagte: »Der Junge ist gerade 20 geworden, kommt aus gutem Hause. Wie kann es sein, dass der kaltblütig zwei Menschen ermordet?«

»Das habe ich mich auch gefragt«, sagte Jessica und reichte dem Oberwachtmeister ihre Hand. »Immerhin hat er eine ganz beachtliche Strafakte. Einbruchdiebstahl und mehrere aufgebrochene Autos. Vermutlich hat das Ehepaar Michelsbach ihn auf seinem Raubzug durchs Haus überrascht.« Sie sah ihrem Kollegen direkt in die Augen. »Wie geht es deiner Frau?«, wollte sie wissen, ließ seine Hand dabei nicht los und legte ihre zweite behutsam auf seinen linken Oberarm.

»Sylvia geht es gut. Sie ist im Moment auf einer Fortbildung. Erst neulich hat sie zu mir gesagt, sie müsse dich unbedingt mal wieder anrufen.« Glasinger lächelte, befreite sich aus Jessicas Hand, trat einen Schritt zurück und schob beide Hände in seine Hosentaschen. »Wenn sie zurück ist, dann kommt uns doch besuchen, du und Florian. Wir könnten grillen oder einfach ein Glas Wein zusammen trinken.«

»Sehr gern«, sagte Jessica und lächelte. »Grüße bitte Sylvia ganz lieb von mir. Vielleicht hat sie auch mal wieder Lust auf einen Mädelsabend mit Paula und mir.«

»Das hat sie sicher. Ich erzähle ihr heute Abend von deinem Vorschlag, wenn ich mit ihr telefoniere.«

Thomas Glasinger verabschiedete sich, und Jessica machte sich auf den Weg in den Verhörraum. Hoffentlich traf der Anwalt bald ein.

Erst über eine Stunde später konnte Jessica mit der Befragung des jungen Mannes beginnen. Der Anwalt war zwar zeitig eingetroffen, doch wollte dieser zuerst mit seinem Mandanten allein reden. Das vertrauliche Gespräch hatte zur Folge, dass Matteo Lorenz jegliche Aussage verweigerte und auf Anraten seines Anwaltes keine von Jessicas Fragen beantworten wollte.

»Verstehen Sie eigentlich, in welcher Lage Sie sich befinden?« Jessica sah den Verdächtigen streng an. »Wir haben Ihre Fingerabdrücke am Tatort gefunden. Am Griff der Terrassentür, an der Stereoanlage und am Glastisch neben der toten Frau Michelsbach.«

»Aber nicht an der Waffe, mit der Herr Michelsbach ermordet worden ist«, warf der Rechtsanwalt ein und klopfte mit der flachen Hand auf den Ordner vor sich, in dem ihm alle Untersuchungsergebnisse vorlagen. »Das beweist also gar nichts.«

»Immerhin beweist das die Anwesenheit Ihres Mandanten am Tatort«, argumentierte Jessica gelassen. »Außerdem passt die Verletzung am Bein von Herrn Lorenz zu dem Blut am Couchtisch. Und seine DNA wurde an der Leiche von Frau Michelsbach sichergestellt. Möchten Sie mir vielleicht doch erklären, was Sie am Tattag im Haus des verstorbenen Ehepaares wollten?«

Matteo Lorenz schüttelte vehement den Kopf und sah die Hauptkommissarin voller Wut an.

Jessica vermutete, dass er hinter seinem ärgerlichen Gesicht seine Unsicherheit versteckte, denn die Hände des jungen Mannes zitterten ununterbrochen und er wippte nervös mit seinem rechten Bein.

»Mein Mandant ist unschuldig«, beteuerte der Anwalt und legte Matteo behutsam die Hand auf die Schulter. Die Geste sollte beruhigend wirken, doch der Junge wurde zusehends nervöser. »Und wenn Sie keine weiteren Beweise haben, werden wir jetzt gehen.«

»Sicher nicht«, fuhr Jessica streng dazwischen. »Die Beweise reichen für einen dringenden Tatverdacht völlig aus. Herr Lorenz kommt vorerst in Untersuchungshaft. Ich habe gehofft, dass er mich mit seiner Aussage davon überzeugen kann, nichts mit den Morden zu tun zu haben. Aber da er nichts sagt, vermute ich …«

»Ich habe nichts getan«, rief Matteo verzweifelt und sah seinen Anwalt ängstlich an. »Ich sollte ihr erklären, wie es war. Ich bin doch unschuldig!«

»Trotzdem rate ich Ihnen von einer Aussage ab. Bei Ihrem Vorstrafenregister ist es sehr unwahrscheinlich, dass die ermittelnden Beamten Ihnen Glauben schenken.« Der Anwalt sah die Tränen in den Augen seines Mandanten, seufzte deshalb ergeben und nickte schließlich. »Also gut. Schlimmer kann es nicht mehr werden.«

*

Heute war es Jessica, die spät nach Hause kam.

Zuerst hatte die Vernehmung des jungen Herrn Lorenz länger gedauert als normalerweise üblich. Dann galt es, den Verdächtigen dem Haftrichter vorzuführen. Auf dem Weg zurück von der Staatsanwaltschaft zum Präsidium sprang der Dienstwagen nicht an, also ließ sie ihn stehen, ging kurzerhand die Viertelstunde zu Fuß, bog zügig um eine Häuserecke und stieß unsanft mit einem Passanten zusammen, der ihr einen vollen Becher Kakao über Hals und Dekolleté goss. Als die lauwarme Flüssigkeit langsam ihren Oberkörper hinunterlief, ihr T-Shirt durchnässte und ihr komplett die Laune vermieste, sah sie den Mann so böse an, dass dieser sich nur kurz entschuldigte und dann schnell das Weite suchte. »Wir haben August, verdammt noch mal«, rief sie ihm aufgebracht hinterher. »Wer bitte schön trinkt bei 25 Grad im Schatten einen warmen Kakao?«

Dabei war es allein ihre Schuld gewesen, denn die Gedanken an ihren aktuellen Mordfall ließen sie nicht los. Sie hatte schlichtweg nicht aufgepasst.

Nach dem Gespräch mit Matteo Lorenz zweifelte sie immer mehr, ob es richtig war, den jungen Mann in Untersuchungshaft zu nehmen, doch die vorliegenden Indizien und die lange Liste an Vorstrafen, die der junge Mann auf dem Kerbholz hatte, ließen keine andere Entscheidung zu.

Immerhin hatte sie beim Haftrichter darum gebeten, den Jungen in den Jugendarrest zu überstellen und ihn nicht als Erwachsenen einzustufen. Seine Geschichte klang plausibel und wirkte ehrlich. Er gab zu, im Haus gewesen zu sein. Nach seiner letzten Straftat, einem

Autodiebstahl, war er von einem Jugendrichter zu Sozialstunden verdonnert worden und sollte diese bei dem Ehepaar Michelsbach ableisten. Der Sohn des Ehepaares brauchte Ganztagsbetreuung. Und Matteo eine Resozialisierung. So waren zwei Fliegen mit einer Klappe geschlagen. Laut Matteo hatte sich das Ehepaar Michelsbach seit Jahren für straffällig gewordene Jugendliche eingesetzt. Sollte Matteo Lorenz etwas mit den Morden zu tun haben, machte das ihren Tod umso tragischer.

»Entschuldige meine Verspätung, aber ich habe mich im Präsidium noch geduscht und umgezogen.« Sie stieg aus ihrem Wagen und schlug die Tür zu. Es war fast 21 Uhr. »Schlafen die Kinder schon?«

Florian kam die Stufen vor der Haustür hinunter. In seiner Hand hielt er eine Flasche Wein, in der anderen zwei Gläser.

»Die beiden schlafen tief und fest«, verkündete er und lächelte. »Und wir zwei machen es uns jetzt im Garten gemütlich. Komm.« Er reichte ihr die Flasche, griff nach ihrer freien Hand und zog sie hinter sich her in den Garten hinter dem Haus. »Ich warte schon ewig darauf, dass du heimkommst.«

»Oh, wow. Was ist denn hier los?« Ein Meer aus Kerzenlichtern empfing sie, als sie um die Ecke bog.

Florian hatte zwei bequeme Gartenstühle und ein kleines Tischchen mitten auf die Wiese gestellt und unzählige Windlichter überall um die Stühle herum verteilt. Obwohl es um diese Zeit noch nicht gänzlich Nacht war, tauchte das matte Licht der vielen Kerzen die entfernte Umgebung in verschwommene Dunkelheit. Die nahe gelegene Hecke, die die Grundstücksgrenze markierte, war ebenso wie der alte Apfelbaum etwas abseits nicht mehr zu sehen.

»Habe ich doch etwas vergessen? Du warst am Samstag schon so schick, als du mit mir essen gehen wolltest. Falls ja«, flüsterte Jessica ehrfurchtsvoll und äußerst beeindruckt von dem Bild, das sich ihr bot, »möchte ich mich dafür entschuldigen. Das ist wirklich wunderschön.« Zum wiederholten Male stellte sie fest, dass Florian eindeutig der Romantischere von ihnen beiden war. »Oder hast du etwas angestellt?«, fragte sie belustigt und knuffte ihm scherzhaft in die Seite. »Was musst du gestehen? Hast du heimlich in meinem Tagebuch gelesen?«

»Komm«, sagte er, ohne auf ihre Frage einzugehen, und schob sie sanft zu einem der Stühle. »Ist dir warm genug? Soll ich dir eine Wolldecke holen?«

Als Jessica lachend den Kopf schüttelte und sich setzte, öffnete Florian die Weinflasche und goss ihnen beiden ein.

»Ha, jetzt weiß ich es«, sagte Jessica plötzlich. »Jetzt weiß ich, warum wir hier sind und du so auf romantisch machst.« Sie lachte laut.

Doch bevor sie etwas sagen konnte, beugte sich Florian zu ihr hinunter und gab ihr einen Kuss. »Das bezweifle ich stark«, flüsterte er dicht vor ihrem Gesicht und sah ihr tief in die Augen. Dann kniete er sich neben den Gartenstuhl ins Gras und griff nach ihrer Hand. »Bevor wieder etwas dazwischenkommt«, begann er nervös und räusperte sich vernehmlich. »Jessy, ich … Also, was ich sagen will … Ich liebe dich mehr als alles auf der Welt, mehr als mein Leben. Du bist meine beste Freundin, der wichtigste …«

Weiter kam er nicht. Eine schrille Kinderstimme unterbrach abrupt seinen geplanten Heiratsantrag.

»Florian? Jessica? Könnt ihr schnell kommen?« Svenja hatte das Fenster im oberen Stockwerk weit geöffnet und schaute besorgt zu ihnen hinunter. »Tobi hat sich übergeben. Das ganze Bett ist eingesaut. Jetzt weint er. Kommt bitte schnell.«

6

»Was schleichst du hier umher?«

Laura fuhr erschrocken herum und stieß dabei einen alten Blecheimer um, der scheppernd über den Pflastersteinboden rollte und schließlich neben dem Haufen aus aufgetürmten Heuballen liegen blieb. Erst dann erkannte sie ihn.

»Ach, du bist es«, flüsterte sie und sah sich verstohlen um. »Bist du allein?«

Simon zog fragend eine Augenbraue hoch, lehnte sich mit der rechten Schulter an den dicken Balken, der das

Stalldach stützte, und überkreuzte lässig die Beine. Eine Antwort blieb er ihr schuldig. Stattdessen wiederholte er seine Frage. »Was machst du hier? Hat dein Onkel nicht ausdrücklich verboten, dass ihr Kinder euch im Stall herumtreibt bei Nacht?«

Ihr Gesichtsausdruck verfinsterte sich. Seine Worte kränkten sie. Sie war kein Kind mehr. In ein paar Monaten wurde sie 18 Jahre alt. »Und was machst *du* hier?«, fuhr sie ihn scharf an. »Bei Nacht arbeiten in einem leeren Stall wirst du wohl kaum. Hast du nicht morgen die Frühschicht im Kuhstall? Alte Männer wie du brauchen ihren Schlaf, also geh besser ins Bett.«

Sein schallendes Lachen hallte durch den Stall. Als er verstummte, sah er sie durchdringend an und flüsterte: »Nur wenn du mitkommst.« Er stieß sich von dem Balken ab, blieb aber daneben stehen und schob die Hände in die Taschen seiner Jeans. Langsam senkte er seinen Kopf, ohne sie eine einzige Sekunde aus den Augen zu lassen. Dann biss er sich auf die Unterlippe und lächelte.

Laura schluckte.

Seit Simon vor einem Jahr als Stallknecht auf den Hof gekommen war, schwärmte sie für den jungen Mann. Wenn er im Sommer mit freiem Oberkörper vor der alten Pumpe stand und sich zur Abkühlung das Wasser über seine nackte Brust laufen ließ, beobachtete sie ihn oft heimlich durch das geöffnete Fenster ihres Zimmers. Sie wusste, dass sie nicht die Einzige war, die den 26-jährigen Stallburschen anhimmelte. Er hatte viele Verehrerinnen, auf dem Hof und in der Umgebung. Die Mädchen vom Hof hatte er jedoch noch nie beachtet oder mehr als nötig mit ihnen gesprochen. Bisher hatte

Laura sich eingeredet, es würde an der Standpredigt liegen, die Onkel Karl dem jungen Mann bei dessen Einstellung gehalten hatte. »Dua deine dappige Bluatsgriffel weg vo meine Föhla«, waren Onkel Karls Worte gewesen. Wenn er von einer Liaison mit einem der Mädchen erfahre, hatte er gedroht, jage er ihn nicht nur vom Hof, sondern prügle ihn auch noch windelweich.

»Ich mag nicht verarscht werden, Simon.« Laura verschränkte die Arme vor der Brust und sah ihn wütend an. »Ich werde nicht eine deiner zahlreichen Eroberungen werden. Du triffst dich hier im Stall nämlich ständig mit irgendwelchen Tussis«, warf sie ihm vor und ging herausfordernd ein paar Schritte auf ihn zu. »Du warst es, der das Feuer hier gelegt hat, oder? Ich hoffe sehr für dich, dass das nur ein Versehen war.« Sie zeigte auf die Pferdebox mit der schwarz verkohlten Wand. »Onkel Karl würde dich sofort feuern, wenn er davon erfährt.«

»Bist du deshalb hier?«, fragte Simon belustigt. »Bist du im Stall, um zu kontrollieren, ob ich mich mit jemandem treffe? Du bist eifersüchtig«, sagte er ihr auf den Kopf zu, kam näher und blieb nur wenige Zentimeter vor ihr stehen. »Ein Feuer habe ich hier weder gelegt noch gelöscht. Ich gehe nun schlafen«, flüsterte er, beugte sich zu ihr hinunter und sah ihr tief in die Augen. »Mein Angebot steht. Wenn du magst, dann begleite mich auf mein Zimmer.«

Als Laura sich blitzschnell umdrehte und fluchtartig den Stall verließ, zuckte er bedauernd mit den Schultern und seufzte. »Schade.«

*

»Forster? Grothe? In mein Büro. Sofort.« Der Kopf von Dienststellenleiter Götze, der eben noch zu sehen gewesen war, verschwand in der geöffneten Tür.

Jessica sah Florian fragend an, doch dieser zuckte nur unwissend mit den Schultern.

»Keine Ahnung, was der will«, sagte er verwundert. »So viel zu spät sind wir heute gar nicht.«

Die Nacht war kurz gewesen, denn bei dem einen Mal, wo der kleine Tobias sich übergeben hatte, war es nicht geblieben. Jessica hatte sein Bett in dieser Nacht ganze drei Mal neu beziehen müssen, während Florian den kranken Jungen beruhigend auf seinem Arm durch das Zimmer getragen und ihm erklärt hatte, er solle den Eimer benutzen, wenn ihm wieder schlecht werde. Leider ohne Erfolg.

In den frühen Morgenstunden hatte auch Svenja über Übelkeit geklagt. Da zurzeit Ferien waren, war das nicht weiter tragisch. Doch nach der schlaflosen Nacht war es Florian und Jessica schwergefallen, aus dem Bett zu kommen, um zur Arbeit zu fahren.

»Hat das mit der Abholung des Dienstwagens geklappt?«, fragte Jessica ihren Chef, als sie wenig später sein Büro betrat und sich ungefragt auf den linken Stuhl vor seinem Schreibtisch setzte.

»Ähm, ja. Alles gut«, sagte Götze abwesend, deutete auf den zweiten Stuhl und forderte Florian auf, sich ebenfalls zu setzen.

»Was gibt's denn?«, wollte Florian wissen.

Götze lehnte sich auf seinem Stuhl zurück und faltete die Hände über seinem Bauch. »Ihre jeweiligen Fälle sind noch nicht aufgeklärt, hab ich recht?«

Florian sah kurz zu Jessica hinüber und nickte dann. »Ja, aber das ist nur noch eine Frage der Zeit. Sobald mir die Rechtsmedizin mitteilt, dass es sich bei dem Tod des jungen Mannes auf der Alpe um einen tragischen Unfall handelt, ist der Fall abgeschlossen. Ist schon wieder etwas passiert?« Er vermutete einen neuen ungeklärten Todesfall und glaubte, Götze suche nach einem Kriminalbeamten, der den Fall schnellstmöglich übernehmen konnte.

»Nein, darum geht es nicht«, bemerkte Götze und sah zu Jessica. »Es geht um Ihren Fall, Frau Grothe. Ich habe mir erlaubt, die Unterlagen zum Mordfall Michelsbach aus Ihrem Büro holen zu lassen.« Er legte seine Hände behutsam auf den grünen Pappordner vor ihm auf seinem Schreibtisch. Dann griff er danach und reichte ihn an Florian Forster. »Ich habe beschlossen, dass Sie den Fall übernehmen, Herr Forster. Sie geben dafür Ihren eigenen Fall an Hauptkommissarin Grothe ab.«

»Ach ja?«, fuhr Jessica aufgebracht dazwischen. »Etwa, weil der Alphütten-Fall so gut wie abgeschlossen ist? Trauen Sie mir die Aufklärung eines Mordes nicht zu, Herr Götze? Vielleicht, weil Hauptkommissar Kern gerade nicht da ist? Ich protestiere aufs Schärfste gegen diese Entscheidung und bitte Sie, mir meinen Fall nicht wegzunehmen. Ich kann den auch problemlos alleine aufklären.«

»Tut mir außerordentlich leid, Frau Grothe, aber meine Entscheidung steht fest. Sie bekommen den Fall von Forster und er Ihren.« Götze stand auf und lief um seinen Schreibtisch herum. »Die Akte zu Ihrem Fall ist übrigens ganz ausgezeichnet angelegt. Ordentlich, sehr ausführlich und trotzdem übersichtlich und gut strukturiert. Daran sollten Sie sich mal ein Beispiel nehmen, Forster.« Götze lachte etwas zu laut. Weil niemand in sein Lachen einstimmte, verstummte er verlegen, ging zur Tür und öffnete sie. »Nun aber schnell wieder an die Arbeit. Morde klären sich nicht von allein auf.«

»Hast du eine Ahnung, was das soll?« Florian stieg neben Jessica die Stufen zum ersten Stock des Polizeipräsidiums hinauf und hatte Mühe, mit seiner Freundin Schritt zu halten. »Eine Erklärung wäre schön gewesen, findest du nicht?«

»So?« Jessica blieb stehen und fuhr zu ihm herum. »Es hat dich gerade nicht interessiert, warum Götze die Entscheidung getroffen hat. Also brauchst du jetzt auch nicht so zu tun.«

Florian Forster hob beschwichtigend beide Hände und trat vorsorglich einen Schritt zurück. Dass er in der einen Hand den grünen Ordner hielt, den Götze ihm gegeben hatte, war in dieser Situation nicht sehr hilfreich. Jessica starrte den Pappordner mit finsterem Gesicht an, und er zuckte bedauernd mit den Schultern. »Wieso bist du auf mich sauer?«, fragte er leicht verärgert. »Ich habe nichts getan.«

»Genau das ist das Problem. Du tust nie etwas!«, fauchte sie ihn an, drehte sich auf dem Absatz um und stieg weiter die Treppe hinauf.

Florian lachte abfällig. »Hätte ich etwa auch ›aufs Schärfste protestieren‹ sollen?«, äffte er sie nach. Dann seufzte er. »Entschuldige bitte. Das war unpassend.«

Jessica blieb stehen, drehte sich aber nicht zu ihm um. »Schick mir später bitte Berthold mit den Unterlagen zum Alphütten-Mord in mein Büro. Dann kann ich mich in meinen neuen Fall einarbeiten. Falls das überhaupt noch nötig ist«, sagte sie und ließ Florian stehen.

7

Der Himmel verfinsterte sich zusehends. Die Luft war feucht, schwer und drückend heiß. Die Gipfel der Allgäuer Alpen umhüllte eine schwarze Schicht aus turmhohen Gewitterwolken.

Es dauerte nicht mehr lange, bis das Unwetter das Tal erreichen würde, doch noch war es windstill und unerträglich schwül.

»Guten Tag, Kripo Kempten, Hauptkommissarin Grothe«, stellte sich Jessica vor, als die kunstvoll mit kleinen bunten Glasscheiben verzierte Tür sich nach mehrmaligem Klingeln endlich öffnete und eine Frau in einer karierten Schürze ihr gegenüberstand. Jessica hielt der Frau ihren Dienstausweis entgegen. »Frau Rothausen?«

Diese nickte zögernd. Jessica schob ihren Dienstausweis zurück in die Hosentasche und bat darum, eintreten zu dürfen.

»Natürlich. Bitte kommen Sie herein. Was ist denn passiert?« Gertrud Rothausen führte Jessica in die gemütliche Wohnküche. Am großen Esstisch saßen zehn Personen und aßen zu Mittag. Es duftete nach frischem Kartoffelsalat und Würstchen. »Das ist Hauptkommissarin Grothe von der Kemptener Polizei«, stellte sie Jessica vor und zeigte auf den ältesten der Männer am Tisch. »Das ist mein Mann Karl.«

Karl Rothausen sah Jessica missmutig an, legte seine Gabel sorgsam auf dem Tellerrand ab und erhob sich grummelnd. Anstatt die Hauptkommissarin zu begrüßen, blickte er sich langsam in der Runde um. »Wer von euch depperten Trotteln hat die Polizei gerufen? Der kleine Brand in der Scheune ist zwar ärgerlich, aber mit Sicherheit kein Fall für die Kripo. Das klären wir hier schon selbst, werte Frau Kommissarin. Danke, aber Sie können gleich wieder gehen. Dann sind Sie noch vor dem Unwetter zurück in der Stadt.«

»Es hat gebrannt bei Ihnen?«, fragte Jessica verwundert. Sie machte keine Anstalten, die Küche zu verlassen. »War es Brandstiftung?«

Karl Rothausen sank seufzend auf seinen Stuhl zurück und verdrehte genervt die Augen. »Wenn Sie nicht wegen des Feuers hier sind, was wollen Sie dann? Ist eine unserer Kühe stiften gegangen und hat Nachbars Garten verwüstet?«

Einer der jungen Männer am Tisch lachte, verstummte jedoch augenblicklich, als Karl Rothausen streng zu ihm hinübersah.

»Ich habe von dem Älpler Georg Bruchstein erfahren, dass ein Großteil der Rinder auf seiner Alpe von Ihrem Hof stammt. Ist das richtig?«, wollte Jessica wissen.

Karl Rothausen erbleichte und fragte erschrocken: »Ist etwas mit Henriette?«

»Wer ist Henriette?« Jessica sah ihn verwirrt an. »Es geht um den Toten, den wir vor einer Woche auf der Alpe gefunden haben. Wird denn eine Henriette vermisst?« Sie dachte angestrengt nach. In den Unterlagen von Florian war ihr dieser Name nicht untergekommen. Doch Florian war häufig nicht besonders gründlich und ließ für ihn unwichtige Details in seinen Berichten oft einfach weg. Vielleicht hieß die Frau des Älplers Henriette?

Der Gesichtsausdruck des Hausherrn wechselte von Erschrecken in absolutes Entsetzen. »Sie haben einen Toten auf der Alpe gefunden?«, brachte er heiser heraus und sah zu seiner Frau Gertrud hinüber, die beide Hände vor ihren Mund schlug und die Hauptkommissarin angstvoll anstarrte.

»Entschuldigen Sie. Ich dachte, Sie wüssten davon. So etwas spricht sich doch eigentlich immer schnell herum«, erklärte Jessica. »Der junge Mann, den wir tot aufgefunden haben, heißt Viktor Weixler. Entgegen unserer anfänglichen Vermutung, er sei in einen Felsspalt gestürzt und tödlich verunglückt, können wir nun mit Sicherheit sagen, dass er ermordet wurde. Deshalb bin ich hier.«

»Aha«, sagte Karl Rothausen nach kurzem Zögern und klang wieder abfällig. Von seinem Entsetzen war nichts geblieben. »Den Herrn kenne ich nicht. Tragisch, dass er tot ist, aber damit hat hier niemand etwas zu tun. Wenn Sie uns jetzt entschuldigen, werte Frau Kommissarin, aber wir würden gern weiteressen. Die Arbeit auf dem Hof macht sich nicht von allein und ein Gewitter zieht auf. Die Tiere müssen in die Ställe.«

Jessica ließ sich nicht so leicht hinauskomplimentieren, bestand auf eine Einzelbefragung aller anwesenden Personen und zog damit erneut den Unmut des Hausherrn auf sich.

Viel Information bekam sie nicht. Die zehnköpfige Gruppe, von denen zwei die Nachbarn der Familie Rothausen waren, schien eine eingeschworene Gemeinschaft zu sein. Niemand konnte ihr die merkwürdige Reaktion von Karl Rothausen erklären. Niemand wusste Näheres zu dem angeblichen Feuer und niemand kannte Viktor Weixler, den Toten aus der Felsspalte.

Immerhin erfuhr Jessica, dass es sich bei besagter Henriette um eine preisgekrönte Kuh handelte, die zusammen mit ihrem Kalb als einzige Milchkuh den Sommer auf der Kluxhagener Alpe bei Georg Bruchstein verbrachte. Eine der Töchter von Karl Rothausen zeigte Jessica stolz die vielen gerahmten Auszeichnungen von Henriette, die im Büro eine ganze Wand zierten.

Als Jessica nach über einer Stunde schließlich das Bauernhaus verließ, tobte der Sturm direkt über dem Hof. Der heftige Regen peitschte ihr ins Gesicht, und der Wind riss an ihrem T-Shirt, das nach wenigen Metern komplett durchnässt war und ihr unangenehm am Körper klebte. Sie wischte sich die feuchten Haarsträhnen aus dem Gesicht, zog ihren Autoschlüssel aus der Hosentasche, betätigte noch im Laufen die Zentralverriegelung, riss die Tür auf und sprang ins Auto.

Das Smartphone auf dem Beifahrersitz begann im gleichen Moment zu klingeln, in dem die Tür zuknallte. Der Regen schlug so heftig auf das Auto nieder, dass man es unter dem permanenten Dröhnen kaum hörte.

»Was gibt's?«, rief Jessica ins Telefon und startete den Wagen.

»Himmelherrgott, was ist denn bei dir los?«, hörte sie Florians Stimme. »Bist du auf einem Truppenübungsplatz in einen Hinterhalt geraten und stehst unter Dauerbeschuss? Ich dachte, du wärst auf einem Bauernhof.«

»Es regnet«, sagte Jessica nur und versuchte mit der freien Hand, das nasse T-Shirt bestmöglich zu trocknen, indem sie es anhob und die heiße Luft von der Lüftungsanlage unter das Kleidungsstück blasen ließ. »Was willst du?«

»Kommst du gleich wieder ins Büro? Hier wartet jemand, der mit dir sprechen will.«

»Wer denn?«

»Der Mann heißt Michael Mühlbrunner. Er will sich nach dem Toten von der Alpe erkundigen. Ich konnte ihm nicht weiterhelfen. Hast du inzwischen von Ewe die Todesursache erfahren? Konnte die Rechtsmedizin den Toten identifizieren?«

»Ja, aber das bereden wir später. Jetzt habe ich ein ganz anderes Problem«, sagte Jessica und seufzte verzweifelt. »Ich kann so nicht ins Präsidium kommen und muss erst nach Hause. Ich brauche eine halbe Stunde bis

Kempten und mindestens noch einmal so lang, wenn ich nach Hause fahre, um mich umzuziehen. Ich bin durch und durch nass.«

Florian schwieg.

»Hast du mich verstanden, Florian?«, fragte Jessica ungehalten. »Mein T-Shirt klebt an meinem Körper und trieft vor Nässe. So kann ich niemandem unter die Augen treten. Meinst du, dieser Herr Mühlbrunner wartet eine ganze Stunde auf mich?«

Eine lange Pause entstand.

»Hallo? Bist du noch dran?«

Noch immer sagte Florian nichts, doch Jessica meinte, einen Laut zu hören. Es klang wie ein kurzes, unterdrücktes Lachen. Dann wurde es still. Sie hörte ihn förmlich grinsen.

»Kannst du Herrn Mühlbrunner bitten, auf mich zu warten?«, versuchte sie es erneut und wendete das Auto auf dem Hof vor dem Bauernhaus. Sie wollte so schnell wie möglich zurück nach Kempten und endlich aus den nassen Klamotten heraus.

»Ach, der wird schon warten. Hast du etwas dagegen, wenn ich auch kurz nach Hause komme? Es wäre mir eine Freude und ein unbändiges Vergnügen, dich in deinem nassen T-Shirt zu sehen … ähm … dir aus dem nassen T-Shirt zu helfen, meine ich.« Jetzt lachte er laut.

»Da habe ich eine bessere Idee«, schlug Jessica vor, lenkte ihren Wagen durch das große Hoftor auf die Straße und gab Gas. »Du scheinst gerade Zeit zu haben. Fahr du bitte nach Hause und hol mir etwas Trockenes zum Anziehen. Wir treffen uns in einer halben Stunde in der Dienststelle.«

»Es ist mir egal, wo wir uns treffen. In jedem Fall werde ich mir die Sache ganz genau ansehen und darauf achten, dass du dich aus- … ähm … umziehst. Ich will schließlich nicht, dass du dich erkältest.«

*

»Entschuldigen Sie, dass Sie warten mussten, Herr Mühlbrunner. Mein Name ist Hauptkommissarin Grothe. Ich untersuche den Todesfall auf der Kluxhagener Alpe«, stellte Jessica sich vor und reichte dem Mann ihre Hand, der geduldig mit einer Tasse Kaffee in ihrem Büro auf sie gewartet hatte.

»Wer war der Mann, den Sie bei Georg gefunden haben? Wie ist das passiert? War es ein Unfall?«, wollte ihr Besucher wissen, erhob sich kurz von dem Stuhl, auf dem er saß, und erwiderte ihren Gruß. »Haben Sie ihn bereits identifiziert?«

»Viel kann ich Ihnen nicht sagen, Herr Mühlbrunner. Die Ermittlungen laufen noch«, erklärte die Hauptkommissarin, setzte sich hinter den Schreibtisch ihres Kollegen Kern, der immer noch im Krankenstand war, und sah den Landwirt aufmerksam an. Michael Mühlbrunner war ein großer Mann Anfang 40 mit etwas zu langem, ungekämmtem Haar und einem Vollbart. Von seinem Gesicht war wenig zu erkennen, doch seine dunklen Augen wirkten freundlich. »Von Ihnen würde ich zuallererst gerne wissen, was Sie zu mir führt. Haben Sie Informationen, den Todesfall betreffend?«

Michael Mühlbrunner stellte seine Tasse auf den Schreibtisch und rieb seine Hände an seiner Jeans ab, bevor er sie sorgsam faltete, die Unterarme gegen die Schreibtischkante lehnte und sich vorbeugte. »Meine Familie betreibt einen Hof mit Milchwirtschaft im Oytal in der Nähe von Oberstdorf. Seit ein paar Tagen vermissen wir einen unserer Stallburschen. Zuerst haben wir uns nichts dabei gedacht, denn er war schon öfter mal zwei Tage unentschuldigt nicht da. Aber als wir von dem Todesfall auf der Alpe gehört haben …« Er seufzte. »Jedenfalls machen wir uns große Sorgen.«

»Haben Sie auch Rinder auf der Kluxhagener Alpe?«, wollte Jessica wissen. »Ich habe herausgehört, dass Sie Georg Bruchstein, den Älpler, kennen. Glauben Sie deshalb, es könnte sich bei dem Toten um Ihren vermissten Stallburschen handeln? Wie haben Sie von dem Toten erfahren?«

»Wir kennen Georg sehr gut. Er kommt direkt vom Nachbarhof, wir sind zusammen aufgewachsen«, erklärte Mühlbrunner. »Seine Frau hat uns von dem Unglück berichtet. Unsere Schumpen stehen allerdings auf der Rappenalpe, nicht bei Georg.«

»Schumpen?«

»Sie sind nicht von hier. Das hört man«, stellte der Landwirt belustigt fest. »Schumpen sind Jungkühe, die noch nicht gekalbt haben und deshalb noch keine Milch geben. Um das Oytal und Stillachtal herum steht fast ausschließlich Galtvieh auf den hohen Alpen. In dieser Gegend gibt es fast nur Galtalpen, wenig Sennalpen. Die liegen auch nicht so hoch im Berg. Sennalpen verarbeiten Milch in Käse, aber das Galtvieh gibt ja noch keine Milch«, erklärte er und lachte, als Jessica ihn fragend ansah und anschließend etwas in ihr Smartphone tippte.

»Wie schreibt man …«

»G-A-L-T«, half Mühlbrunner aus. »Einige Älpler haben eine oder zwei Milchkühe und eventuell noch kleine Kälber mit auf ihren Galtalpen. Um etwas Milch für den Eigenbedarf zu haben.«

»Ja, verstehe. Wie Henriette«, stellte Jessica fest und machte sich weitere Notizen. Den Gesichtsausdruck von Herrn Mühlbrunner, der augenblicklich von freundlicher Heiterkeit in ärgerliches Unbehagen wechselte, bemerkte sie nicht.

Erst als er mit verändertem Tonfall fragte: »Henriette ist auf Georgs Alpe?«, schaute sie auf.

»Sie kennen Henriette?«

Michael Mühlbrunner machte eine wegwischende Bewegung mit seiner rechten Hand und brummte: »Jeder in der Gegend kennt Henriette. Mich wundert nur, dass Rothausen sie auf die Alpe schickt. Die Kuh ist doch sein Allerheiligstes.«

»Verstehe«, sagte Jessica wieder, obwohl sie das Gefühl hatte, gar nichts mehr zu begreifen. »Kommen wir zurück zu dem Toten. Wie heißt denn der junge Mann, den Sie auf Ihrem Hof vermissen?«

»Viktor Weixler.«

8

»Mir ist einiges noch nicht ganz klar, Herr Lorenz.« Hauptkommissar Forster saß zusammen mit seinem Kollegen Berthold Willig in einem der Besucherräume der JVA Kempten dem Verdächtigen im Mordfall Michelsbach gegenüber und musterte ihn neugierig.

Der junge Mann wirkte weder eingeschüchtert noch verängstigt. Er saß mit vor der Brust verschränkten Armen zurückgelehnt auf seinem Stuhl und starrte den Hauptkommissar ablehnend an. »Wo ist denn die hübsche Hauptkommissarin?«, wollte er wissen. »Die hat mir viel besser gefallen als Sie. Die Kleine war heiß. Sie mag ich nicht.« Er hatte gerade noch so viel Anstand, nicht auf den Boden zu spucken, hob aber verächtlich die Oberlippe und zeigte Florian Forster seine Zähne.

»Das steht Ihnen natürlich frei, Herr Lorenz«, bemerkte der Hauptkommissar und hatte Mühe, sich ein Grinsen zu verkneifen. Junge Männer um die 20 litten fast immer unter extremer Selbstüberschätzung und hielten sich in Bezug aufs andere Geschlecht meist für unwiderstehlich. Er war auch einmal jung gewesen. Nicht dass er jetzt alt war oder weniger attraktiv oder auch nur einen Hauch seines unwiderstehlichen Charmes eingebüßt hätte. Er war einfach erfahrener als vor 20 Jahren und vielleicht etwas subtiler in seiner Arroganz und Überheblichkeit. »Tut mir leid«, brachte Florian noch heraus, bevor er doch grinsen musste. »Sie erinnern mich an jemanden, den ich gut kenne.«

»Warum wollten Sie zu diesem Gespräch keinen Anwalt, Herr Lorenz?«, mischte sich Kommissar Berthold Willig, Florians junger Kollege, ein. »Ihnen steht es zu, sich bei Verhören von einem Anwalt beraten zu lassen. Das wissen Sie doch, oder?«

»Klar«, sagte Matteo. »Aber das geht auch ohne Rechtsverdreher. Ich bin schließlich unschuldig.«

»Verstehe«, bemerkte Florian. »Und wie gedenken Sie, mich von Ihrer Unschuld zu überzeugen? Sie waren am Tatort. Es gibt unzählige Spuren von Ihnen. Fingerabdrücke, Ihre DNA an der Leiche von Frau Michelsbach, Ihr Blut am Tisch«, zählte er auf.

Matteo Lorenz antwortete rüde: »Ich bestreite nicht, dort gewesen zu sein. Aber als ich angekommen bin, waren die beiden schon tot.«

»Wie sind Sie dann ins Haus gekommen?«

»Die Terrassentür stand offen.«

»Warum sind Sie durch den Garten ins Haus und haben nicht an der Haustür gewartet?«

»Boah, Mann. Das habe ich neulich alles bereits der Hauptkommissarin erklärt. Muss ich das heute erneut runterleiern?«

»Ja, bitte«, sagte Florian ruhig, verschränkte ebenfalls seine Arme und sah den Jungen streng an. »Das wäre erstens außerordentlich freundlich, und zweitens ist es die einzige Chance, hier zeitnah herauszukommen, wenn Sie wirklich unschuldig sind.«

Matteo Lorenz seufzte ärgerlich, berichtete dann aber ausführlich von dem Besuch beim Ehepaar Michelsbach.

Die Geschichte deckte sich mit dem Bericht, den Jessica nach dem Verhör verfasst hatte, war jedoch nicht exakt genug, um einstudiert zu wirken. Vermutlich sagte der Junge die Wahrheit.

»Eins verstehe ich immer noch nicht.« Florian stand auf, ging um den Tisch herum und blieb direkt neben Matteo stehen. »Warum haben Sie erst Stunden nach Ihrem Besuch bei den Michelsbachs die Polizei verständigt?«

»Ich wollte gar nichts sagen. Man sieht ja, was dabei herauskommt. Ein Unschuldiger sitzt im Knast!« Matteo Lorenz klopfte sich mit der Faust auf den Brustkorb und sah den Hauptkommissar bitterböse an.

Dieser lächelte nur bedauernd und rührte sich nicht von der Stelle. »Warum haben Sie sich umentschieden?«

»Mein Vater hat es verlangt. Und mein Vater hat auch gesagt, dass Sie, Herr Hauptkommissar, jetzt dafür sorgen, dass ich hier herauskomme. Also, was ist? Darf ich endlich nach Hause?«

*

Bereits einen Tag nach dem heftigen Unwetter in den Allgäuer Alpen war der Himmel wieder hellblau und wolkenlos. Die Sonne schien seit den frühen Morgenstunden, und mittags zeigte das Thermometer über 30 Grad. Es war heiß, doch nicht mehr so schwül wie vor dem Gewitter.

Die Allgäuer Festwoche war seit ein paar Tagen vorüber, die Bierzelte, Bühnen und Messehallen bereits abgebaut und der Busverkehr am Zentralbusbahnhof lief wieder normal.

Für Ende August war diese Hitze im Allgäu recht ungewöhnlich. Jeder ältere Allgäuer hätte bis vor Kurzem behauptet, die Festwoche sei der Ausklang des Allgäuer Sommers. Danach werde es regnerisch kühl. So war es immer gewesen. Aber nicht in diesem Jahr.

Auf dem Hof der Familie Mühlbrunner konnte Hauptkommissarin Jessica Grothe direkt vor der Eingangstür parken. Der Hof war etwas kleiner als der Betrieb der Rothausens. Der Stall neben dem in die Jahre gekommenen Wohngebäude war halb so groß wie der Pferdestall, den Jessica gestern gesehen hatte.

Nachdem sie mehrfach an der Haustür geklingelt hatte, sah sie einen jungen Mann in grüner Arbeitshose um die Hausecke biegen. Er hob grüßend seine rechte Hand und lief weiter durch die offen stehende Stalltür.

»Entschuldigung«, rief Jessica ihm nach. »Wissen Sie, ob Michael Mühlbrunner oder seine Frau hier sind?«

Der junge Mann blieb stehen, drehte sich zu ihr um und schüttelte den Kopf. Jessica schätzte ihn auf Mitte 20. Ein gut aussehender Bursche mit blondem Haar, moderner Kurzhaarfrisur, aufgeweckten, himmelblau leuchtenden Augen, einem schmalen Gesicht und sportlicher Figur. Nur der grün-violette Bluterguss an seiner linken Schläfe und die mit Schorf verkrustete Unterlippe trübten das adrette Erscheinungsbild.

»Die Mühlbrunners sind auf dem Wochenmarkt in Oberstdorf. Dort sind sie samstags immer«, sagte er und lächelte höflich. »Aber es ist schon nach 13 Uhr. Sie müssten gleich zurück sein. Wenn Sie warten wollen …« Er wies auf eine Bank, die direkt neben der Haustür in der Sonne stand und mit karierten Kissen dekoriert zum Verweilen einlud. »Soll ich Ihnen einen Kaffee holen?«

»Vielen Dank, ich möchte nichts«, sagte Jessica, nahm jedoch die Einladung an, sich zu setzen. »Wie ist das mit Ihrem Gesicht passiert? Sieht übel aus.«

Er zuckte gleichgültig mit den Schultern. »Ein Unfall auf dem Hof. Das passiert, wenn man nicht aufpasst«, sagte er. »Darf ich fragen, was Sie von den Mühlbrunners wollen?« Er blieb neben der Bank stehen.

»Ich bin von der Kripo Kempten. Mein Name ist Jessica Grothe. Ich habe zwar gestern mit Michael Mühlbrunner gesprochen, doch jetzt habe ich noch ein paar Fragen. Ist Herr Mühlbrunner Ihr Vater?«

»Nein. Ich bin hier angestellt. Maximilian«, stellte er sich vor und reichte der Hauptkommissarin die Hand. »Sind Sie wegen Viktor hier? Michael hat mir erzählt, dass er tot ist.«

»Richtig. Kannten Sie Viktor Weixler gut? Wissen Sie, ob er Feinde hatte?« Jessica rückte auf der Bank etwas zur Seite und lud den jungen Mann ein, sich neben sie zu setzen.

Der blieb lieber stehen. »Er hat hier als Hofhelfer gearbeitet. Genau wie ich. Er war ein netter Kerl. Ich glaube nicht, dass ihn irgendwer nicht mochte«, berichtete er unsicher, schaute zum Horizont in Richtung Allgäuer Alpen und hustete verlegen. »Darf ich gehen? Ich muss noch den Stall ausmisten, bevor Johanna und Michael zurückkommen. Es ist viel Arbeit auf dem Hof, seit Viktor weg ist.«

»Klar«, sagte Jessica. »Ich will Sie nicht von der Arbeit abhalten. Aber eins hätte ich gern noch gewusst.«

Maximilian sah sie an und wartete höflich.

»Ihre Verletzungen stammen von einer Schlägerei, oder?«, fragte sie rundheraus. »Haben Sie sich vielleicht mit Viktor Weixler geprügelt?«

Jessica sah, wie Maximilians Hand zu zittern begann. Erst jetzt bemerkte sie die Verletzungen an seinen Fingerknöcheln. Seine Hände waren aufgeschürft und wund.

Er wollte gerade etwas sagen, als ein Mädchen neben ihn trat und nach seinem Arm griff. »So ein Quatsch. Der Maxi tut keiner Fliege etwas zuleide.« Sie war das genaue Gegenteil von Maximilian und hatte es mit ihrem Aussehen sicher nicht leicht. Ihre Zähne waren schief, ihre Nase zu groß und ihre Augen standen viel zu weit auseinander. Sie hatte mattes, strähniges Haar und extrem dürre und lange Gliedmaßen. Sie war etwas größer als Maximilian, doch ein paar Jahre jünger. Ihr Gesicht glänzte fettig und war blass. »Der Maxi ist ein ganz Lieber.«

»Und wer bist du?«, fragte Jessica das Mädchen, das nun heftig an Maximilians Arm zog. »Bist du auch eine Hofhelferin?«

»Ich bin die Wilma. Wilhelma Mühlbrunner. Ich bin Maximilians Freundin. Wenn ich endlich 18 bin, werden wir heiraten«, verkündete sie stolz.

Maximilian sah erst zu Wilma, dann schaute er die Hauptkommissarin lange an. »Sie hat recht«, sagte er schließlich, drehte sich auf dem Absatz um, lief mit weit ausholenden Schritten Richtung Stall und ließ die beiden Frauen stehen.

Plötzlich packte jemand von hinten Jessicas Oberarm.

»Was machen Sie hier?«, brüllte eine tiefe Stimme direkt hinter ihr.

Geistesgegenwärtig riss Jessica sich los und fuhr herum.

»Hallo, Opa«, hörte sie Wilma Mühlbrunners fröhlichen Singsang. »Das ist Hauptkommissarin Grothe. Sie wartet auf Mama und Papa.« Ohne die Hauptkommissarin anzusehen, ging das Mädchen auf ihren Großvater zu und stellte sich direkt neben ihn.

»Herr Mühlbrunner«, sprach Jessica Grothe den Senior an. »Vielleicht können auch Sie mir weiterhelfen. Können Sie mir sagen –«

»Ich kann Ihnen gar nichts sagen, werte Frau«, blaffte er sie an. »Außerdem ist mein Name Behrbihler. Donatus Behrbihler. Und jetzt verschwinden Sie von meinem Hof.«

»Opa«, säuselte seine Enkelin beschwichtigend. »Du kannst eine Kriminalbeamtin nicht einfach fortschicken.« Dann wandte sie sich an die Hauptkommissarin. »Er ist der Papa meiner Mutter«, erklärte sie. »Und er ist manchmal etwas … verwirrt«, flüsterte sie in Jessicas Richtung, verdrehte die Augen, hob grüßend die Hand und schob ihren Großvater zur Haustür. »Komm, Opa. Zeit fürs Mittagessen.«

9

»Da stimmt etwas nicht.« Jessica stellte ihr Glas auf dem Wohnzimmertisch ab und ließ sich aufs Sofa fallen. »Die beiden passen überhaupt nicht zusammen. Es heißt zwar ›Wo die Liebe hinfällt‹, aber selbst wenn man vom Aussehen absieht – das Mädchen ist viel zu jung für ihn. Ich habe von Herrn Mühlbrunner erfahren, dass Maximilian 27 Jahre alt ist. Wilma ist erst 17.«

»Hast du ihn nach den Heiratsplänen seiner Tochter gefragt?«, wollte Florian wissen und legte die Füße auf den niedrigen Glastisch vor dem Fernsehsessel. Gleich darauf nahm er sie wieder herunter. Der drohende Blick seiner Freundin sagte alles, und er wollte sie gerade heute nicht zu sehr reizen. »Was sagt denn der zukünftige Brautvater dazu?«

»Na ja, so direkt habe ich nicht gefragt«, gab Jessica zu. »Ich wollte dem Mädchen keinen Ärger machen. Sie schwärmt vielleicht nur für den gut aussehenden Hofhelfer. Das wird sich geben, denke ich.«

»Aber dieser junge Mann hat die Hochzeitspläne bestätigt, sagtest du«, bemerkte Florian. »Meinst du, er will nur in einen reichen Hof einheiraten und nimmt dafür auch eine Liaison mit einem kleinen hässlichen Entlein in Kauf?«

»Das glaube ich nicht«, entschied Jessica nach kurzer Überlegung. »Finanziell steht der Hof seit Langem kurz vor der Insolvenz. Vor zwei Jahren ist der Betrieb auf Biolandwirtschaft umgestiegen. Herr Mühlbrunner sagte, spätestens nächstes Jahr müssen sie Gewinn einfahren, sonst sehe es schlecht aus.«

»Dann kann es das Geld nicht sein.« Florian lachte. »Vermutlich hat das Entlein andere Qualitäten, von denen wir nichts ahnen.« Er starrte eine Weile auf den schwarzen Bildschirm des Fernsehers, rieb sich den Nacken und wandte sich wieder an Jessica. »Dein Fall klingt jedenfalls wesentlich spannender als meiner. Wenn der junge Herr Lorenz nicht mein Täter ist, habe ich nichts mehr. Es gibt bisher absolut keinen verwertbaren Hinweis auf andere anwesende Personen im Haus der Michelsbachs. Ein paar fremde Fingerabdrücke zwar, aber die können wir nicht zuordnen. Die könnten auch von einem Nachbarn stammen, der zu Besuch war. Wenn Matteo Lorenz das Ehepaar nicht getötet hat, kann ich den Fall vermutlich nicht aufklären.«

»Beschwere dich beim Chef und nicht bei mir. Götze wollte, dass wir tauschen.«

Die gespielte Strenge in ihren Worten ließ Florian schmunzeln.

Jessica setzte sich auf die Armlehne des Sessels und legte ihre Beine über seine. »Ich hoffe nur, dass Henriette nicht der Grund für den Toten in der Felsspalte ist. Die Kuh wird von allen befragten Personen eindeutig zu häufig erwähnt!«

»Tja, du wirst schon herausfinden, ob die Kuh oder die Ente die Mörderin ist«, bemerkte Florian trocken und legte seine linke Hand auf ihren Oberschenkel. »Wenn ich dir als erfahrener Ermittler einen Tipp geben darf: Ich persönlich vermute, Henriette war es nicht!

Bleibt nur noch die Ente.« Er imitierte einen Schnabel mit seiner rechten Hand. »Quak, quak!«

*

Hier im Keller der Gerichtsmedizin war es immer kalt. Das war im Winter unangenehm, doch jetzt bei den unerträglichen Außentemperaturen eine reine Wohltat, trotz des intensiven Geruchs nach diversen Chemikalien, die in der Nase brannten.

»Du kommst spät«, sagte Erwin Buchmann, ohne von seinem Bildschirm aufzusehen. Er tippte hektisch ein paar weitere Sätze auf seiner Tastatur. »Du wolltest schon vor einer Stunde hier sein.«

»Ich weiß. Tut mir leid«, sagte Jessica merklich betreten. »Aber das Essen mit Florian hat länger gedauert als vermutet. Er ist auf die glorreiche Idee gekommen, etwas außerhalb auf einer Wiese ein Picknick zu machen. Herrgott, und das mitten in der Woche und während der Arbeitszeit. Langsam wird er mir unheimlich«, sagte sie mehr zu sich selbst, starrte an dem Rechtsmediziner vorbei auf das Bild einer Allgäuer Kuh an der Wand hinter dem Schreibtisch und dachte angestrengt nach, bis Ewe sie breit grinsend unterbrach.

»Und?«, wollte er wissen.

»Was ›und‹?«

»Was ist passiert? Was hat er gesagt? Und vor allem, was hast *du* gesagt?«

Er war so aufgeregt, dass Jessica ihn misstrauisch ansah.

»Was ist denn los mit dir, Ewe?«

»Nun sag schon. Hat das Picknick *geschmeckt*?« Das letzte Wort betonte er ein wenig zu dramatisch.

»Also, wenn du es genau wissen willst«, sagte Jessica und schüttelte irritiert den Kopf, »Florian hat das Picknick ausgepackt und ist dann von einer Bremse gestochen worden. Wir haben fluchtartig die Wiese verlassen, weil es von den Mistviechern dort nur so wimmelte.«

»Scheiße«, entfuhr es Ewe. »Der arme Kerl hat immer Pech.«

»Na ja, so schlimm ist es auch wieder nicht. Immerhin ist er nicht allergisch auf Bremsenstiche. Der soll sich nicht so anstellen. Was ist jetzt mit meiner Leiche? In deinem Bericht stand, Weixler habe sich vor seinem Tod geprügelt und jemand habe ihm später mit einem Stein eins übergezogen.«

Ewe stand auf, kam um den Schreibtisch herum auf Jessica zu und legte ihr eine Hand auf den Oberarm, als wolle er sie trösten. Jedenfalls schaute er sie bedauernd an. »Das stimmt. Der Schlag mit dem Stein war die Todesursache. Ob er später in den Felsspalt geworfen wurde oder nach dem Schlag gefallen ist, ist also nebensächlich. Alle Knochenbrüche, bis auf die Fraktur des Nasenrückens, hat er sich erst nach seinem Tod – vermutlich beim Sturz – zugezogen. Den Nasenbruch gute 24 Stunden früher.«

»Kannst du mir sagen, ob der Schlag sehr heftig war? Kann es eine Frau gewesen sein?«, fragte Jessica und befreite sich von Ewes Hand, die noch auf ihrem Oberarm lag. Was war nur los mit ihm? Hatte ihn der blöde Bremsenstich seines besten Freundes so aus der Fassung gebracht?

»Ich glaube, da reicht auch der *sanfte* Hieb einer Frau, um derart tödliche Verletzungen hervorzurufen«, sagte Ewe belustigt. »Der Schlag kam schräg von oben. Wenn der Ermordete nicht vor seinem Mörder kniete – was ich nicht mehr rekonstruieren kann –, muss der Angreifer recht groß gewesen sein, um einiges größer als Weixler. Das trifft auf die wenigsten Frauen zu.«

»Hast du wirklich keine fremde DNA gefunden? Es muss doch etwas geben, das einen Hinweis auf den Täter gibt.«

Ewe schüttelte den Kopf. »Nichts. Der Regen hat alle Spuren zerstört. Wir hätten sogar den Stein, der als Mordwaffe diente, nicht eindeutig zuordnen können, selbst wenn wir damals danach gesucht und ihn gefunden hätten. Ein nasser, matschiger Tatort ist immer ungünstig. Allerdings kann ich dir sagen, was der Tote gegessen hat, falls dir das weiterhilft.«

»Das bezweifle ich zwar, aber bitte.«

»Es war Rindfleisch. Vermutlich Filet. Irgendetwas Zartes und Teures. Außerdem Bohnengemüse und Soße mit einem Schuss Wein. Ob rot oder weiß habe ich noch nicht untersucht, weil ich es nicht für wichtig hielt. Aber wenn du willst, lässt sich das sicher feststellen.«

Jessica winkte dankend ab.

10

Das Reihenhaus am Ende der Sackgasse war ein typischer 70er-Jahre-Bau, wirkte aber durch die erst kürzlich ausgetauschten Fenster und die neu gestrichene Fassade gepflegt und einladend. Im Vorgarten blühten zahlreiche Stauden. Die niedrige Buchsbaumhecke war frisch geschnitten und begrenzte das Beet zum Fußweg. Dieser Steinplattenweg führte zum Haus. Er war zwar alt und ausgetreten, doch sauber und kaum mit Moos und Flechten bewachsen.

»Es ist schön, dass ihr gekommen seid«, begrüßte Thomas Glasinger seinen Besuch an der Eingangstür. Der Oberwachtmeister sah in Zivil mit Jeans und T-Shirt bekleidet viel jünger aus als in Polizeiuniform. »Kommt rein.«

»Vielen Dank für die Einladung. Ich weiß, wir sollten nichts mitbringen, aber vielleicht magst du ein gutes Glas Wein«, sagte Jessica und reichte ihrem Kollegen die in buntes Geschenkpapier verpackte Flasche. »Man bekommt nicht jeden Tag so eine Auszeichnung verliehen. Gratuliere!« Sie umarmte den Polizisten und trat ins Haus. »Ist Sylvia im Wohnzimmer?«

»Nein, sie ist heute leider nicht da.« Thomas Glasinger legte seinen Arm um Florian und klopfte ihm kumpelhaft auf den Rücken. »Herein mit dir. Schön, dass du da bist. Du kannst mir gleich beim Grillen helfen. Ein paar Kollegen haben erzählt, deine Grillfeste seien legendär.«

Florian lachte. »Na ja, wenn man sich schon nicht mit seinen Taten als Polizist rühmen kann wie du, dann muss man sich auf andere Art einen Namen machen.«

»Ausgerechnet heute ist Sylvia nicht da. Wie schade. Ich habe mich sehr auf sie gefreut.« Jessica sah enttäuscht aus.

»Ja, leider. Sie musste ganz kurzfristig zu einer Fortbildung«, sagte Thomas und wirkte nervös. »Aber meine Mutter ist auf der Terrasse. Erinnerst du dich an meine Mutter? Sie hat schon nach dir gefragt. Ihr habt euch auf Sylvias Geburtstag im letzten Jahr so gut unterhalten.«

Jessica nickte. Sie hatte ein seltsames Gefühl. Warum konnte Thomas ihr kaum in die Augen sehen? Sie beschloss, jetzt nicht nachzuhaken, lächelte zaghaft und entschuldigte sich schließlich. »Dann werde ich deine Mutter mal begrüßen.«

Im Wohnzimmer traf Jessica auf ein paar weitere Kollegen und ihren Chef, Dienststellenleiter Götze.

»Frau Grothe, gut, dass Sie da sind. Ihre Unterschrift fehlt noch auf der Karte.« Götze versperrte ihr den Weg zur Terrassentür und wedelte mit einer bunten Klappkarte vor ihrem Gesicht. »Geld für das Geschenk habe ich bereits von Ihnen bekommen.«

»Was haben Sie denn von dem gesammelten Geld gekauft?«, wollte Jessica wissen, nahm den Kugelschreiber entgegen, den ein Kollege ihr reichte, und unterschrieb. Neben ihrer Unterschrift zählte sie mindestens 20 weitere. »Ist es der Gasgrill geworden?«

»Nein«, sagte Götze. »Er hat schon einen. Gut, dass ich nachgefragt habe. Er bekommt einen Baumarkt-Gutschein. Den kann man immer gebrauchen.«

»Aha.« Jessica wusste nicht, was sie anderes sagen könnte. Ein Baumarkt-Gutschein war nicht originell, aber praktisch, da hatte Götze recht.

Florian tauchte neben ihr auf und legte den Arm um ihre Schultern. »Sollte ich jemals eine Auszeichnung von Ihnen bekommen, Herr Götze«, sagte er lachend, »hätte ich gern einen eigenen Dienstwagen oder eine persönliche Sekretärin. Nur für das Tippen der Berichte natürlich«, fügte er schnell hinzu und gab Jessica einen Kuss auf die Stirn.

Sein Vorgesetzter lachte. »Aus welchem Grund sollte ich ausgerechnet Ihnen eine Auszeichnung verleihen? Obwohl ich zugeben muss, dass eine Sekretärin vermutlich sogar eine gute Investition wäre bei Ihren hundsmiserablen Berichten.«

»Machen Sie mir eine Freude und stoßen mit mir an?« Die alte Frau Glasinger hielt Jessica einen edlen Weinkelch mit Goldrand entgegen und nahm ungebeten auf dem freien Stuhl neben ihr Platz. »Ich freue mich so für Thomas. Diese Auszeichnung hätte seinen Vater unheimlich stolz gemacht – Gott hab ihn selig!«

»Er hat es wirklich verdient, Anerkennung zu bekommen. Er hat hart für seinen Erfolg gearbeitet«, erwiderte Jessica, griff nach dem Kelch und prostete der Mutter ihres Kollegen zu. »Auf Thomas!« Sie nippte vorsichtig an dem Rotwein und platzierte das Glas auf dem Tisch neben ihrem Teller. »Das Essen war ganz ausgezeichnet. Haben Sie den Kartoffelsalat gemacht?«

Frau Glasinger schüttelte lachend den Kopf. »Den

hat mein Thomas gemacht. Er ist neben all seinen vielen Talenten auch ein ausgezeichneter Koch.«

»Da hat Sylvia mit der Wahl ihres Ehemannes alles richtig gemacht.« Jessica stimmte in das Lachen ein, bis sie bemerkte, dass sich die Miene ihrer Gesprächspartnerin verfinsterte.

»Ja«, sagte Frau Glasinger ernst. »Nur schade, dass sie am Ehrentag ihres Mannes den Kurzurlaub mit ihrer besten Freundin nicht abgesagt hat. Er hätte sich sicher gefreut, wenn auch sie ihm die Anerkennung zukommen lassen würde, die ihm zusteht.«

»Ich dachte, Sylvia sei auf einer Fortbildung?«

»Hat Thomas das erzählt? Der arme Junge. In seiner Ehe kriselt es gerade. Umso wichtiger ist es, dass beruflich alles gut läuft, hab ich recht?« Sie prostete Jessica erneut zu und leerte ihr Glas in einem Zug.

*

»Das war wirklich ein netter Abend«, rief Florian laut, zog sein T-Shirt aus und warf es achtlos auf den Holzstuhl, der in der Zimmerecke stand. »Aber jetzt mal ehrlich. Da bekommt der Glasinger eine Auszeichnung für seine sogenannte Einbruchspräventionsaktion und ich nicht einmal ein freundliches Schulterklopfen. Immerhin kläre ich Morde auf und stehe nicht an einem Infostand, quatsche den ganzen Tag Passanten an und verkaufe Sicherheitssysteme.«

»Är vakaft nöfts«, nuschelte Jessica mit der Zahnbürste und jeder Menge Schaum im Mund. Sie kam aus dem Badezimmer herübergelaufen und blieb in der

Schlafzimmertür stehen. »Är barät. Du bichd doch nua neidich.«

»Ich verstehe kein einziges Wort«, lachte Florian. »Ich hätte eben auch gern mal eine Urkunde für gute Leistungen. Und eine Sekretärin!«

Jessica drehte sich um und ging zurück ins Bad. Er hörte Wasser ins Waschbecken laufen.

»Zugegebenermaßen sind die Zahlen, die Götze in seiner Rede vorgetragen hat, wirklich beeindruckend. Thomas' Arbeit hat tatsächlich Auswirkungen auf die Einbruchsstatistiken im gesamten Allgäu. Nach nur zwei Jahren eine derartige Verbesserung vorzuweisen, ist durchaus lobenswert.« Florian seufzte theatralisch. »Da werde ich mich wohl noch mehr anstrengen müssen.«

»Beruflich oder privat?« Jessica kam zurück ins Schlafzimmer und entkleidete sich ebenfalls.

»Beruflich natürlich.« Er sah sie durchdringend an. »Privat läuft doch alles super.« Da sie nicht reagierte, hakte er verunsichert nach. »Oder?«

»Hast du gewusst, dass Thomas seiner Sylvia vor zwei Jahren einen ganz romantischen Heiratsantrag gemacht hat?« Jessica wirkte abwesend, als würde sie die Worte mehr zur Bestätigung ihrer eigenen Gedanken laut aussprechen. »Er hat sich damals überwunden und ist mit ihr zum Fallschirmspringen gegangen. Du weißt, wie sehr Sylvia dieses Hobby liebt. Für Thomas ist das eigentlich gar nichts.«

»Du findest einen Heiratsantrag während eines Fallschirmsprungs romantisch?«

»Die beiden sind eigentlich ein absolutes Traumpaar.«

Sie ignorierte seine Worte und sinnierte weiter: »Was da wohl passiert ist, dass die Ehe jetzt auf der Kippe steht?«

»Wärst du bitte so freundlich, mir meine Frage zu beantworten?« Florian ging um das Bett herum und blieb direkt vor Jessica stehen.

»Entschuldige bitte. Was hast du gefragt? Ich habe nicht zugehört.«

»Rein aus Neugier – nicht, dass ich etwas geplant hätte«, begann er und räusperte sich. »Müsste ein Heiratsantrag für dich … ähm … abenteuerlich oder gefährlich sein wie zum Beispiel Fallschirmspringen?«

Jessica zögerte, setzte sich aufs Bett und zog ihre Socken aus. Florian konnte nicht ergründen, ob sie nachdachte, irritiert war oder angestrengt versuchte, nicht laut zu lachen.

»So ein Quatsch«, sagte sie nach einer Weile, ohne ihn anzusehen. »Aber da ich noch nie den Wunsch verspürt habe, zu heiraten, kann ich diese Frage nicht adäquat beantworten. Wie du vorhin gesagt hast: Es läuft super zwischen uns. Daran sollten wir nichts ändern.«

*

»Das hast du wirklich gesagt?« Paula war entsetzt und beeindruckt zugleich. »Danach war der Abend sicher gelaufen.« Nach vielen Monaten Therapie und einem sechswöchigen Aufenthalt in einer psychiatrischen Einrichtung war Jessicas beste Freundin Paula zwar noch nicht ganz die Alte, aber immerhin konnte sie endlich wieder unter Leute gehen. Die Dinge, die sie erlebt hatte, die Todesängste, die sie ausgestanden hatte, waren alles andere als leicht zu verarbeiten. Sie war über einen Monat Gefangene eines Serienmörders und Psychopathen gewesen. Seit ein paar Wochen trafen Paula und Jessica sich regelmäßig in einer gemütlichen Gastwirtschaft. Ein kleiner Erfolg auf dem langen Weg der Genesung, der noch vor Paula lag.

Jessica grinste.

Paula schüttelte lachend den Kopf. »Du willst nicht ernsthaft behaupten, dass nach deiner rüden Abfuhr noch etwas lief? Ich weiß, du redest nicht gern über Sex, aber wie …« Paula griff nach den Händen ihrer Freundin, kam mit ihrem Gesicht Jessicas ganz nah und sah sie eindringlich an. »Wie hast du ihn … überzeugt?«, flüsterte sie ehrfurchtsvoll.

Jessicas Grinsen wurde immer breiter. »Er ist nach meinem Satz mit hängenden Schultern zurück auf seine Bettseite geschlurft und hat sich wortlos hingelegt.«

»Und?«

»Ich habe einen Zettel aus meiner Nachttischschublade geholt, habe ›Urkunde‹ und noch ein bisschen was draufgeschrieben und ihm den Zettel gegeben. Er wollte doch unbedingt eine haben.«

»Okay. Und dann?«

»Dann habe ich ihm den Zettel wieder weggenommen.«

Paula seufzte. »Jetzt verstehe ich gar nichts mehr.«

»Auf dem Zettel stand: ›Urkunde für Florian, den besten Liebhaber des gesamten Allgäus‹. Ich habe ihm gesagt, wenn er diese Auszeichnung will, muss er mich überzeugen, dass er sie verdient hat.«

Paula brach in schallendes Gelächter aus. »Herrje, von dir kann sogar ich noch etwas lernen. Und ich dachte immer, du willst ihn auch heiraten.«

»Klar will ich«, sagte Jessica zur Verwunderung ihrer Freundin Paula. »Florian versucht schon seit Wochen, mir einen Antrag zu machen. Aus meiner Sicht war eigentlich klar, dass wir heiraten. Mein Verlobungsring war, wie du weißt, im letzten Jahr in einen Mordfall verwickelt. Jetzt denkt Florian wohl, er müsse mich noch einmal richtig fragen, mit allem Drum und Dran. Ich will ihm den Spaß nicht verderben, verstehst du?«

»Ja, das verstehe ich«, sagte Paula und lehnte sich auf ihrem Stuhl zurück. »Aber ob er sich nach dieser Abfuhr noch traut, dich zu fragen?«

»Klar, er ist doch kein Feigling.« Jessicas Blick fiel auf einen Mann am Tresen, der sich mit einem zweiten Mann unterhielt. »Das ist ja ein Ding«, brachte sie heraus, griff nach ihrem Glas und trank einen großen Schluck Wein. »Die beiden da hinten kenne ich. Ich hatte keine Ahnung, dass die gute Bekannte zu sein scheinen.«

11

»Kann ich Ihnen helfen?« Florian schlug die Tür seines alten Kombis zu und drückte auf den Knopf der Zentralverriegelung an seinem Schlüssel. »Wollen Sie zu meiner Mutter?«

Der Mann, der vor der Haustür stand, war groß und schlank, um die 70 Jahre alt und hatte volles weißes Haar. Er lehnte lässig an dem gusseisernen Geländer des Treppenabsatzes, die Hände in den Hosentaschen, schaute zu Florian hinunter und lächelte freundlich.

»Meine Mutter ist nicht zu Hause. Sie ist ein paar Tage weggefahren. Kann ich ihr etwas ausrichten?« Florian ging auf die Treppe zu.

Der Fremde rührte sich nicht, beobachtete ihn aber ununterbrochen. Als Florian die Stufen emporstieg, stieß der Mann sich vom Geländer ab und streckte ihm seine rechte Hand entgegen.

»Ich wollte zu … Ihnen, Herr Forster«, sagte er und nickte ihm zu. »Hätten Sie kurz Zeit für mich?«

»Worum geht es denn?« Florian hatte Mühe, seine Hand aus dem festen Griff seines Gegenübers zu befreien. Ob das der Mann war, von dem Jessica ihm vor Kurzem berichtet hatte? Was wollte er ausgerechnet von ihm? Sollte er, Florian, als Sohn bei seiner Mutter ein gutes Wort für ihn einlegen? Da kannte dieser Mann Maria Forster aber schlecht. Wenn sie nicht wollte, wollte sie nicht.

Wie sich herausstellte, ging es jedoch um etwas ganz anderes.

»Ich habe gehört, dass Sie den Fall meines Sohnes übernommen haben. Mein Name ist Lorenz. Franz-Xaver Lorenz. Matteo ist mein Sohn. Und er ist unschuldig!«

Zuerst versuchte Florian, Herrn Lorenz abzuwimmeln, bat ihn, für morgen im Präsidium einen Termin zu vereinbaren, doch ohne Erfolg. Herr Lorenz ließ keine Widerrede zu und bestand darauf, hier und jetzt mit dem Hauptkommissar zu sprechen.

»Was genau wollen Sie von mir?«, fragte Florian kurze Zeit später, reichte seinem ungebetenen Gast in der Küche ein Glas Eistee und setzte sich ihm gegenüber an den Esstisch. »Haben Sie Informationen, die hilfreich für meine Ermittlungen sind?«

Franz-Xaver Lorenz zögerte, nahm einen Schluck von dem kalten Getränk und sah den Hauptkommissar dabei unentwegt an. »Ich habe die leise Hoffnung, dass Sie, Herr Forster, auf mein Wort vertrauen. Mein Sohn ist ein guter Junge.«

Florian lächelte verächtlich. »Herr Lorenz, Sie können mir glauben, dass ich diese Worte von den Angehörigen Verdächtiger immer wieder zu hören bekomme. Aber ich vertraue mehr auf Fakten, verzeihen Sie mir. Und die sprechen zurzeit leider gegen Ihren Sohn.«

Lorenz seufzte. »Wenn Sie ihn doch nur so gut kennen würden wie ich«, begann er, zuckte entschuldigend mit den Schultern und legte den Kopf leicht schräg. »Ich meine, seine Vorstrafen lassen vermuten, dass der Junge respektlos und uneinsichtig ist, aber … Matteo hatte es nicht leicht in letzter Zeit.«

»Auch das ist etwas, das Eltern immer als Entschuldigung für ihre Kinder anführen«, sagte Florian, stand auf, holte sich ein Glas aus dem Schrank und füllte es unter dem Wasserhahn mit Leitungswasser. »Nur weil jemand eine harte Zeit durchmacht, muss er keine Autos aufbrechen oder alten Damen die Handtasche klauen.« Das Gespräch mit dem alten Lorenz strengte ihn unheimlich an. Er hatte Kopfschmerzen und wollte, seit er sein Büro verlassen hatte, aufs Sofa und die Beine hochlegen. »Matteo mag in Ihren Augen ein durchaus sympathischer und aufgeweckter Junge sein, aber er hat in seinem jungen Leben schon so manche Straftat begangen. Das spricht nicht gerade für seine Unschuld in dem Michelsbach-Mordfall.«

»Glauben *Sie* denn, dass er schuldig ist?«, wollte Lorenz wissen, legte beide Hände flach auf die Tischplatte und beugte sich vor. »Tief in Ihrem Herzen … Glauben Sie daran, dass Matteo ein Mörder ist? Oder halten Sie ihn nur für einen wilden jungen Mann, der zur falschen Zeit am falschen Ort war? Der Glaube allein kann Berge versetzen.«

»Was ich glaube, tut nichts zur Sache«, entgegnete Florian gereizt. Der Mann in seiner Küche nervte ihn gewaltig. »Es ist mir mit dem heutigen Stand der Ermittlungen nicht möglich, ihn als Täter auszuschließen. Ich bitte Sie, jetzt zu gehen. Ich habe seit einer Stunde Feierabend.« Florian ging zur Küchentür und wies in den Flur. »Wenn Sie noch Fragen haben oder wenn Ihnen etwas zur Entlastung Ihres Sohnes einfallen sollte, machen Sie einen Termin im Präsidium.«

An der Haustür reichte Herr Lorenz Florian die

Hand. »Ich danke Ihnen, Herr Forster, und vertraue darauf, dass Sie die Unschuld meines Sohnes beweisen. Ihr Chef, Hauptkommissar Götze, hält sehr große Stücke auf Sie. Er hat mir versichert, Sie seien sein bester Mann.«

*

Die neue Woche ließ schon am Montag in der Früh vermuten, dass sie alles andere als angenehm werden würde. Jessica hatte sich am Sonntag mit den Kindern nach Hamburg aufgemacht und würde erst am Mittwoch zurückkommen. Eigentlich hatte Herbert Grothe, Jessicas Vater, die Kinder abholen wollen, denn Svenja und Tobias sollten den Rest der Sommerferien bei ihrem Opa in der alten Heimat verbringen. Warum Jessica sie nun hingefahren hatte, wusste Florian nicht. Sie hatte den Grund erwähnt, doch er hatte nicht richtig zugehört. Sein ganzes Denken drehte sich seit dem Besuch des alten Lorenz um dessen Beziehung zu Dienststellenleiter Götze. Er wollte seinen Chef heute darauf ansprechen.

Später.

Die ganze Nacht hatte es ununterbrochen geregnet. Die Luft war so feucht, dass dicke Nebelschwaden über die Rasenfläche und die Auffahrt waberten und die Sicht in seinem Garten auf maximal zehn Meter beschränkte.

Ausgerechnet heute aus der Stadt zu fahren, um einen Bauernhof auf dem Land zu besuchen, war nicht angenehm. Jessica hatte ihn gebeten, eine Befragung für sie zu übernehmen. Da er heute nichts weiter vorhatte, als den Tatort seines eigenen Falles kurz aufzusuchen – im Haus der Michelsbachs –, hatte er genug Zeit, Jessica diesen Gefallen zu tun.

Eine Dreiviertelstunde später parkte er sein Auto auf dem Hof der Familie Rothausen und stieg – das Handy am Ohr – aus seinem Kombi.

»Ja, Berthold. Wir sollten auf jeden Fall das Umfeld des Ehepaares Michelsbach noch einmal gründlich durchleuchten. Jessica hat zwar schon den beruflichen Hintergrund der beiden recherchiert, aber privat haben wir noch nichts. Und frage bitte erneut in der Klinik nach, ob der Sohn vielleicht doch vernehmungsfähig ist.« Florian sah sich neugierig um. Auf dem gesamten Hof vor dem Wohnhaus und der Scheune war keine Menschenseele auszumachen. »Und Berthold. Ich bin hier etwa in einer Stunde fertig. Vielleicht könntest du dich mit mir am Tatort treffen. Ich melde mich, wenn ich losfahre.«

Hinter Florian knallte es plötzlich laut und er fuhr erschrocken herum. Im gleichen Moment fiel eine Schubkarre um und allerlei Gerümpel und Metallschrott verteilten sich polternd und scheppernd auf dem Schotterplatz vor seinem Auto.

»Entschuldigung«, stammelte ein Mädchen leise. Es starrte erst seinen Kombi, dann die überall verstreuten Schrottteile und anschließend Florian an, bevor es in Tränen ausbrach und schnell das Weite suchte.

»Verdammter Mist!« So wie seine Stoßstange aussah, musste die Kleine frontal mit der Schubkarre hineingefahren sein. Florian fuhr vorsichtig mit den Fingern über die entstandene Delle. Der Lack war zerkratzt und hatte teilweise auf den metallenen Unfallgegner abgefärbt. Auch die Schubkarre war vorne eingedrückt.

»So, Fehl, dia Sach klära m'r glei! Zeescht entschuldigsch du di bei dem Herrn do.« Die Hand im Nacken des Mädchens, schob ein breitschultriger und grimmig blickender Mann den Teenager über den Hof und redete unaufhörlich auf ihn ein. »Und hör auf zum plära!«

Das Mädchen schnappte unter permanentem Schluchzen hektisch nach Luft und brachte ein kurzes »Es tut mir leid« heraus.

»Geht doch«, sagte der Mann zufrieden und ließ das Mädchen los. Er stellte sich vor, ohne Handschlag, und sah sich den Schaden an dem blauen Kombi an. »Gut, das sieht übel aus. Schicken Sie mir die Rechnung. Ich zahle.« Er wandte sich wieder an den Teenager. »Warum kutschierst du den Schrott durch die Gegend? Das sollte doch Hendrik machen.« Er sah sich suchend auf dem Hof um. »Wie konnte das überhaupt passieren? Das Auto ist nicht zu übersehen! Hast du's auf den Augen?« Er gab dem Mädchen einen leichten Schlag in den Nacken und befahl: »Aufräumen!«

»Herr Rothausen, mein Name ist Forster, Kripo Kempten. Ich suche Simon Klaiber, ihren Stallburschen.«

Als Florian sich anschickte, dem Mädchen beim Einsammeln der Metallteile zu helfen, fuhr Rothausen ärgerlich dazwischen. »Das macht meine Tochter Gesa allein!«

»Wo finde ich Herrn Klaiber? Ich hätte ein paar Fragen.«

»Der ist auf seinem Zimmer und trainiert.« Die Antwort kam nicht vom Vater, sondern von der Tochter, die auf allen vieren über den Schotter kroch, jedes einzelne herausgefallene Teil in die Schubkarre warf und dabei nicht aufsah.

Rothausen drehte sich abrupt um und fixierte ein Fenster im ersten Stock des großen Gutshauses. Dort stand ein blonder Mann mit freiem Oberkörper und trainierte mit Hanteln vor dem offenen Fenster. Er war so in seine Übungen versunken, dass er die Zuschauer auf dem Hof nicht bemerkte.

Rothausen knurrte ärgerlich. Sein wütender Blick fiel auf Gesa, die immer noch leise schluchzte. »Ich schicke Ihnen Simon runter«, brummte Rothausen gereizt. »Wenn Sie mit ihm fertig sind, muss ich mir den jungen Mann dringend vorknöpfen.«

Simon Klaiber ließ auf sich warten. Als er schließlich aus dem Haus kam, hielt er in jeder Hand eine Tasse und lächelte freundlich. Ein T-Shirt hatte er inzwischen auch angezogen.

»Mögen Sie einen Kaffee?«, fragte er.

Florian nickte.

»Wir können uns dort drüben hinsetzen.« Simon zeigte zum Rand der Schotterfläche, wo der grasbewachsene Boden leicht abfiel. Dort gab es eine betonierte Plattform, auf der ein Tisch mit zwei Bänken stand. Ein hoher Kastanienbaum spendete Schatten und hatte den nächtlichen Regen daran gehindert, die Sitzflächen der Bänke zu durchnässen. Die Aussicht über das Oytal war atemberaubend. Der immer noch vorherrschende leichte Nebel über den Wiesen trübte diese Idylle kaum.

»Wie kann ich Ihnen weiterhelfen?«, wollte Simon wissen, platzierte die Tassen auf dem alten Holztisch und setzte sich. »Ich habe Hauptkommissarin Grothe vor ein paar Tagen schon gesagt, dass ich den Toten auf der Alpe nicht kenne. Ich habe sogar seinen Namen vergessen, obwohl Ihre Kollegin ihn bestimmt erwähnt hat«, lachte er.

»Es geht nicht um den Verstorbenen«, begann Florian, zog den Zettel, den Jessica ihm gegeben hatte, aus der Hosentasche und las sich die Notizen durch. »Sie kennen den Stallburschen vom Biohof der Mühlbrunners, diesen Maximilian«, behauptete er.

»Ja, den kenne ich. Und?« Sebastian sah den Hauptkommissar irritiert an. »Aber Max hat nichts mit dem Mord zu tun, da bin ich mir sicher.«

»Haben Sie letzten Freitag mit Maximilian über den Verstorbenen auf der Kluxhagener Alpe gesprochen? Wie heißt der junge Mann eigentlich mit Nachnamen?« Florian überflog ein zweites Mal den handgeschriebenen Zettel seiner Freundin, konnte dazu aber keine Angaben finden.

»Woher wissen Sie, dass ich mich am Freitag mit ihm getroffen habe?« Simon lächelte freundlich, keine Spur von Argwohn. Er schien nicht misstrauisch, sondern nur neugierig zu sein. »Hat Maximilian Ihnen das erzählt?«

Florian ignorierte seine Frage und nippte an dem heißen Kaffee. »Auf diesem Hof hat es vor etwa zwei Wochen gebrannt. Im Stall?«

»Ja, im Pferdestall«, bestätigte Simon nickend. »Aber das war nicht dramatisch. Nichts ist irreparabel beschädigt worden. Wieso fragen Sie?«

»Hauptkommissarin Grothe hat Sie zusammen mit Maximilian am Freitag im ›Posthörnle‹ gesehen. Dort ist ihr eine Verletzung an seinem linken Unterarm aufgefallen. Im Gegensatz zu den Verletzungen an seiner Schläfe, seinen Lippen und seinen Fingerknöcheln infolge einer Prügelei sah die Wunde am Unterarm eher nach einer Brandverletzung aus. Hat Maximilian etwas mit dem Feuer auf diesem Hof zu tun?«

»Blödsinn.« Mehr sagte Simon nicht, sah sich aber verstohlen um. Dann fuhr er fort: »Ich kenne ihn nicht so gut, aber dass er hier einen Brand legt, ist absurd.«

»Wissen Sie, wer das Feuer gelegt hat?« Florian ließ den jungen Mann nicht aus den Augen. »Woher kennen Sie Maximilian? Können Sie mir sagen, mit wem er sich geprügelt hat? Vielleicht mit Viktor Weixler?«

»Weixler? Ist das der Tote von der Kluxhagener Alpe?« Als der Hauptkommissar zustimmend nickte, seufzte Simon vernehmlich, sah sich erneut auf dem Hof um und fuhr mit beiden Händen durch sein strohblondes Haar. »Wie gesagt, ich kenne den Toten nicht, und Maximilian hat diesen Weixler nicht getötet. Auch das Feuer hat er nicht gelegt. Mit wem er sich geprügelt haben könnte, weiß ich nicht. Da fragen Sie ihn besser selbst. Der Mühlbrunner-Hof ist nicht weit von hier. In etwa zehn Minuten sind Sie dort.«

»Ich war heute schon auf dem Hof der Mühlbrunners«, sagte Florian, trank seinen Kaffee aus und erhob sich. »Maximilian ist nicht da gewesen. Die Tochter der Familie hat mir berichtet, dass er seit dem Wochenende nicht mehr aufgetaucht ist.«

12

Seit die Beamten der Spurensicherung kurz nach dem Mord den Tatort untersucht hatten und die Leichen abtransportiert worden waren, war niemand mehr im Haus der Michelsbachs gewesen. Florian wollte sich selbst ein Bild machen. Die Berichte seiner Freundin Jessica waren zwar äußerst präzise formuliert, und die Fotos, die aus allen erdenklichen Winkeln der Räume aufgenommen worden waren, untermalten den Text, sodass er schon beim Lesen ein klares Bild des Tatortes vor Augen hatte. Trotzdem wollte er sich den Ort des Geschehens gern persönlich ansehen.

»Hast du über das Privatleben des Ehepaares etwas herausgefunden, Berthold?« Er schlenderte durch das große Wohnzimmer und blieb kurz vor dem getrockneten, inzwischen dunkelbraunen Blutfleck auf dem hellen Teppich vor dem Sofa stehen. Hier hatte die Frau gelegen.

»Ja, Chef, ähm, Florian«, sagte Berthold, lehnte sich mit der Schulter an den Türrahmen zum Flur und schlug den mitgebrachten Pappordner auf. »Frau Michelsbach spielte in ihrer Freizeit Tennis und fuhr zweimal im Jahr mit fünf Frauen in einen Kurzurlaub, oder sie machten ein Wellnesswochenende in einem teuren Hotel in Österreich. Die Namen der fünf Damen habe ich notiert. Eine davon ist die Nachbarin. Sie wurde kurz nach der Tat befragt und hat ausgesagt, eine gute Freundin von

Frau Michelsbach zu sein. Vermutlich sind die sechs Damen alle miteinander befreundet.«

»Vermutlich.« Florian nickte, machte eine großen Bogen um den Blutfleck auf dem Teppich, warf einen kurzen Blick auf die getrocknete Lache vor der Tür zum angrenzenden Büro und schaute sich dann die Familienfotos auf dem Kaminsims an. »Was ist mit Herrn Michelsbach?«

»In den sozialen Medien habe ich nichts gefunden. Aber es gibt einen Zeitungsbericht, in dem er als neuer Geschäftsführer einer Marketingfirma vorgestellt wurde. Er hat Golf gespielt. Das weiß ich, weil Jessica notiert hat, eine teure Golfausrüstung im Flur gesehen zu haben. Sie steht immer noch da.« Berthold wies mit dem Daumen in den Flur.

»Wer sollte sie auch weggenommen haben, Berthold?«

»Jessica hat es wohl vermerkt, weil sie sich gewundert hat, dass – im Falle eines Einbruchs – der oder die Täter die Schläger nicht mitgenommen haben. Die sind leichter zu Geld zu machen als Schmuck oder Bilder.«

»Ja, ich weiß, Berthold«, sagte Florian gereizt.

»Jedenfalls habe ich im Golfclub in Lenzfried angerufen. Der Platz liegt ja quasi nebenan. Da kann Herr Michelsbach in einer Viertelstunde zu Fuß hingehen.«

Florian seufzte. »Jetzt nicht mehr.« Er nahm eines der Fotos vom Kaminsims. Der edle silberne Rahmen war schwer, das Bild etwas größer als die anderen, die akkurat dekoriert über den ganzen Sims verteilt waren. Insgesamt standen zwölf Rahmen mit Fotos diverser Personen oder Gruppen über dem Kamin. »Sind das die Eltern von einem der Eheleute?«

Berthold kam näher und betrachtete die zwei älteren Herrschaften auf dem Farbfoto. »Könnte sein, oder? Alt genug wären sie.«

»Kannst du das bitte herausfinden? Vielleicht können die Eltern mir sagen, ob der Sohn der Michelsbachs in diesem Fall überhaupt hilfreich sein kann. Ich hoffe immer noch, dass ich irgendwelche Hinweise von Zeugen bekomme.«

»Aber die Eltern leben nicht mehr«, sagte Berthold, blätterte in seinen Unterlagen und hielt die gesuchte Information seinem Vorgesetzten hin. »Siehst du, beide Elternpaare sind bereits seit über zehn Jahren verstorben.«

»Prima, das hättest du doch gleich sagen können, Berthold«, grummelte Florian und riss seinem jungen Kollegen die Akte aus der Hand.

»Du hast nicht danach gefragt, Chef«, verteidigte sich Berthold. »Und schau, eine Seite weiter habe ich den Bericht der psychiatrischen Einrichtung abgeheftet, die den Gesundheitszustand des Sohnes untersuchen sollte.« Er schlug ungefragt die Seite im Ordner auf und tippte auf den erwähnten Bericht. »Der Junge kann nicht sprechen, versteht aber jedes Wort, zumindest akustisch. Die Ärzte schätzen, dass er die Auffassungsgabe eines jungen Grundschulkindes hat. Aufgrund seiner Behinderung kann er jedoch weder lesen, schreiben noch rechnen. Hier.« Entsprechende Sätze hatte Berthold mit einem gelben Marker angestrichen. »Aber der Bruder könnte vielleicht weiterhelfen«, schlug er vor.

Florian ballte die Hand, die eben noch den silbernen Rahmen gehalten hatte, zur Faust und presste die

Handkante gegen die Kaminumfassung. Er atmete tief ein und aus und widerstand dem Drang, Berthold zu packen und die wichtigen Informationen aus ihm herauszuschütteln. »Der Bruder? Welcher Bruder?« Sicherheitshalber schob er seine Hände tief in die Hosentaschen, um nicht handgreiflich zu werden.

»Das Ehepaar Michelsbach hat zwei Söhne«, sagte Berthold verwundert.

»Stand das im Bericht von Jessica, oder hast du das erst bei deiner Recherche heute in der Früh herausgefunden?« Die Worte wählte er mit Bedacht, sprach ruhig, langsam und gelassen, doch sein Blick verriet, dass er kurz vor dem Explodieren war.

Berthold schlug sich mit der Hand an die Stirn. »Ich Depp, das konntest du noch nicht wissen, Chef. Diese Info habe ich erst heute bekommen. Der zweite Sohn heißt Silas, ist 25 Jahre alt und wohnt in Füssen.«

13

»Hauptkommissarin Grothe! Bin ich froh, dass Sie gekommen sind. Sie müssen mir helfen!« Frau Mühlbrunner lief auf Jessica zu, wedelte aufgeregt mit den Armen und deutete immer wieder auf die alte Scheune neben dem Wohnhaus. »Bitte, kommen Sie schnell. Hier entlang.« Sie wendete abrupt und rannte nun auf das offene Scheunentor zu.

Nachdem Florian seiner Freundin am Montagabend am Telefon von den Ereignissen seines Arbeitstages erzählt hatte, hatte Jessica nichts mehr in Hamburg gehalten. Bereits am Dienstagnachmittag war sie zurück im Allgäu. Die Tatsache, dass der junge Helfer vom Mühlbrunner-Hof verschwunden war, beunruhigte sie. Maximilian hatte den Verstorbenen von der Alpe gut gekannt. War es möglich, dass er sich ebenfalls in Gefahr befand? Oder hatte er etwas mit dem Tod des Mannes in der Felsspalte zu tun? War er auf der Flucht? Und was war hier auf dem Hof los?

Aus dem Stallgebäude hörte Jessica plötzlich einen lauten Knall.

»Um Himmels willen«, rief Johanna Mühlbrunner entsetzt. Sie blieb kurz stehen und drehte sich zur Hauptkommissarin um. »Er bringt ihn um. Bitte helfen Sie mir.« Bevor Jessica reagieren konnte, verschwand die Bäuerin in der Dunkelheit der Scheune.

»Frau Mühlbrunner, bleiben Sie stehen. Kommen Sie

zurück«, schrie Jessica, sprang in den Wagen, holte ihre Dienstwaffe aus dem Handschuhfach und beeilte sich, der Frau in das Gebäude zu folgen.

Je näher sie der Scheune kam, umso lauter wurden die Geräusche. Ein Mann brüllte wütend, jemand schrie, etwas polterte laut.

»Polizei! Ich bin bewaffnet und komme jetzt herein«, ließ Jessica die Personen im Inneren des Stalles wissen und lehnte sich mit dem Rücken an die Wand neben dem offenen Tor, die Waffe mit beiden Händen vor ihrem Körper haltend. Vorsichtig spähte sie hinein, doch es war so dunkel, dass sie im ersten Moment nichts erkennen konnte. »Verhalten Sie sich ruhig. Ich möchte nicht auf Sie schießen müssen«, rief sie in die Dunkelheit und schob sich langsam hinein.

»Wo ist sie?«, brüllte ein Mann. »Wenn du mir nicht sofort sagst …«

»Bitte, mein Mann hat nichts getan!« Die flehende Stimme von Johanna Mühlbrunner durchdrang kaum den Lärm. Jemand schlug mit einer Eisenstange oder einer Schaufel unaufhörlich gegen einen großen Gülle-Anhänger. Das dumpfe, scheppernde Geräusch, wenn das harte Metall auf den hohlen Rundbehälter des blechernen Anhängers traf, war ohrenbetäubend.

»Aufhören! Polizei!«, schrie Jessica, so laut sie konnte. Langsam gewöhnten sich ihre Augen an das dämmrige Licht. »Legen Sie die Waffen weg und bleiben Sie alle, wo Sie sind, verdammt noch mal. Der nächste, der einen Mucks macht, wird verhaftet und kommt mit auf die Wache.«

Es wurde augenblicklich still. Jessica seufzte.

»Ach herrje, Sie schon wieder«, spuckte der Mann vor dem Güllewagen verächtlich aus. »Polizei können wir hier nicht gebrauchen, erst recht nicht die Kripo. Unsere Angelegenheiten klären wir immer noch selbst.«

Jetzt erkannte Jessica das Familienoberhaupt des Rothausen-Hofes. »Das habe ich begriffen, Herr Rothausen«, bemerkte sie trocken. »Würden Sie bitte die Eisenstange weglegen?«

Es schepperte laut, als Rothausen die schwere Stange achtlos auf den Steinboden fallen ließ.

»Gut. Und nun erklären Sie mir bitte, was dieser Auftritt soll, Herr Rothausen.« Jessica sicherte ihre Dienstwaffe und schob sie in das Pistolenhalfter an ihrer linken Körperseite. »Warum wollten Sie Herrn Mühlbrunner mit der Stange verprügeln?«

Karl Rothausen lachte schallend. »Wie kommen Sie denn darauf, dass ich Michael verprügeln wollte? Er soll mir nur sagen, wo er meine Kuh hingeschafft hat.« Er fuhr herum und sah den Hofbesitzer drohend an. »Wie konntest du es wagen …«

»Aber Karl, ich habe deine Kuh nicht«, stammelte Michael Mühlbrunner nervös. Er wirkte eingeschüchtert und versteckte sich hinter seiner Frau Johanna. »Obwohl es mein gutes Recht wäre. Du wolltest mich betrügen.« Seine Stimme wurde immer leiser, die letzten Worte waren kaum noch zu verstehen. »Das Tier gehört schließlich mir.«

»Geht das Gejammer schon wieder los?« Rothausen klang abfällig. »Die Rechtslage ist eindeutig. Dieser klägliche Hof gehört dir, mehr nicht.« Er deutete mit ausgestrecktem Arm über das spärliche Inventar der verrotteten Scheune, grinste breit und fügte süffisant hinzu: »Kann man davon überhaupt leben?«

»Du bist ein böser, gottloser Mann, Karl Rothausen«, fauchte Johanna den Eindringling an, trat auf ihn zu und presste ihren Zeigefinger gegen seine Brust. »Michael sagt die Wahrheit, du hast uns betrogen. Das Gerichtsverfahren läuft noch. Das Recht wird auf unserer Seite sein, Karl. Und jetzt verschwinde von unserem Grund.«

Jessica, die bis dato das ganze Schauspiel fasziniert beobachtet hatte, mischte sich nun ein. »Geht es wieder um Henriette? Haben Sie Herrn Rothausen die Kuh gestohlen?«, fragte sie Herrn Mühlbrunner.

Doch nicht er beantwortete die Frage der Hauptkommissarin, sondern Rothausen. »So ein Blödsinn«, polterte dieser und schüttelte heftig seinen Kopf. »Der hirnverbrannte Idiot hat ihr Kalb geklaut. Henriette steht bei Georg Bruchstein auf der Alpe.« Er schob Johanna beiseite, stürmte auf Michael zu und packte ihn am Kragen. »Wo hast du es hingebracht?«

»Auseinander!«, brüllte Jessica, griff nach Herrn Rothausens Schulter und versuchte, ihn vom Hofbesitzer wegzuziehen. Schließlich ließ Rothausen seinen Kontrahenten los. »Gehen Sie bitte dort rüber. Wenn Sie sich nicht unter Kontrolle bekommen, nehme ich Sie mit nach Kempten auf die Dienststelle.« Die Hauptkommissarin atmete tief durch und zog ihr Smartphone aus der Hosentasche, um sich Notizen machen zu können. »Wollen Sie eine Anzeige aufgeben, Herr Rothausen?«

»Warum?«, fragte der Bauer verwundert.

»Möchten Sie den Diebstahl des Kalbes anzeigen?«, erinnerte ihn Jessica an seine vorherige Behauptung.

»Er soll das Tier einfach herausgeben, dann ist die Sache geklärt«, brummte Karl Rothausen und schlug drohend mit der flachen Hand gegen den Güllewagen, der in seinem Rücken stand. Das laute Dröhnen übertönte sogar den erschrockenen Aufschrei der Ehefrau.

»Herr Mühlbrunner«, wandte sich Jessica an den anderen Mann. »Haben Sie das Kalb entwendet?«

Er schüttelte den Kopf.

»Möchten Sie Herrn Rothausen anzeigen wegen Hausfriedensbruch, Bedrohung, falscher Verdächtigung?«

»Das wäre ja noch schöner«, maulte Rothausen wütend.

Der Hofbesitzer Mühlbrunner schüttelte erneut den Kopf. »Es gibt nichts anzuzeigen«, antwortete er leise. »Ich habe das Kalb nicht. Wenn es wieder auftaucht, wird das Gericht mir das Tier sowieso zusprechen.« An Rothausen gewandt sagte er: »Maximilian ist verschwunden. Hast du etwas damit zu tun, Karl?«

Jessica, die eben noch konzentriert auf ihr Smartphone geschaut und das Gespräch nur mit halbem Ohr verfolgt hatte, horchte jetzt verwundert auf. Nicht, weil Bauer Rothausen wieder gegen den Anhänger geschlagen oder laut geflucht hätte, sondern weil es nach Mühlbrunners Frage unerwartet still wurde in der Scheune.

Rothausen wirkte überrascht. »Maximilian ist verschwunden? Seit wann?«, fragte er.

»Deshalb bin ich hier«, mischte sich die Hauptkommissarin ein. »Der junge Mann ist also noch immer nicht wieder aufgetaucht. Könnte es sein, dass er etwas mit dem Verschwinden des Kalbes zu tun hat?«

»Niemals.« In diesem Punkt waren sich beide Bauern ausnahmsweise einig.

»Der Maximilian ist ein guter Junge«, fügte Mühlbrunner heftig nickend hinzu. »Auch wenn du das nicht wahrhaben willst, Karl.«

»Du bisch so a Depp, Michael«, polterte der Angesprochene und starrte Mühlbrunner wütend an. Kurz darauf drehte sich Rothausen zur Kriminalbeamtin und schob die Hände in die Hosentaschen. »Maximilian folgt den Richtlinien der Biolandwirtschaft. Dort werden die Kälber mehrere Monate bei den Mutterkühen gelassen und nicht wie in der konventionellen Viehzucht bereits wenige Stunden nach der Geburt von der Mutter getrennt. Der Maximilian hätte das Kalb deshalb nur mit Henriette zusammen gestohlen.«

»Sie trauen ihm einen Diebstahl also durchaus zu?«, wollte Jessica wissen.

Rothausen blieb stumm und schüttelte schließlich den Kopf.

»Ist das Kalb mit Henriette bei Georg auf der Alpe, weil du jetzt auch auf Bio machst?«, zog Michael Mühlbrunner den Bauern auf. »Das passt mir gut. Wenn Henriettes Kalb in ein paar Wochen mir zugesprochen wird, dann –«

»Träum weiter!« Rothausen grinste verächtlich, hob grüßend die Hand und verließ die Scheune.

Jessica überlegte kurz, ob sie ihn aufhalten sollte, entschied sich aber dagegen. Es war leichter, die beiden Männer getrennt voneinander zu befragen. Erst musste ihr dieser Hofbesitzer Rede und Antwort stehen, später würde Sie den Rothausen-Hof noch einmal besuchen.

Eigentlich war sie nur gekommen, um mehr Informationen zu dem verschwundenen Maximilian zu bekommen. Dass sich jetzt wieder alles um die Kuh Henriette drehte, konnte kein Zufall mehr sein. Was hatte es nur mit diesem Rindvieh auf sich?

*

»Wie kannst du dir das alles merken?« Florian war sichtlich beeindruckt von den Ausführungen seiner Freundin zum Allgäuer Braunvieh. »Und warum ist das so wichtig?«

Florian und Jessica verbrachten ihre heutige Mittagspause im Bistro direkt neben dem historischen Rathausbrunnen. Hier hatte man einen herrlichen Blick über den großen Platz vor der Stadtverwaltung. Und hier gab es den besten Caprese-Salat nördlich von Italien.

»Das ist sogar sehr wichtig, denn 1980 ist der letzte Original-Braunvieh-Besamungsbulle geschlachtet worden. Sein Name war Amlex. Seitdem ist der Bestand an BS-freier Blutführung rapide zurückgegangen«, berichtete Jessica überschwänglich. Sowohl von Bauer Mühlbrunner als auch später am Vormittag von Bauer Rothausen hatte sie interessante Informationen bekommen. Eigentlich teilten die zwei Landwirte die gleiche Leidenschaft und Faszination für diese spezielle Rinderrasse. Warum sie sich so spinnefeind waren, hatte allerdings auch mit dieser Leidenschaft zu tun.

»Was bedeutet noch mal BS-frei?« Jessica hatte ihm die Zuchtgeschichte ausführlich erklärt, aber er konnte sich die Details nicht merken, weil er sich nicht auf das

Thema konzentrierte. Schließlich ging es um Kühe. Was war daran so spannend?

»Brown Swiss«, sagte Jessica, legte die Gabel auf den leeren Teller und schob ihn an den Rand des Tisches. »Das ist die Rinderrasse aus den USA, die man damals eingekreuzt hat. Mitte der 1980er-Jahre wollte man die Originalrasse wieder herausarbeiten.«

»Das war aber dank des Ablebens von diesem Besamungs-Ramses nicht mehr möglich.« Florian nickte stolz, da er endlich die Zusammenhänge begriffen hatte.

Doch Jessica schüttelte den Kopf. »Der Bulle hieß Amlex. Er war zwar das letzte lebende männliche Exemplar, aber vor der Einkreuzung der amerikanischen Rasse hatte man Spermadosen von Bullen der alten Zuchtlinien eingelagert. Auf die konnte man zurückgreifen. Mit den wenigen weiblichen Rindern dieses Original Braunviehs versucht man bis heute, den Bestand stetig zu vergrößern. Heute gibt es wieder mehrere Hundert der reinen Zuchtlinie.«

»Und Henriette ist so ein Allgäuer Original?« Florians Smartphone auf dem Tisch neben seinem Teller klingelte. Nach einem kurzen Blick aufs Display brummte er genervt, entschloss sich aber, den Anruf zu ignorieren und schaltete das Handy auf lautlos. »Wem genau gehört nun diese Kuh?«

»Der eingetragene Besitzer von Henriette ist Karl Rothausen«, erklärte Jessica. »Er hat vor etwa zehn Jahren die Kuh als Kalb von Mühlbrunners Schwiegervater erworben. Henriette ist mehrfach ausgezeichnet mit hochdekorierten Preisen, und ihre Nachkommen sind einiges wert. Einer ihrer Söhne ist heute ein gefragter Zuchtbulle.«

»Aber du hast gesagt, Bauer Mühlbrunner erhebe Ansprüche auf das Kalb, das auf der Kluxhagener Alpe steht. Meinst du, die ganze Sache hat etwas mit dem Mord an dem jungen Mann zu tun? Und warum glaubt der Landwirt, ihm stehe das Kalb zu?«

Jessica beugte sich vor und überkreuzte die Unterarme auf dem Tisch. »Komischerweise decken sich da die Geschichten der beiden Landwirte, nur kommen sie beide zu einem anderen Schluss. Sie interpretieren die gleiche Geschichte jeweils zu ihren Gunsten.«

Florian fragte nicht nach, sondern forderte Jessica mit Blicken zum Weiterreden auf.

»Rothausens Vater hat Henriette als Kalb beim Schafkopfen gewonnen. Da Donatus Behrbihler, der Schwiegervater von Michael Mühlbrunner, spielsüchtig und absolut pleite war, hat er damals sein Vieh beim Spiel eingesetzt. Henriette kam so auf den Hof der Rothausens, mit der Auflage, dass ihr zehntes Kalb auf den ursprünglichen Hof zurückgehen muss.«

»Und das angeblich verschwundene Kalb ist das zehnte?« Die Sache weckte allmählich Florians Interesse. Auch er beugte sich vor und schaute seiner Freundin gespannt in die Augen.

»Das ist der Streitpunkt«, sagte Jessica und lachte. »Es ist eigentlich so, dass das Original Allgäuer Braunvieh gleichzeitig zur Milch- und Fleischproduktion dient. Es ist also ungewöhnlich, dass Henriette nach vielen Kälbern und ein paar Jahren als Milchlieferantin nicht geschlachtet worden ist. Jedenfalls konnte der Vater von Karl Rothausen damals sicher davon ausgehen, dass nie ein zehntes Kalb geboren wird, deshalb hat er dem Deal zugestimmt.«

»Doch jetzt gibt es ein zehntes Kalb!« Langsam wurde Florian ungeduldig.

»Das Kalb von Henriette ist tatsächlich ihr zehntes, aber eines der neun Kälber davor war eine Totgeburt. Es gibt also nur neun lebende Nachkommen. Damit argumentiert Karl Rothausen.«

Florian schüttelte fassungslos den Kopf. »Der ganze Streit nur wegen einem toten Rindvieh? Ehrlich?«

14

»Gut, dass du endlich da bist, Chef.« Kommissar Berthold Willig stand neben dem Streifenwagen in der Auffahrt eines zweigeschossigen Einfamilienhauses am Kemptener Stadtrand und winkte Florian aufgeregt heran. »Ich versuche dich schon seit über einer Stunde zu erreichen. Warum gehst du nicht ans Telefon?«

Hauptkommissar Forster ignorierte seine Frage, verschaffte sich einen kurzen Überblick über die Situation und zeigte auf die offene Haustür. »Sind sie dieses Mal direkt durch die Vordertür rein?«, wollte er wissen. »Ist die Spurensicherung schon da?«

Nachdem sein Kollege Berthold ihn kurz über die Ereignisse aufgeklärt hatte, ging Florian ins Haus, grüßte zwei Kollegen, die ihm im Flur entgegenkamen, und machte sich dann rufend bemerkbar. »Hallo? Kripo Kempten. Ich hätte gern den Eigentümer des Hauses gesprochen.«

Direkt neben ihm trat eine Frau aus der angrenzenden Küche. Sie trug ein weißes Tenniskleid und hatte ihre dunklen Haare – ganz untypisch für eine Frau ihres Alters – mädchenhaft zu einem lockeren Pferdeschwanz gebunden. Florian schätzte die Frau auf Ende 50.

»Frau Brunkhorst?« Er ging auf sie zu und reichte ihr die Hand. »Hauptkommissar Forster, Kripo Kempten. Sie haben den Einbruch gemeldet. Würden Sie mir bitte ausführlich vom zeitlichen Ablauf Ihres Vormittags berichten? Wann haben Sie das Haus verlassen? Hatten Sie den Eindruck, dass Sie die Einbrecher überrascht haben, als Sie zurückkamen? Ist Ihnen die aufgebrochene Terrassentür sofort aufgefallen?«

Barbara Brunkhorst erzählte dem Hauptkommissar ausführlich von den Ereignissen des heutigen Tages. Sie wirkte nervös und fahrig, wiederholte viele unwichtige Dinge immer und immer wieder. Es gelang ihr kaum, bei ihren Ausführungen strukturiert und klar zu bleiben. Florian Forster musste mehrmals nachfragen, notierte sich alle wichtigen Angaben sorgfältig in das Notizbuch seines Smartphones, versuchte aber, nicht allzu ungeduldig zu wirken. Denn ein Einbruch wühlte die betroffenen Menschen sehr auf, das wusste er. Wenn unerlaubt in die Privatsphäre eingedrungen wurde, war das erschütternd, das konnte er gut verstehen.

Das Haus schien komplett verwüstet zu sein. Bereits ein kurzer Blick ins Wohnzimmer ließ erahnen, wie all die anderen Räume im ersten und zweiten Stock aussehen mussten. Überall waren Gegenstände von Regalen und Anrichten heruntergefegt worden, Schubladen standen offen oder lagen herausgerissen herum. Deren Inhalt war über den Fußboden verteilt. An den Wänden fehlten Bilder, der Fernseher war mutwillig zerstört und Möbel einfach umgeworfen worden.

»Und dabei waren mein Mann und ich kurz davor, eine Alarmanlage einbauen zu lassen. Der Einbruch bei Christine vor ein paar Wochen hat uns wachgerüttelt.« Frau Brunkhorst seufzte, setzte sich auf einen der Stühle am kleinen Esstisch in der Küche und bot dem Hauptkommissar einen Platz an.

»Christine Michelsbach?«, fragte Forster interessiert und setzte sich der Frau gegenüber. »Kannten Sie die Michelsbachs gut?« Das Haus des vor ein paar Wochen ermordeten Ehepaares lag zwar in der gleichen Straße, doch nicht in direkter Nachbarschaft.

»Christine und ich waren gut miteinander befreundet. Mittwochs sind wir immer gemeinsam zum Tennisspielen gegangen«, berichtete Barbara Brunkhorst und schniefte. »Wenn ich im Haus gewesen wäre, als der Einbruch passierte, wäre ich jetzt vermutlich auch nicht mehr am Leben.«

Kurze Zeit später überließ Florian die aufgewühlte Hausherrin der Obhut einer jungen Kollegin, der er auftrug, so lange bei der Frau zu bleiben, bis ihr Ehemann von der Arbeit kam. Dieser war über die Vorfälle informiert und sollte bald eintreffen. Doch Florian entschied, dass es sich nicht lohnte, auf ihn zu warten. Da Herr Brunkhorst am Morgen lange vor seiner Frau das Haus verlassen hatte, konnte er zur Aufklärung des Einbruchs wahrscheinlich nicht viel beitragen.

»Uhrzeit und Wochentag stimmen mit dem Einbruch bei den Michelsbachs exakt überein«, teilte Florian seinem Kollegen Berthold mit, zog sein Smartphone aus der Tasche, das nicht aufhören wollte zu klingeln, und schaute aufs Display. Unbekannte Nummer. Er zögerte, wies den Anruf dann jedoch ab. »Beschäftige dich bitte mal mit den verübten Straftaten der letzten Monate hier in der Gegend, Berthold. Gab es weitere Einbrüche in dieser Straße? Wenn ja, schau auf die Uhrzeit und den Wochentag. Vielleicht bin ich auf einem Holzweg, aber vielleicht …« Er verdrehte genervt die Augen. Obwohl er das eingehende Gespräch weggedrückt hatte, rief dieser unbekannte Anrufer erneut an.

»Wer ist da?«, blaffte er ärgerlich ins Telefon, ließ Berthold stehen und machte sich auf den Weg zu seinem Auto, das er an der Straße geparkt hatte.

»Herr Forster?«, meldete sich eine aufgeregte Stimme. »Spreche ich mit Hauptkommissar Forster?«

»Was wollen Sie?«, fragte Florian und blieb dem Anrufer eine Antwort schuldig. Er öffnete die Fahrertür und stieg in den Kombi.

»Franz-Xaver Lorenz«, stellte sich der Mann endlich vor. »Herr Forster? Ich bitte Sie herzlichst und appelliere an Ihren Verstand und Ihre Menschlichkeit – sorgen Sie augenblicklich dafür, dass mein Sohn Matteo aus der Untersuchungshaft entlassen wird. Wie ich gehört habe, gab es einen neuen Einbruch nach gleichem Muster. Sehen Sie denn nicht, dass Matteo unschuldig sein muss?«

*

»Beruhigen Sie sich doch, Forster. Was ist eigentlich Ihr Problem?«

»Mein Problem? Sie, Herr Götze, geben Interna eins zu eins an Fremde weiter, Sie tragen Informationen zu laufenden Ermittlungen unreflektiert nach draußen und fragen mich ernsthaft, was ich für ein Problem habe?« Den Platz, den der Dienststellenleiter ihm im Büro anbot, lehnte Hauptkommissar Forster mit einem wütenden Schnauben ab. Stattdessen ging er im Zimmer auf und ab und schlug ärgerlich mit der flachen Hand gegen den hohen Aktenschrank neben dem Fenster.

»Es ist schließlich nicht so, dass Franz-Xaver irgendetwas mit dem Einbruch zu tun hat, oder zählt er etwa zu den Tatverdächtigen?«, versuchte Götze sich zu verteidigen, seufzte dann aber resigniert und ließ sich auf seinen Stuhl hinter seinem Schreibtisch fallen. »Sie haben ja recht, Forster. Ich hätte ihm von dem neusten Einbruch nicht erzählen dürfen. Doch ich glaube nicht, dass ich Ihre Ermittlungen damit in irgendeiner Weise gefährdet habe, oder?« Mit der Hoffnung auf ein bestätigendes Nicken schaute er zum Hauptkommissar auf, fing sich aber nur einen verachtenden Blick ein.

»Ich möchte Sie wirklich bitten, Chef«, begann Florian, rieb sich gestresst seine Stirn und kniff fest die

Augen zusammen, bevor er an den Schreibtisch trat und Götze eindringlich ansah. »Auch wenn Lorenz Ihr Freund ist und auch wenn Sie jede Woche mit ihm zum Kegeln gehen, unterlassen Sie es in Zukunft, über Fälle und Ermittlungsergebnisse zu plaudern.«

Götze nickte. »Natürlich, Forster. Aber der Matteo ist jetzt entlastet, oder?«

Florian schloss erneut seine Augen und atmete tief durch. »Matteo Lorenz ist erst dann entlastet, wenn ich Zeugen finde, die mir bestätigen, dass er mit dem Mord an den Michelsbachs nichts zu tun hat, oder wenn ich den wahren Täter verhaften kann.« Er drehte sich auf dem Absatz um und verließ den Raum.

*

Im Büro von Hauptkommissar Kern roch es nach allerlei Kräutern und Gewürzen. Aus der großen Tasse auf dem Schreibtisch stiegen feuchte Nebelschwaden auf und verteilten sich langsam im Raum. Detlef Kern hustete.

»Das sind GPS-Daten, vermute ich.« Jessica Grothe stand vor dem gekippten Fenster und lehnte sich rückwärts gegen die Fensterbank. In ihrer Hand hielt sie einen Umschlag, aus dem sie einen Zettel gezogen hatte.

»Nur Zahlen? Weiter nichts?«, fragte ihr Kollege mit heiserer Stimme und nahm einen großen Schluck aus der Tasse, nur um kurz darauf erneut in einen keuchenden Hustenanfall auszubrechen.

»›Hier finden Sie das, was Sie suchen‹, steht unter den Zahlen«, sagte Jessica und sah besorgt zu Detlef. »Du gehörst nach Hause ins Bett.«

»Ach was, das bisschen Husten. Von wem ist die Nachricht?«

»Der Umschlag ist mit der Post gekommen und an mich adressiert – ohne Absender!« Sie zog ihr Smartphone aus der Hosentasche, rief eine App auf und übertrug die Zahlenreihe in ihr Handy. Eine Landkarte poppte auf und zeigte auf einen Punkt im nordöstlichen Allgäu.

»Ich fahre da hin«, entschloss sich Jessica, schob Zettel und Handy in ihre Hosentasche und griff nach ihrer Jacke, die über der Lehne ihres Bürostuhls hing.

»Jetzt? Es ist gleich Feierabend«, bemerkte Kern, sah zur Sicherheit auf seine Armbanduhr und schüttelte den Kopf. »Mach das doch morgen«, schlug er vor. »Oder schicke die Jungs von der Nachtschicht.«

Doch die Neugier siegte. Eine halbe Stunde später bog Jessica von der Landstraße zuerst auf eine kurze einspurige Nebenstraße und schließlich auf einen maroden Sandweg ab, der durch einen kleinen Mischwald führte. Es war nicht einfach, ihren Kleinwagen an den vielen tiefen Schlaglöchern vorbeizulotsen, ohne mit den schmalen Reifen im weichen Waldboden links oder rechts des Weges steckenzubleiben. Immer wieder kontrollierte sie die Angaben auf dem Display ihres Smartphones. Das Ziel ihrer Reise konnte nicht mehr weit sein.

Nach etwa 100 Metern endete der Wald und gab den Blick frei auf ein altes, teilweise eingestürztes Haus und eine Scheune aus Holz, die sehr in Schieflage geraten war. Jessica befürchtete, dass die Scheune durch die Erschütterung, die ihr Wagen auf dem Schotter vor den Gebäuden auslöste, in sich zusammenfallen könnte.

Rings um Haus und Scheune erstreckten sich Wiesen und Felder, die an drei Seiten von Bäumen begrenzt waren. Hinter dem Haus war ein Weiher, in dessen Mitte eine kleine, grasbewachsene Insel herausragte. Das Wasser war ruhig, die Luft schwül und drückend. Es war unangenehm warm. In der Ferne zog ein Gewitter auf. Der kaum spürbare Wind brachte keine Erfrischung.

Jessica stieg aus ihrem Auto und schaute besorgt zum Himmel. Über ihr war er noch hellblau und klar, doch die dunkle Wolkenfront, die sich über die Berge schob, verhieß nichts Gutes.

Ein letztes Mal überprüfte sie die Koordinaten, die ihr das Smartphone anzeigte, schaltete die App aus und holte eine Taschenlampe und ihre Dienstwaffe aus dem Handschuhfach.

Was auch immer sie in dem Gebäude erwartete, sie wollte auf alle Eventualitäten vorbereitet sein.

15

»Bin wieder zu Hause!« Florian warf einen kurzen Blick in die Küche und sah seine Mutter am Tisch sitzen. »Hallo, Mama. Ist Jessica noch nicht da?« Ihr Auto stand nicht in der Einfahrt, deshalb erübrigte sich seine Frage eigentlich. Weil er aber selbst heute über zwei Stunden länger als gewöhnlich im Präsidium gewesen war, hatte er fest damit gerechnet, seine Freundin hier anzutreffen.

»Sie hat vor einer Stunde angerufen, dass sie später kommt. Sie müsse noch einem Hinweis nachgehen, hat sie gesagt.« Maria Forster stand auf und ging zum Kühlschrank. »Möchtest du etwas essen?«

»Danke, aber Berthold hat uns Leberkässemmeln besorgt, als abzusehen war, dass wir Überstunden machen müssen. Ich bin satt.«

Bertholds Recherche hatte ergeben, dass tatsächlich vier weitere Einbrüche in Kempten und Umgebung, alle an einem Mittwochvormittag, stattgefunden hatten. Von den insgesamt sechs Einbrüchen im letzten halben Jahr – wenn man die Häuser der Michelsbachs und der Brunkhorsts mitzählte – hatten wiederum drei der geschädigten Familien angegeben, dass sie den Einbau eines Sicherheitssystems ins Auge gefasst und bereits Angebote eingeholt hatten. Herr und Frau Michelsbach konnte man dazu natürlich nicht mehr befragen. Leider war die Sicherheitsfirma, deren Name immer wieder in den Akten fiel, um diese Uhrzeit nicht mehr erreichbar gewesen. Kommissar Berthold Willig würde morgen in aller Früh bei dieser Firma vorsprechen. Er, Florian, wollte den zweiten Sohn des ermordeten Ehepaares befragen. Silas Michelsbach war nach einer dreiwöchigen Orchestertournee durch Südafrika seit gestern endlich zurück in seiner Wohnung in Füssen. Der junge Mann konnte ihm vermutlich nicht viel weiterhelfen, doch Florian wollte nichts unversucht lassen.

»Erwartest du noch Besuch?«, fragte er seine Mutter, als es an der Tür läutete.

Maria Forster schüttelte den Kopf. »Vielleicht ist es Jessica.«

»Das darf doch wohl nicht wahr sein!«, rief Florian verächtlich, als er den Schock nach dem Anblick der zwei Personen vor seiner Tür überwunden hatte. »Was soll das?«

Der ältere der zwei Männer lächelte freundlich. »Guten Abend, Herr Forster. Meinem Sohn Matteo war es ein großes Bedürfnis, sich direkt bei Ihnen dafür zu bedanken, dass Sie sich so für seine Freilassung eingesetzt haben.«

Matteo Lorenz starrte seinen Vater empört an und verschränkte wütend die Arme vor seiner Brust, bis Franz-Xaver Lorenz ihn mit dem Ellenbogen in die Seite stieß und ihm eine in buntes Geschenkpapier eingepackte Flasche reichte.

»Matteo möchte Ihnen das hier überreichen und verspricht, dass er alle ihm auferlegten Bewährungsauflagen befolgt, die Stadt nicht verlässt und sich täglich auf der Wache meldet.«

Der junge Lorenz brummte abfällig, griff nach der Flasche und streckte sie Florian entgegen.

»Ich werde mit Sicherheit kein Geschenk von Ihnen annehmen, Herr Lorenz«, ließ Florian ihn wissen und hatte Mühe, nicht ausfällig zu werden. »Mit der Entlassung Ihres Sohnes aus der U-Haft habe ich nichts zu tun.« Seine Hände schob er vorsorglich in seine Hosentaschen, um nicht Gefahr zu laufen, wütend gegen den Türrahmen zu schlagen. Das war bestimmt auf Götzes Mist gewachsen. Wie konnte sein Chef ihn nur derart hintergehen? »Verlassen Sie bitte mein Haus und meinen Grund, Sie haben hier absolut nichts verloren.«

Das Lächeln auf dem Gesicht von Franz-Xaver Lorenz sollte versöhnlich wirken, erzeugte aber bei Florian den gegenteiligen Effekt. Als der alte Lorenz scherzhaft bemerkte, dass das Haus doch nicht ihm, sondern seiner Mutter gehörte, wäre Florian fast explodiert, aber seine Mutter Maria, die plötzlich neben ihm stand, nahm ihm die Angelegenheit kurzerhand ab.

»Wenn du nicht augenblicklich *mein* Grundstück verlässt, dann vergesse ich mich«, schrie sie aus Leibeskräften, trat auf den Mann zu und schubste ihn. »Ich will dich weder hier noch sonst irgendwo jemals wiedersehen. Hast du mich verstanden?«

Herr Lorenz hob beschwichtigend beide Arme in die Höhe und wollte etwas erwidern, aber Maria ließ ihn nicht zu Wort kommen. Sie griff nach seinem Oberarm und drehte Lorenz zur Treppe um. Anschließend legte sie beide Hände auf seinen Rücken und stieß ihn die Treppe hinunter. Lorenz strauchelte und hatte Mühe, nicht zu fallen.

»Verschwinde! Auf der Stelle!«

Mit in die Hüften gestemmten Fäusten schaute sie Sohn und Vater Lorenz hinterher, bis diese das Gartentor hinter sich geschlossen hatten und hinter der hohen Hecke verschwanden.

»Geht doch«, sagte sie außer Atem, drehte sich um und ging ins Haus zurück. »Gute Nacht, Florian. Ich gehe schlafen.«

Sie verschwand in ihrem Zimmer und ließ ihren Sohn völlig verwirrt zurück.

*

Da alle Fenster mit Brettern vernagelt waren und durch die schmalen Ritzen zwischen dem Holz nur wenig Licht hereinfiel, war es in der alten Hausruine dunkel, muffig und staubig. Ohne ihre Taschenlampe hätte Jessica nicht viel erkennen können.

Jessica ließ die schwere Haustür offen, als sie in den Flur trat und sich beunruhigt umsah. Ihre Dienstwaffe trug sie im Halfter an ihrer linken Körperseite, in der linken Hand hielt sie die eingeschaltete Taschenlampe. Der Lichtkegel erhellte den gesamten Flur, ließ aber gleichzeitig die Türen links und rechts im Schatten verschwinden. Deshalb erkannte Jessica nicht, ob sie offen oder geschlossen waren, wenn sie sie nicht direkt anstrahlte.

Während sie vorhin die Stufen zum Eingang hinaufgestiegen war, hatte sie laut gerufen, doch keine Antwort bekommen. Außerdem war sie mit dem Fuß durch eine morsche Holzstufe gebrochen und hatte sich die

Haut an ihrem Knöchel an dem geborstenen Holz aufgerissen, als sie den Fuß herauszog. Es waren aber nur ein paar leicht blutende Kratzer.

Am rechten Oberarm trug sie die Armbinde, die sie immer zum Joggen verwendete. In der wasserdichten Klarsichttasche an der Seite verstaute sie üblicherweise ihr Smartphone. Sie konnte so die Tastatur bedienen und ihre Kopfhörer anschließen, um während ihrer Laufrunden Musik zu hören. Auch jetzt steckte ihr Handy in dieser Tasche, mit eingeschalteter Kamera, um ihren Polizeieinsatz aufzunehmen. Die Aufzeichnung lief, seit sie das Auto verriegelt und den Wagenschlüssel in ihre Hosentasche gesteckt hatte.

Sie hätte nicht allein herkommen sollen. Wie sollte sie zeitnah Verstärkung anfordern, wenn das eine Falle war?

Vorsichtig schob sie die erste Tür zu ihrer Linken auf und späte hinein. In dem großen Raum lag allerlei Gerümpel, alte Holzkisten und ein umgefallener Stuhl. Das Zimmer schien seit Jahren von niemandem mehr betreten worden zu sein, denn die dicke Schicht aus Staub auf dem Fußboden und die Spinnweben, die von der Decke hingen, waren unberührt und unversehrt.

»Hallo?«, rief Jessica erneut. »Kripo Kempten. Ist hier jemand?« Sie erwartete keine Antwort, doch der Klang ihrer lauten Stimme beruhigte sie. In diesem Haus war es totenstill und unheimlich. Warum nur sollte sie herkommen, und was würde sie hier vorfinden? In der Nachricht auf dem Zettel hieß es, sie würde finden, was sie suchte. Zurzeit suchte sie nur den Hofhelfer Maximilian, der seit Tagen verschwunden war. Jetzt hoffte sie inständig, hier in diesem alten Gemäuer nicht auf die Leiche des jungen Mannes zu stoßen.

Die nächsten zwei Räume, die sie untersuchte, waren leer und staubig wie der erste. Die vierte Tür ließ sich nicht öffnen. Sie war nicht abgeschlossen, aber irgendetwas Schweres stand von innen direkt vor der Tür. Zu diesem Zimmer musste es einen anderen Zugang geben. Ganz hinten, am anderen Ende des langen Flures gegenüber der Eingangstür, trennte eine zerbrochene Glasdoppeltür unter einem imposanten, mit traditioneller Bauernmalerei verzierten Holzbogen den Gang von einem großen Wohnzimmer. Dieser Raum war heller, denn die teilweise zerstörten Scheiben der Fenster waren nicht mit Holzlatten verbarrikadiert worden, sondern gaben den Blick frei über den verwilderten Garten und den grünblauen Weiher hinter dem Haus. Ein großer Kamin dominierte die Westseite des Zimmers. Auf dem Boden lag ein alter Teppich, der so verdreckt, voll altem Laub und staubig war, dass man das Muster und die ursprüngliche Farbe nicht mehr erkennen konnte. Neben dem Kamin befand sich eine geschlossene Tür. Das musste der zweite Zugang zu dem Zimmer mit der zugestellten Tür sein.

Als Jessica die Hand auf die gusseiserne Klinke legte, hörte sie plötzlich ein tiefes, brummendes Geräusch und fuhr erschrocken herum. Was war das? Kam es von draußen? Von einem Tier? Oder war es das laute Knarzen einer Diele im oberen Geschoss des Bauernhauses? War doch jemand hier?

»Hallo? Ist da jemand? Polizei! Bitte geben Sie sich zu erkennen«, rief Jessica und sah sich nervös um. Die

Tür zum Flur stand offen. Sie ging langsam ein paar Schritte zurück und leuchtete mit der Taschenlampe in den schmalen Gang. In diesem Moment schlug vorne die Eingangstür mit einem lauten Krachen zu, jemand polterte draußen die Treppenstufen hinunter. Holz zerbarst, jemand schrie laut auf, Schritte entfernten sich schnell.

In diesem Moment war Jessica bereits an der Haustür und riss sie auf. Die tief am Horizont stehende Sonne blendete sie. Sie sah ihr Auto, die hohen Bäume am Waldrand und die baufällige Scheune, doch nirgends erblickte sie einen Menschen.

In der Ferne erklang wieder dieses brummende Geräusch – eintönig, tief und röhrend, wie ein alter Motor oder ein großes brüllendes Tier. Ein Bär? Ein Hirsch?

In der Scheune schepperte es laut, jemand fluchte.

»Verdammt noch mal, wer ist da?« Jessica sprang vom Treppenabsatz über die Stufen nach unten, zog im Laufen vorsorglich ihre Waffe und entsicherte sie. Die Scheune hatte sie schnell erreicht. Eine Seite des großen Doppeltores war aus der Verankerung gerissen und hing, ebenso schief wie das gesamte Gebäude, herunter. Sie musste unter der Flügeltür hindurchtauchen, um ins Innere zu gelangen.

Wieder ertönte dieses laute Dröhnen. Es kam nicht aus der Scheune. Sie konnte deutlich hören, dass es von irgendwo hinter dem Haus kam.

»Treten Sie vor und zeigen Sie sich. Polizei Kempten«, sagte Jessica mit fester Stimme und zielte mit der Waffe in die Dunkelheit. Mit der Taschenlampe versuchte sie jeden Winkel der Scheune auszuleuchten, sah aber nur die schiefen Stützbalken, das gefährlich durchhängende Dach, eine Leiter zu einer zweiten Ebene und ein paar alte Ölfässer. Sonst nichts.

Für einen kurzen Augenblick fiel hinten in der Ecke, die zum Weiher zeigte, Licht in den finsteren Raum, dann wurde es wieder dunkel. Drei Sekunden später hörte Jessica ein Motorrad, dessen Hinterreifen so lange durchdrehte, bis das Profil im Sand neben der Scheune genug Grip fand. Das aufheulende Motorengeräusch entfernte sich schnell, sodass Jessica, als sie endlich die Seitentür erreichte und ins Freie trat, das Zweirad samt Fahrer nur noch im angrenzenden Wald verschwinden sah.

»Verdammter Mist«, fluchte sie verärgert, drehte sich um und erblickte im Licht, das durch die geöffnete Seitentür auf den sandigen Fußboden der Scheune fiel, etwas im Dreck. Jemand hatte einen großen Kreis in den Staub auf dem Boden geritzt, einen kleineren hineingezeichnet und die Fläche zwischen den Kreisen mit einem unregelmäßigen Wellenmuster verziert.

»Die Insel?«, überlegte Jessica irritiert. »Heißt das, ich muss auf die kleine Insel im Weiher?«

16

Als der Anruf kam, war die Sonne bereits untergegangen. In der Ferne blitzte und donnerte es, doch das Unwetter würde vorbeiziehen. Vermutlich regnete es hier im Tal nicht einmal.

Vom Hof bis zu seinem Ziel brauchte er laut Navi fast eine Dreiviertelstunde. Er gab auf der Autobahn ordentlich Gas und hoffte, dass er die angegebene Position fand. Simon, sein Stallbursche, hatte ihm die Daten in sein Navigationsgerät eingegeben. Er selbst hatte mit diesem technischen Firlefanz nichts am Hut.

Karl Rothausen parkte seinen Jeep direkt neben dem Auto der Hauptkommissarin vor der Eingangstür der halb zerfallenen Hausruine, sparte es sich, den Wagen abzuschließen und erblickte die zerstörten Stufen. Er nahm einen kurzen Anlauf und sprang über das kaputte Holz hinweg auf die Veranda. Dann öffnete er die Tür und trat in das Gebäude.

»Frau Grothe? Wo sind Sie? Verdammte Scheiße, ist das dunkel hier«, fluchte er und tastete sich vorsichtig an der Wand entlang. Im hinteren Raum, dem ehemaligen Wohnzimmer, war es etwas heller, oder seine Augen hatten sich inzwischen an die spärlichen Lichtverhältnisse gewöhnt.

Auf dem Sims des großen Kamins entdeckte er eine alte Öllampe, hob sie an und schüttelte sie vorsichtig. Wenn er Glück hatte, war noch Öl darin.

»Hallo? Frau Grothe«, rief er erneut. Er holte sein

Feuerzeug aus der Hosentasche, um die Lampe zu entzünden, und endlich wurde es hell. Wo war die Hauptkommissarin? Sie hatte sich gemeldet und ihm diese Adresse durchgegeben. Sein Handy lag noch im Jeep, ansonsten hätte er sie jetzt angerufen.

Jessica hatte das Licht im Haus gesehen, machte sich auf den Weg zurück zum Gebäude und kletterte an der Rückseite vorsichtig durch eines der kaputten Fenster. Im Wohnzimmer des Hauses war es inzwischen wieder dunkel, doch aus dem angrenzenden Zimmer, dem Zimmer, in das sie vorhin nicht mehr geschaut hatte, fiel ein schmaler Lichtstrahl durch den Türspalt. Sie machte sich rufend bemerkbar und schob mit dem Fuß langsam die schwere Tür mit den gusseisernen Beschlägen auf. In den Händen hielt sie die Taschenlampe und ihre entsicherte Dienstwaffe. Man konnte nie wissen, was einen erwartete.

»Herr Rothausen. Hier sind Sie also«, sagte Jessica, als sie den großen Mann in der Mitte des Zimmers erblickte, schob ihre Dienstwaffe ins Halfter zurück und schaltete die Taschenlampe aus. Eine Öllampe vor Rothausens Füßen warf ausreichend Licht in das Zimmer.

Der breitschultrige Mann in dem karierten Hemd schien sie nicht zu bemerken. Er stand reglos da und sah sich langsam um. Schließlich hob er beide Arme und fuhr mit den Händen durch sein ergrautes Haar. »Kreuzkruzifix, was ist das?«, brachte er entsetzt heraus und drehte sich endlich zur Hauptkommissarin um. »Wer hat das alles hier aufgehängt?«

Ob Karl Rothausen die Tierkadaver meinte, die an dünnen Drahtseilen von der Decke hingen, oder die zahlreichen Reichsflaggen, die an die Wände gekritzelten Hitlerkreuze, die abartigen Nazi-Sprüche, von denen »Kanaken raus – Deutsches Reich den Deutschen Bürgern« noch der harmloseste war, wusste Jessica nicht. Der Raum strahlte so viel Hass und Verachtung aus, dass es ihr für einen Moment die Sprache verschlug. Sie versuchte wie gebannt, all die Grausamkeit zu begreifen und zu verarbeiten. Die toten Tiere starrten sie mit matten Augen an, das Fell braun verkrustet von geronnenem Blut. Die Wörter an den Wänden waren mit roter Farbe oder dem Blut der Tiere geschrieben.

»Wo ist Franziska?«, fragte Karl Rothausen, griff nach der Öllampe und ging zur Tür. »Ich muss hier raus«, fügte er flüsternd hinzu und verschwand im angrenzenden Wohnzimmer.

»Wer?«, rief Jessica ihm nach und verließ ebenfalls den Raum.

»Das Kalb von Henriette«, erklärte Rothausen und sah sich um. »Sie sagten, Sie hätten Franziska gefunden.«

»Ja. Das habe ich.« Jessica deutete mit der Hand zum zerbrochenen Fenster. »Hinter dem Haus ist ein See, in der Mitte eine kleine Insel. Das Kalb ist dort. Ich war schon drüben, aber mir ist es leider nicht gelungen, das Tier in das kleine Holzboot zu bekommen.«

Rothausen nickte, reichte der Hauptkommissarin die Öllampe und kletterte durch das kaputte Fenster nach draußen. »Ich hole Franziska. Fahren Sie bitte meinen Jeep hinter das Haus? Der Schlüssel steckt.«

*

»Würdest du bitte ihr Handy orten«, wies Florian gereizt und beunruhigt an. »Ich kann sie nicht erreichen und es ist bald Mitternacht.«

Am anderen Ende der Leitung brach Kommissar Thomas Glasinger in schallendes Gelächter aus. »Herrgott, Florian. Es ist noch nicht einmal halb elf. Findest du nicht, dass deine Panik völlig unbegründet ist? Vermutlich hat sie eine Freundin getroffen und sich verquatscht. Das kommt bei Frauen schon mal vor.«

»Nicht bei meiner«, behauptete Florian und bat seinen Kollegen, der heute Nachtschicht hatte und im Präsidium Dienst schob, erneut um eine Handyortung.

»Du weißt, dass ich das nicht machen kann«, sagte Glasinger und fügte hinzu: »Es ist rechtlich, aber vor allem moralisch bedenklich. Du kannst doch deiner Frau nicht einfach so hinterherspionieren.«

»Ich spioniere nicht«, erklärte Florian ärgerlich. »Du willst mir also nicht helfen?«

»Nein.«

Florian schnaufte wütend und legte auf, ohne sich zu verabschieden. Seit Jessicas Kollege Detlef Kern ihm vor über einer Stunde mitgeteilt hatte, dass Jessica einem anonymen Hinweis nachging, machte er sich Sorgen. Mehrmalige Versuche, sie auf ihrem Handy zu erreichen, waren ins Leere gelaufen, und auch Kern konnte ihm nicht sagen, wo genau Jessica hingefahren war.

Wie konnte sie nur so leichtsinnig sein? Eine der wichtigsten Regeln als Polizist war, niemals allein an einen Tatort zu fahren. Wenn es sich bei diesen Koordinaten, von denen Hauptkommissar Kern ihm berichtet hatte, nicht um einen Tatort handelte, konnte es auch eine Falle sein. Warum hatte sie keine Unterstützung angefordert?

17

»Gibt es hier oben keinen Handyempfang?« Jessica hielt ihr Smartphone in die Höhe und schaute immer wieder auf die Anzeige auf ihrem Display, doch kein einziger Balken zeigte sich. Dabei waren hier auf den Bergen überall Anlagen installiert, die für einen störfreien Empfang sorgen müssten.

»Nein, hier nicht mehr. Auf dem Parkplatz hätten Sie noch telefonieren können«, sagte Karl Rothausen und nahm ihr den Lederriemen ab, mit dem sie das Kalb den Berg hinaufführte. Das Tier sollte so schnell wie möglich zurück zur Mutterkuh. Wenn noch nicht zu viel Zeit vergangen war, würde Henriette ihr Kalb sofort wieder annehmen. Falls nicht, hatten sie ein Problem.

»Wir beeilen uns, dann sind wir in einer halben Stunde wieder beim Auto.«

Der Himmel hatte sich binnen weniger Minuten so verfinstert, sodass Jessica nun ihre Taschenlampe einschaltete und den schmalen Pfad direkt vor ihren Füßen beleuchtete. Das Unwetter war nicht wie erwartet an der letzten Bergkette hängen geblieben, sondern schob sich in einer bedrohlichen Geschwindigkeit über die Gipfel hinweg ins angrenzende Tal. Wenn sie Pech hatten, würden sie mitten in das Gewitter geraten. Das wäre hier auf dem Berg nicht nur unangenehm, sondern auch gefährlich.

»Werden wir es denn vor dem Regen schaffen?« Der Blick in den pechschwarzen Himmel verhieß nichts Gutes. In der Ferne blitzte es bereits fast ununterbrochen.

»Der Regen ist nicht das Problem«, sagte Rothausen, überholte Jessica und ging etwas schneller. »Wir sollten allerdings auf gar keinen Fall hier draußen sein, wenn die Blitze kommen.«

Jessica beeilte sich, um mit ihm Schritt zu halten.

Ein paar Minuten später erreichten sie die Alphütte und riefen nach Georg Bruchstein.

Es donnerte laut, und kurz ließ ein greller Blitz den Gipfel hinter der Hütte hell aufleuchten.

»Rothausen? Du hast das Kalb tatsächlich gefunden. Großartig!«, wurden sie vom Älpler begrüßt. »Henriette ist irgendwo am Hang.« Er wies in Richtung der Gipfel, steckte zwei Finger in den Mund und stieß einen lauten und durchdringenden Pfiff aus. »Sie wird schon kommen.«

Sie mussten nicht lange warten. Henriette hatte zusammen mit ein paar anderen Rindern Schutz hinter der Hütte gesucht, kam nun hervor, begrüßte ihr Kalb und leckte es ab. Das Bild war so herzergreifend, dass Jessica vor Rührung fast weinen musste.

Wer konnte nur so grausam sein, ein so junges Kalb zu entführen? Ob es der war, der ihr heute den Hinweis zum Aufenthaltsort des Tieres hatte zukommen lassen? Und wer war die Person in der alten Bauernhausruine, die so schnell mit dem Motorrad geflüchtet war? Hatte sie etwas mit dem Diebstahl des Kalbes zu tun? Oder mit den toten Tieren in diesem grauenvollen Zimmer?

Rothausen berichtete Bruchstein vor dem Eingang zur Hütte von den Ereignissen der letzten Stunden, nachdem sie zusammen Mutterkuh und Kalb in den Stall gebracht hatten.

Jessica rief die Videos auf ihrem Smartphone auf. Vielleicht war auf dem Film, den sie aufgenommen hatte, etwas zu sehen, das ihr vor Ort nicht aufgefallen war. Sie startete die Aufzeichnung. Wegen des aufziehenden Gewitters mit den lauten Donnerschlägen konnte Jessica kaum etwas hören. Deshalb zog sie die Kopfhörer aus der Hosentasche, schloss sie an das Gerät an und steckte sich die Stöpsel in die Ohren. Mit dem Blick aufs Handy spazierte sie über das Gelände um die Alpe herum.

Die Aufnahme war erstaunlich gut. Sie sah dank der in der Ruine eingeschalteten Taschenlampe jedes Detail. Sie hörte, wie ihr Fuß durch die morsche Stufe brach und wie die Tür beim Öffnen leise quietschte. An der Stelle des Videos, an dem sie die dritte Tür vom Flur aus öffnete, fiel ihr im Hintergrund ein Schatten auf, der blitzschnell vorbeihuschte. Himmel, war die Person im Haus ihr wirklich derart nah gekommen, ohne dass sie sie bemerkt hatte? Sie wiederholte die abgespielte Sequenz und stoppte die Aufnahme an der Stelle, an der der Schatten ihr am nächsten war. Jetzt konnte man ein Gesicht sehen, doch die Konturen waren so verschwommen, dass Jessica nicht eindeutig sagen konnte, ob es ein Mann oder eine Frau war. Ob die Kriminaltechnik da noch mehr rausholen konnte?

Vertieft in die bewegten Bilder und fasziniert von den neuen Hinweisen, hörte Jessica nicht, wie Karl Rothausen von der Hütte aus nach ihr rief und dabei wild mit den Armen wedelte. Kurz darauf stimmte auch Georg Bruchstein ein, doch die Stöpsel in ihren Ohren verhinderten, dass sie die beiden Männer und ihre Warnrufe bemerkte. Da sie den Blick auf das Handy gerichtet hielt, sah sie nicht, dass sie sich der Klamm näherte.

Rothausen setzte sich voller Panik in Bewegung und lief mit großen Schritten auf Jessica zu, die im selben Moment mit dem Fuß gegen einen niedrigen Holzpfosten stieß, taumelte, beide Arme in die Höhe riss, das Gleichgewicht verlor und rückwärts über die Zaunkante stürzte. Sie schrie entsetzt auf, fiel immer weiter nach hinten, schlug mit dem Rücken auf harten Stein und begann augenblicklich zu rutschen.

*

»Danke, Thomas«, sagte Florian. »Ich bin dir was schuldig.«

Thomas Glasinger lachte. »Ich will nur zwei Dinge. Gib mir ein Bier aus und verrate Jessica niemals, dass ich dir beim Spionieren geholfen habe.«

»Das geht in Ordnung«, stimmte Florian zu. »Ich werde ihr sicher nicht erzählen, dass ich ihr Handy habe orten lassen.«

»Was will sie denn auf diesem abgelegenen Parkplatz zu dieser unchristlichen Zeit?«

»Na ja, wenn sie sich dort nicht heimlich mit einem anderen Mann trifft, ist sie vermutlich bei Georg Bruchstein auf der Alpe und ermittelt in ihrem aktuellen Mordfall. Dort auf dem Berg hat sie keinen Handyempfang.«

»Ach so. Gut. Dann hoffe ich, dass es Letzteres ist«, amüsierte sich Kommissar Glasinger. »Kannst du jetzt besser schlafen?«

»Bestimmt«, sagte Florian, bedankte sich ein zweites Mal bei seinem Kollegen, der für ihn mit der Ortung des Handys seiner Freundin zumindest einen dienstlichen Verweis riskiert hatte, und legte auf. Dann setzte er sich im Wohnzimmer auf den Sessel vor den Fernseher und schaltete das Gerät ein. Er würde erst ruhig schlafen können, wenn Jessica wieder zu Hause war.

*

Der Platzregen setzte in dem Moment ein, als Rothausens Hand Jessicas Knöchel packte und ihr Hinabrutschen abrupt ausbremste. Ihr Kopf hing bereits über dem Abgrund der dunklen Bergspalte. Obwohl ein erneuter Blitz die Umgebung kurzzeitig erhellte, konnte sie in diesem Bruchteil einer Sekunde nicht ausmachen, wie tief dieser felsige Abgrund war.

Karl Rothausen zog sie vom Rand der steinigen Klamm weg und half ihr beim Aufstehen. »Himmel, Fehl. Hier auf dem Berg muss man immer aufmerksam sein und darf nicht blind umherschlawenzeln«, belehrte er sie mit ernstem Blick.

Doch Jessica hörte ihn kaum. Das permanente Grummeln, das unheilvoll von den Gipfeln herüberwehte, endete in einem derart lauten Donnern, dass sie erschrocken aufschrie. Ein mächtiger Blitz folgte augenblicklich.

»Sofort in die Hütte«, befahl Georg Bruchstein, griff nach ihrem Arm und zog sie hinter sich her. »Hier draußen ist es lebensgefährlich.«

In der Hütte des Älplers war es warm. In einem kleinen gusseisernen Ofen in der Zimmerecke loderte ein Feuer. Eine elektrische Lampe an der Decke warf mattes Licht in den Raum, schaffte es aber nicht, die Zimmerecken auszuleuchten. Das Bett mit der imposanten Daunendecke direkt neben dem Fenster lag im Dunkeln, ebenso die kleine Küchenzeile an der Wand gegenüber.

Obwohl die Zimmerdecke wie der Türsturz am Eingang sehr niedrig war, wirkte der Raum nicht gedrungen, sondern offen, freundlich und einladend. Nur das permanente Prasseln des Regens auf das Hüttendach und das unaufhörliche Donnern des Gewitters störten ein wenig diese Idylle.

»Ich sehe, Sie haben hier Strom. Haben Sie eventuell auch ein Handy? Bei meinem ist der Akku leer. Ich müsste dringend zu Hause anrufen, dass es später wird.«

Jessica nahm die Tasse mit dem heißen Tee entgegen, die Georg Bruchstein ihr entgegenhielt, und zeigte ihm unnötigerweise ihr eigenes Smartphone. »Ich weiß, hier oben haben Sie keinen Empfang, aber ich könnte kurz ein paar Meter den Berg hinunterlaufen. Nass bin ich eh schon.«

Das schallende Lachen, das den kleinen Raum erfüllte, kam von Karl Rothausen. »Sie gehen da ganz bestimmt nicht raus, Frau Hauptkommissarin«, sagte er und schüttelte belustigt den Kopf. »Wir werden wohl oder übel hier ausharren müssen, bis das Gewitter vorbei ist. Sie sollten beten, dass kein Blitz ins Haus einschlägt. Und Sie müssen aus den nassen Klamotten raus. Nicht dass Sie sich noch erkälten.«

»Wir können Ihr Handy unterdessen aufladen«, mischte sich der Älpler ein. »Ich habe dasselbe Modell. Hier ist mein Ladekabel. Möchten sie ein trockenes Hemd von mir? Sie können sich im angrenzenden Badezimmer umziehen, wenn Sie wollen.«

Jessica zögerte und nickte dann unsicher.

Bruchstein fügte beruhigend hinzu: »Die Hütte steht seit 150 Jahren an dieser Stelle, und es hat noch nie der Blitz eingeschlagen. Aber für die Schumpen sollten Sie dennoch beten.«

18

Am frühen Morgen des folgenden Tages betrat Jessica das Haus und fand Florian in der Küche. Er bereitete das Frühstück vor. Sie hatte ihm vom Parkplatz aus eine kurze Nachricht geschrieben und ihn dann angerufen, als sie an der alten Bauernhausruine aus Rothausens Jeep in ihr eigenes Auto umgestiegen war. Sie hatte ihm alles erklärt und sich entschuldigt. Die Entschuldigung wiederholte sie, als sie jetzt in die Küche kam.

»Kann vorkommen«, sagte Florian kurz angebunden, ging auf sie zu und gab ihr einen Kuss auf die Stirn. »Aber ganz ehrlich – wenn Rothausen sich heute Nacht nicht mit deinem Handy bei mir gemeldet hätte, wäre ich vermutlich noch losgefahren, um dich zu suchen.«

Jessica erstarrte. »Karl Rothausen hat dich angerufen? Mit meinem Handy?«

»Ja, irgendwann nach Mitternacht«, sagte er, ging zum Kühlschrank und nahm die Marmelade heraus. »Ich war schon auf dem Weg zum Auto, als das Handy klingelte. Willst du nur Süßes zum Frühstück oder auch Lachs und Käse?«

Jessica gab keine Antwort, sondern sah ihn so böse an, als hätte er selbst heimlich ihr Smartphone benutzt.

Er stellte das Marmeladenglas auf den Esstisch und setzte sich auf einen der Stühle. »Rothausen hat gesagt, auf dem Berg tobe ein Unwetter und dass du ganz beunruhigt gewesen wärst, weil du mich nicht telefonisch erreichen konntest. Er habe dir aber verboten, beim Gewitter die Hütte zu verlassen. Recht hat er«, fügte Florian nickend hinzu. »Das ist auch sehr gefährlich!«

»Was fällt dem Kerl ein, einfach mein Handy zu nehmen, ohne mich zu fragen«, fuhr Jessica wütend dazwischen. »Auf der Fahrt zu meinem Auto hat er nichts dergleichen erwähnt.«

»Herr Rothausen hat gesagt, dass du tief und fest schläfst. Er wollte dich nicht wecken. Außerdem meinte er, dass du schnarchst, was ihn selbst vom Schlafen abgehalten habe.« Florian grinste. »Ich sag es ja, du schnarchst. Jetzt kannst du das nicht mehr bestreiten.«

Es stimmte, dass sie, kurz nachdem sie sich umgezogen hatte, warm in einer dicken Wolldecke eingewickelt auf dem Schaukelstuhl neben dem Ofen eingenickt war. Sie hatte tief und fest geschlafen und war, trotz des unbequemen und harten Holzmöbels, gut ausgeruht und entspannt erst gegen 5 Uhr in der Früh wieder aufgewacht. Zu diesem Zeitpunkt hatte ihr Handy aufgeladen am Ladegerät auf dem kleinen Schreibtisch neben der Eingangstür gelegen. Karl Rothausen hatte auf der Küchenbank hinter dem Esstisch geschlafen und in einer Lautstärke geschnarcht, dass Jessica zuerst gedacht hatte, das Unwetter wüte draußen immer noch. Georg Bruchstein war nicht mehr in der Hütte gewesen. Jessica hatte ihn bei seinen Tieren vermutet.

»Hast du inzwischen herausgefunden, wer dir die Nachricht mit den Koordinaten geschickt hat? Diese Person wollte anscheinend, dass du das Kalb findest. Warum sonst sollte man dich zu dem alten Bauernhaus locken?«, wechselte Florian schließlich das Thema, als seine Freundin nicht auf seine spöttischen Schnarchvorwürfe einging und stattdessen nachdenklich aus dem Küchenfenster blickte. Sie hatte sich ebenfalls an den Tisch gesetzt, wirkte aber abwesend und mit den Gedanken weit weg. »Aus welchem Grund wurde das Kalb überhaupt gestohlen und versteckt? So ein Tier ist doch höchstens ein paar Hundert Euro wert, oder?«

»Nicht mal einhundert Euro«, sagte Jessica. »Das lohnt sich nicht. Am Geld kann es deshalb nicht liegen. Bauer Mühlbrunner würde, wenn er das Kalb gestohlen hätte, nicht steinreich werden. Aber warte, ich habe meine Handykamera mitlaufen lassen, als ich in dem alten Bauernhaus war.« Sie zog ihr Smartphone aus der Hosentasche und rief die Aufnahme der Kamera-App auf. Vielleicht konnte Florian auf dem unscharfen Standbild mehr erkennen als sie. »Jemand war dort … in dem Haus … die Aufnahmen zeigen jemanden direkt in meiner Nähe … Warte …« Jessica wischte ein paarmal über das Display, stieß einen Fluch aus, schaltete das Gerät aus und schob es langsam zurück in die Hosentasche.

»Dieser verdammte Mistkerl«, schimpfte sie wütend, erhob sich und verließ die Küche in Richtung Haustür, ohne sich von Florian zu verabschieden.

*

Das monotone Summen der Schermaschine verstummte, und Simon, der Angestellte von Karl Rothausen, der eben noch hinter dem mächtigen Körper der Kuh gekniet hatte, trat in den Gang zwischen den Trögen und hob die Hand.

»Grüß Gott, Frau Hauptkommissarin Grothe«, sagte er und pustete einmal kräftig über den Scherkopf, den er in der Hand hielt. Millionen winziger Haare rieselten im hellen Sonnenstrahl, der durchs Dachfenster fiel, auf den dunklen Betonboden. »Wollen Sie zu mir?«

»Ich suche Ihren Chef. Am Wohnhaus macht niemand auf«, erklärte Jessica. »Können Sie mir sagen, wo ich ihn finde?«

Simon zuckte mit den Schultern. »Gertrud, die Chefin, ist mit den Kindern in die Stadt gefahren. Karl müsste da sein. Vielleicht steht er unter der Dusche«, vermute der Hofhelfer. »Wir müssen in einer Stunde los. Wenn Sie nichts dagegen haben, würde ich gern weitermachen. Karl wird sicher gleich kommen.«

Als Jessica nickte, widmete sich der junge Mann wieder dem Tier.

»Sie rasieren die Kuh?«, wollte sie wissen, baute sich hinter Simon Klaiber auf und sah interessiert zu, wie er mit der Schermaschine immer und immer wieder über den Rücken des Braunviehs fuhr.

Der Hofhelfer lachte. »Nicht nur das«, sagte er, klopfte der Milchkuh freundlich auf den Hintern und strich liebevoll über ihren Rücken. »Pauline kommt auf die Ausstellung in Wertach. Sie soll perfekt aussehen, um einen der Pokale abzustauben und im Anschluss einen guten Preis zu erzielen. Sie und drei weitere Kühe werden heute verkauft.«

Als die Hauptkommissarin verwundert nachfragte, ob die Tiere immer so hergerichtet werden, wenn sie zum Verkauf kommen, grinste Simon breit.

»Nein, nicht alle. Nur die, die nicht gleich zum Schlachter gehen.« Er beugte sich hinunter und begann das Euter der Kuh zu rasieren. »Man muss die Adern gut sehen können, denn gut sichtbare Adern versprechen viel Milch«, erklärte Simon. »Eine gute Kuh hat außerdem ein breites, abfallendes Becken, das man ebenfalls betonen muss, genau wie die Oberlinie am Rücken. Die muss gerade und gut sichtbar sein. Das ist ein Zeichen von Gesundheit und Langlebigkeit. Die Haare werden deshalb hochgebürstet und mit Sprühkleber fixiert.«

»Ehrlich? Aber das ist dann ja Betrug.« Jessica Grothe schüttelte ungläubig den Kopf.

»Ihr gutes Aussehen garantiert Pauline immerhin das Überleben.« Karl Rothausen stand hinter der Hauptkommissarin, die Hände in den Hüften und einen ernsten Ausdruck auf dem Gesicht. »Halten Sie den Jungen nicht von seiner Arbeit ab. Wir haben nicht mehr viel Zeit. Was wollen Sie überhaupt schon wieder hier? Haben Sie mich vermisst?«

»Ich vermisse nur eins.« Jessica fuhr herum und sah den Landwirt ärgerlich an. »Sie haben mein Video gelöscht!«

Rothausen ließ sich nichts anmerken. »Ich weiß nicht, wovon Sie reden.«

»Doch, das wissen Sie ganz genau. Als Sie sich mein Handy *geliehen* haben, um bei meinem Mann anzurufen, da haben Sie die Aufnahme gelöscht, die ich in dem alten Bauernhaus gemacht habe. Sie haben wissentlich Beweise vernichtet«, warf sie ihm vor. »Sie behindern damit meine Ermittlungen, und das wird definitiv Folgen für Sie haben.«

Karl Rothausen hob beschwichtigend beide Hände. »Moment«, sagte er, »es stimmt, dass ich Hauptkommissar Forster kontaktiert habe. Wenn ich dabei *aus Versehen* etwas gelöscht habe, tut es mir außerordentlich leid. Ich bin nicht sehr geschickt mit der modernen Technik. War das Video denn wichtig?«

»Sie wissen, wer auf der Aufnahme zu sehen ist, oder?« Jessica verschränkte die Arme vor der Brust. Sie glaubte dem Landwirt kein einziges Wort. Er hatte nicht nur das Video gelöscht, sondern auch den Papierkorb geleert, sodass die Aufnahme unwiderruflich verloren war. »Wer war in diesem Bauernhaus?«

Das Kopfschütteln von Karl Rothausen war sehr zaghaft. »Ich wusste nicht mal, dass ein Video existiert. Das Löschen war ein Versehen! Entschuldigen Sie bitte.«

Jessica war überzeugt, dass er log.

Rothausen wandte sich wieder an seinen Angestellten und kritisierte die in seinen Augen unsaubere Arbeit. »Herrgott, Simon. Die Rückenlinie ist nicht gerade. So geht das nicht. So wirst du nie ein guter Kuh-Fitter.« Er entriss dem jungen Mann die Schermaschine und übernahm die Verschönerung der Kuh.

Simon sah seinen Chef wütend an. »Wenn du ihn ganz lieb bittest, Karl«, sagte er abfällig, »dann kommt Maximilian vielleicht zurück und übernimmt in Zukunft wieder den Kuh-Schönheitssalon. Hättest deinen eigenen Sohn halt nicht vom Hof jagen dürfen.«

Karl Rothausen fuhr ärgerlich herum, fuchtelte mit der laufenden Schermaschine vor dem Gesicht seines Hofhelfers und schnaubte verächtlich. »Die drei anderen Kühe müssen auf den Hänger. Und geh dich umziehen. In einer halben Stunde müssen wir los.« Er schaltete das Gerät aus und warf es achtlos in eine Holzkiste zu allerlei Bürsten und der Dose mit dem Sprühkleber.

Als Simon leise fluchend den Kuhstall verlassen hatte, sah er zu Jessica Grothe. »Gibt's noch was, Frau Hauptkommissarin?«

Draußen vor dem Scheunentor schepperte es laut. Es klang, als wäre ein Blecheimer über das Kopfsteinpflaster gepoltert. Jessica hörte Simon derbe fluchen.

»Wieso haben Sie mir nicht erzählt, dass Maximilian Ihr Sohn ist, Herr Rothausen?«, fragte die Hauptkommissarin den grimmig dreinblickenden Landwirt. »Warum haben Sie ihn ›vom Hof gejagt‹, um es mit den Worten Ihres Stallburschen zu sagen?«

Karl Rothausen schnaufte. »Das geht Sie nichts an. Das ist meine Privatangelegenheit.«

»War Ihr Sohn auf dem Video zu erkennen?«, riet Jessica und versperrte dem Hofbesitzer den Weg, als dieser Anstalten machte, sich an ihr vorbeizudrängeln. Sie stemmte die Fäuste in die Hüften. »Hat Maximilian etwas mit den Nazi-Schmierereien in diesem gruseligen Zimmer zu tun? Oder mit dem Verschwinden des Kalbes? Oder mit dem Brand vor ein paar Wochen in Ihrem Pferdestall?«

Rothausen warf der Hauptkommissarin so bitterböse Blicke zu, dass diese bereute, ihre Dienstwaffe im Auto gelassen zu haben. Doch dann schüttelte sie schmunzelnd den Kopf. Der Bauer würde ihr mit Sicherheit nichts tun.

»Blödsinn«, quittierte er kurz und knapp ihre Fragen. Er schubste die Hauptkommissarin rücksichtslos beiseite, sodass sie gegen den riesigen Körper der Kuh prallte, und verließ – ebenfalls laut fluchend – den Kuhstall.

19

»Vielen Dank, dass Sie beide gekommen sind, Herr und Frau Brunkhorst.« Hauptkommissar Forster bot dem Ehepaar, dessen Haus vor ein paar Tagen ausgeraubt worden war, einen Platz an seinem Schreibtisch an. »Möchten Sie auch einen Kaffee?«

Frau Brunkhorst nickte, Herr Brunkhorst schüttelte den Kopf. Er fragte: »Gibt es inzwischen einen Hinweis? Haben Sie Fingerabdrücke oder Spuren gefunden, die auf den oder die Täter hindeuten? Und was mich noch mehr interessiert: Waren es dieselben, die bei Rudolf und Christine eingestiegen sind?«

»Mit Sicherheit können wir das noch nicht sagen, aber die Vermutung liegt nahe. Wir ermitteln in alle Richtungen.« Florian reichte Frau Brunkhorst eine Tasse. »Weshalb ich Sie hergebeten habe …«

»Aber diese Mörder müssen doch irgendwelche Spuren hinterlassen haben«, unterbrach Herr Brunkhorst den Hauptkommissar. »Ich mag mir gar nicht ausmalen, was geschehen wäre, wenn Barbara zu Hause gewesen wäre.«

»Uns ist nichts passiert. Dem Himmel sei Dank.« Barbara Brunkhorst legte ihrem Mann beruhigend die Hand auf den Unterarm. »Die Beerdigung von Rudolf und Christine war erst gestern«, erklärte sie dem Hauptkommissar. »Das hat uns sehr mitgenommen.«

»Verständlich«, sagte Florian Forster, setzte sich auf seinen Platz hinter dem Schreibtisch und schlug den Pappordner auf, der vor ihm lag. »Sie haben mir vor zwei Tagen eine Liste der Gegenstände geschickt, die Ihnen entwendet worden sind …«

»Ja, richtig«, unterbrach Herr Brunkhorst erneut. »Und wir bräuchten dringend eine Bestätigung von Ihnen, damit wir die Objekte bei der Versicherung melden können und hoffentlich den Geldwert ersetzt bekommen.«

»Ach, Wilhelm, lass doch gut sein. Das hat wirklich noch Zeit.« Barbara Brunkhorst griff nach der Hand ihres Mannes. Sie lehnte sich mit dem Oberkörper über den Schreibtisch, streckte den anderen Arm aus und tippte auf die besagte Liste. »Mir sind die Gegenstände alle nicht so wichtig, obwohl sie teilweise sehr teuer waren. Nur die Brosche, die ich ganz oben auf den Zettel geschrieben habe, die müssen Sie finden. Die bedeutet mir alles.«

Hauptkommissar Forster seufzte. »Ich will Ihnen keine allzu großen Hoffnungen machen, Frau Brunkhorst. Gerade Schmuck lässt sich oft nur schwer aufspüren, wie auch Bargeld. Hoffen wir, dass das Diebesgut einem Juwelier angeboten wird. Ich habe die Fotos der gestohlenen Ringe und Ketten den Juwelieren im Umkreis bereits gefaxt. Wenn die Einbrecher versuchen, sie dort zu verkaufen, haben wir vielleicht eine Chance.«

»Bestimmt nicht«, fuhr der Ehemann dazwischen. »Das Teil ist völlig wertlos, besteht lediglich aus einfachem Silber. Da lohnt sich nicht einmal das Einschmelzen.«

»Das stimmt«, bestätigte seine Frau. »Es hat nur einen emotionalen Wert für mich. Die Brosche hat meiner Oma gehört. Sie war ein Geschenk zu meinem 21. Geburtstag. Eine Woche später ist meine Großmutter ganz plötzlich verstorben. Deshalb würde ich die Brosche gern zurückbekommen. Sie ist eine schöne Erinnerung, mehr nicht.«

Der Hauptkommissar wiederholte seine Befürchtung. »Trotzdem wüsste ich gern, ob Ihnen beiden vor dem Einbruch etwas aufgefallen ist. Leider konnten wir aufgrund des tragischen Todes des Ehepaares Michelsbach in diese Richtung nicht ermitteln. Aber vielleicht erinnern Sie sich an etwas? Ist Ihnen ein verdächtiges Auto aufgefallen, das nicht in die Straße gehörte? Oder hatten Sie vor der Tat ungewöhnlichen Besuch?«

Herr Brunkhorst schüttelte nachdenklich den Kopf.

»Mein Mann ist immer erst spät zu Hause«, berichtete Barbara Brunkhorst und nahm einen Schluck aus der Tasse. »Mir ist nichts aufgefallen. Ich muss nur ständig daran denken, wie leichtfertig Christine und ich damals den Einbau einer Alarmanlage als unnötigen Unfug abgetan haben.«

»Sie haben geplant, Ihr Haus besser zu schützen.« Der Hauptkommissar machte sich ein paar Notizen. »Haben Sie sich bei einer bestimmten Sicherheitsfirma informiert?«

»Nein, obwohl uns eine Firma empfohlen wurde«, sagte sie, stellte die Tasse zurück auf den Tisch, griff nach ihrer Handtasche und kramte suchend darin herum. »Christine und ich sind im Sommer auf dem Rathausplatz von ein paar Polizisten angesprochen worden. Die hatten einen Infostand aufgebaut. Ihre Kollegen haben uns ausführlich über Einbruchsstatistiken informiert und sogar angeboten, unser Haus auf Sicherheitsmängel zu prüfen. Hier ist er ja.« Sie präsentierte dem Hauptkommissar lächelnd einen bunten Prospekt mit dem Siegel der Kemptener Polizei auf der Titelseite. Sie seufzte. »Wir hätten das nicht so leichtfertig abtun dürfen. Dann wären Christine und Rudolf vermutlich noch am Leben.«

*

Kommissar Thomas Glasinger fuhr sich mit der rechten Hand durch sein dunkles Haar, schüttelte beunruhigt den Kopf und stand auf. »Das wäre wirklich schrecklich.« Er ging um den Schreibtisch herum zum Regal an der Wand gegenüber der Fensterfront und fuhr mit dem Zeigefinger über die Rücken der Ordner. »Aber wie kann das sein? Die Daten sind nicht rausgegangen, nicht einmal elektronisch erfasst worden.« Er fand den gesuchten Aktenordner und zog ihn heraus. »Die Passanten, die Interesse hatten, wurden – meist von mir persönlich – ein paar Tage später angerufen.«

»Um einen Termin zur Ortsbesichtigung abzusprechen?«, wollte Florian von seinem Kollegen wissen, nahm ihm den Ordner ab und blätterte die alphabetisch sortierten Unterlagen auf der Suche nach zwei Adressen durch. »Bist du dann auch persönlich hingefahren?«

Thomas Glasinger antwortete nicht sofort. Er schien verwirrt, als überlege er angestrengt, ob zwischen seinen Beratungen und den Einbrüchen wirklich ein Zusammenhang bestehen könnte.

»Thomas?«

»Ja, ähm, nein. Ich bin nur selten zu den Hauseigentümern gefahren. Das haben Kollegen gemacht oder manchmal Angestellte der mit uns kooperierenden Sicherheitsfirmen.«

Florian sah interessiert auf. »Ist das rechtlich abgesichert? Dürfen wir überhaupt mit Firmen zusammenarbeiten?«

Kommissar Glasinger starrte an ihm vorbei aus dem Fenster. »Klar dürfen wir das. Die interessierten Passanten haben sich schriftlich einverstanden erklärt, dass ihre Adresse weitergegeben wird. Da ist nichts schiefgelaufen. Und die empfohlenen Firmen sind alle sauber.«

Als Hauptkommissar Forster die gesuchten Adressen schließlich fand und sie seinem Kollegen zeigte, ließ sich Glasinger resigniert auf den Stuhl hinter seinem Schreibtisch nieder und rieb sich das Gesicht. »Herrgott, wie ist das nur möglich?«

»Tragen die Passanten die Adressen selbst ein? Mir ist aufgefallen, dass es oft die gleiche Handschrift ist.« Der Hauptkommissar klemmte sich den Ordner ungefragt unter den Arm. Er wollte ihn für seine weiteren Ermittlungen mit in sein Büro nehmen.

»Wir haben häufig den Timo dabei«, sagte Thomas nach kurzem Nachdenken. »Timo Lubenau, der Frischling. Er ist noch keine große Hilfe, deshalb übernimmt er meist das Aufschreiben der Personalien.« Glasinger sah sich im Großraumbüro um. »Timo ist wohl schon im Feierabend.«

»Gut«, sagte Florian und ging zur Tür. »An den Schrank hier kann jeder ran, oder?«

»Klar.« Der Oberwachtmeister nickte. »Zumindest jeder, der hier arbeitet.«

*

»Frau Grothe?« Die junge Beamtin der Spurensicherung schob ihren Kopf durch den Türspalt und blickte suchend in das Büro, das Jessica sich mit ihrem Kollegen Kern teilte. »Rebecca Klose, KTU. Darf ich reinkommen?«

»Natürlich, Frau Klose.« Die Hauptkommissarin eilte zur Tür und öffnete sie ganz. »Bitte.«

»Sie haben darum gebeten, diesen verlassenen Bauernhof im Unterallgäu in Augenschein zu nehmen«, sagte sie und trat in den Raum. »Ich muss Ihnen mitteilen, dass wir absolut nichts gefunden haben.«

»Wie bitte? Nichts?« Jessica Grothe starrte die Beamtin ungläubig an. »Die toten Tiere? Das Blut? Die Hakenkreuze?«, zählte sie auf.

Doch Klose schüttelte den Kopf. »Das Zimmer, das Sie angegeben haben, war komplett ausgebrannt. Das

Feuer war schon gelöscht, als wir eingetroffen sind. Vermutlich sollte es nicht auf angrenzende Räume übergreifen, aber alle Spuren vernichten. Hitze und Löschschaum haben nahezu alles zerstört. Wir konnten ein paar Fingerabdrücke auf Türklinken und Fensterrahmen sicherstellen, außerdem Fußabdrücke. Die Abgleiche laufen noch.«

»Das sind vermutlich hauptsächlich meine und die von Bauer Rothausen. So ein Mist«, schimpfte Jessica und sah zu ihrem Kollegen Kern. »Was machen wir denn jetzt? Wenn es der Kriminaltechnik nicht gelingt, das gelöschte Videomaterial auf meinem Smartphone wiederherzustellen, finden wir unseren Kuhdieb nie.«

Hauptkommissar Kern lachte. »Tja, dann kommt der Kuhdieb ungeschoren davon.«

Jessica seufzte laut. »Du glaubst also nicht, dass der Diebstahl des Kalbes etwas mit dem Toten auf der Alpe zu tun hat?«

»Wer weiß. Lass uns die Ergebnisse zu den Fingerabdrücken abwarten. Mehr können wir im Moment eh nicht tun. Möchtest du auch einen Kakao aus der Personalküche?«

20

Das Wetter war traumhaft. Die Sonne brannte vom wolkenlosen Himmel, und die Veranstalter der Rinderausstellung hatten sich kurzerhand entschlossen, die einzelnen Wettbewerbe nicht in der angrenzenden Halle, sondern auf einer großen Wiese auf der anderen Straßenseite abzuhalten. In der Halle wäre es für Mensch und Tier bei diesen Außentemperaturen unerträglich heiß geworden. Da die Bullen und Kühe, die auf ihren Auftritt warteten, aber in großen Zelten untergebracht waren, musste Simon schon seit über einer Stunde in dieser stickig schwülen Luft ausharren, die nicht nur schwer, feucht und warm war, sondern auch intensiv nach Kuhstall roch. Einer musste schließlich auf Pauline aufpassen, die ihren ersten Wettbewerb bereits mit Auszeichnung absolviert hatte. Jetzt warteten sie auf die Endausscheidung, die der Kuh von Bauer Rothausen hoffentlich einen Platz unter den ersten drei und damit einen guten Verkaufspreis einbringen würde.

Der monotone Geräuschpegel im Zelt ging Simon zusätzlich auf die Nerven. All die Menschen, die sich unnötigerweise durch den schmalen Gang zwischen den einzelnen Pferchen drängten und die Tiere anglotzten, als hätten sie noch nie zuvor Kühe gesehen, plapperten und lachten, husteten und riefen sich über die Köpfe hinweg laut etwas zu. Diese Geräusche vermischten sich mit dem lauten Muhen der nervösen Rinder und verschwammen zu einem unerträglichen Brummen, das einem auf Dauer Kopfschmerzen bereitete.

Etwas neben ihm schepperte laut.

»Oh, shit. Sorry.«

Der Inhalt des Eimers, den Simon gerade von der Wasserstelle am Seiteneingang des Zeltes mühsam hereingeschleppt hatte, ergoss sich über seine Füße und den staubtrockenen Boden.

»Sag mal, hast du keine Augen im Kopf, du Depp?«, fuhr er den jungen Mann an, der ganz reumütig den leeren Eimer hochhob und in gebrochenem Deutsch fragte, ob er ihn wieder füllen sollte. Simon erkannte ihn als einen der Hofhelfer, der wie er selbst seit geraumer Zeit auf eines der Tiere hier im Zelt achtgab. Er betreute den imposanten pechschwarzen Stier gleich am Haupteingang des Zeltes. Er selbst war auch schwarz, wenn auch nicht ganz so dunkel wie das Fell des Tieres. Simon hatte ihn gesehen, als er vor einer Stunde mit Pauline zu dem zugewiesenen Pferch gegangen war.

»Ich mach das schon.« Simon entriss dem Mann den Eimer und sah ihn so böse an, dass dieser vorsorglich ein paar Schritte zurückging und sich noch einmal entschuldigte.

»Geh mir einfach aus dem Weg.«

An der Wasserstelle musste er lange warten, bis er endlich an der Reihe war. Er schleppte den schweren Eimer wieder durch die Massen, vorbei an rücksichtslosen Menschen, die keine Anstalten machten, ihm aus dem Weg zu gehen. Als er Paulines Pferch fast erreicht hatte, hörte er das glucksende Kichern von Gesa, der

14-jährigen Tochter seines Chefs. Sie stand zusammen mit dem Betreuer des Stieres am Gatter von Pauline. Ihre Unterarme, die sie auf das Gatter gelegt hatten, berührten sich.

»Du bist schön. Augen wie Sterne. Haare wie die Sonne, die über dem Wasser leuchtet«, hörte Simon ihn sagen. Er ließ den Eimer achtlos fallen und rannte los. Dabei stieß er versehentlich mit Donatus Behrbihler zusammen, dem Schwiegervater von Michael Mühlbrunner, der auch eins seiner Tiere zur Ausstellung gebracht hatte. Der alte Mann fluchte laut und drohte Simon mit der erhobenen Faust, dann drehte er sich um und ging davon.

»Gibst du mir deine Handynummer? Ich rufe dich an.« Der junge Mann strich Gesa eine Haarsträhne aus dem Gesicht und lächelte so breit, dass seine schneeweißen Zähne in seinem dunklen Gesicht regelrecht strahlten.

»Einen Teufel wirst du tun, Gesa«, fuhr Simon wütend dazwischen und zog an ihrer Schulter. »Und du lässt deine dreckigen Finger von dem Mädel. Sie ist erst 14, verdammt noch mal. Verschwinde, bevor ich mich vergesse!«

Statt sich zurückzuziehen, machte Gesas Verehrer einen Schritt auf Simon zu. »Drecksfinger?«, rief er erbost. »Weil ich schwarz bin? Das ist kein Dreck, das ist meine Haut!«

»Red doch keinen Unfug«, blaffte Simon und schob Gesa hinter seinen Rücken, ohne sie loszulassen. »Meinetwegen kann deine Haut grün oder blau sein, aber du bist viel zu alt für dieses Kind!«

»Ich bin kein Kind!«, maulte Gesa beleidigt dazwischen. »Und ich kann sehr gut auf mich selbst aufpassen. Senyo hat mir nichts getan.«

Simon drehte sich wütend zu ihr um, sagte aber nichts. Stattdessen wendete er sich wieder dem dunkelhäutigen Mann zu. »Freundchen, das Mädchen ist 14 Jahre alt. Ich weiß nicht, wo du herkommst, aber in Deutschland machst du dich strafbar, wenn du als Erwachsener ein Kind anfasst! Wenn du nicht sofort verschwindest, zeige ich dich an!«

»Du bist auch erwachsen und fasst sie an!«

Erst jetzt wurde Simon bewusst, dass er die ganze Zeit Gesas Oberarm festgehalten hatte. Er ließ das Mädchen los.

»Kann ich dich jetzt auch anzeigen?«, fragte Senyo und lachte schallend über seinen eigenen, scherzhaft gemeinten Satz.

Simon verlor in diesem Augenblick die Nerven, holte mit der Faust weit aus und schlug dem Mann mitten ins Gesicht. Als dieser stöhnend zu Boden ging, stürzte Simon sich auf ihn und prügelte weiter auf ihn ein. Weder Gesas kleine Hände, die an seinem Hemd zerrten, noch die Rufe der umstehenden Zuschauer hielten ihn auf.

»Was ist denn nur in dich gefahren?« Karl Rothausen hielt den schwer atmenden Simon immer noch am Kragen fest, als der Angegriffene längst das Weite gesucht hatte. Auch von Gesa war nichts mehr zu sehen, dafür standen jetzt Hendrik und Josef neben dem Landwirt und grinsten breit.

»Das Einzige, was du hier zu tun hattest, war, dafür zu sorgen, dass die Kuh genug trinkt. Nicht einmal das bekommst du hin. Herrgott, Bua, was ist los mit dir?« Er ließ Simon frei und schüttelte fassungslos den Kopf. »Wir müssen in einer halben Stunde mit Pauline ein letztes Mal vor die Wertungsrichter«, sagte Rothausen, schickte Josef zum Wasserholen und wies Hendrik an, das Rind noch einmal zu bürsten und die Beine und Hufe der Kuh vom Staub zu befreien.

»Simon, du gehst nach Hause. Hier sind die Schlüssel für den Jeep. Ich fahre später mit meiner Frau zurück. Sie ist mit den Kindern nachgekommen.«

21

Das weiß verputzte Einfamilienhaus lag am Ende der Straße und hatte einen unverbaubaren Blick über den Flugplatz in Durach und die Allgäuer Alpen am Horizont. Die kleinen Sportflugzeuge und Segelflieger, die hier starteten, störten die friedvolle Idylle dieser Gegend kaum. Lauter Durchgangsverkehr hielt sich in Grenzen, und das gut besuchte Flugplatzcafé lag abseits des Towers. Die Geräusche der Gäste von der Terrasse des Cafés waren an diesem Ende der Straße nicht mehr zu hören.

Nachdem Hauptkommissar Forster am Nachmittag den jungen Polizeianwärter Timo Lubenau aufgesucht hatte, der seinem Kollegen Thomas Glasinger nach eigener Aussage oft an den Infoständen geholfen hatte, wollte er jetzt noch einmal Matteo Lorenz befragen. Nur durch das Intervenieren seines Chefs Götze war der junge Lorenz wieder auf freiem Fuß. Florian Forster konnte Herrn Lorenz zwar den ersten Einbruch nicht eindeutig nachweisen, doch die vielen Spuren am Tatort, die ihm zuzuordnen waren, ließen eine Entlastung auch nicht ohne Weiteres zu. Florians Meinung nach war Matteo Lorenz zumindest nach wie vor tatverdächtig.

Der Garten des Hauses war penibel gepflegt, die Auffahrt zur Garage hell gepflastert und der Weg zur Haustür mit bunt blühenden Beeten umsäumt. Direkt neben dem Eingang prangten an der hellen Hauswand ein gusseisernes Kreuz und ein imposantes Wandgemälde der heiligen Maria mit dem Jesuskind im Arm.

Noch bevor er die Klingel betätigen konnte, ging die Haustür auf.

»Herr Forster«, wurde er von Franz-Xaver Lorenz willkommen geheißen. »Ich freue mich ganz außerordentlich, Sie in meinem Haus begrüßen zu dürfen.«

»Zu Ihnen will ich gar nicht, Herr Lorenz«, sagte Florian, nahm das Angebot aber an, ins Haus zu treten. Er kam in einen schmalen Flur, von dem aus eine moderne

Treppe aus hellem Holz auf Edelstahlträgern in den ersten Stock führte. »Ist Matteo zu Hause?«

»Mein Sohn ist beim Fußballtraining drüben auf dem Sportplatz, doch er müsste jeden Augenblick zurück sein«, antwortete der alte Lorenz nach einem kurzen Blick auf seine Taschenuhr, klappte den goldenen Deckel der Uhr wieder zu und schob sie zurück in die kleine Tasche an seiner Weste. »Möchten Sie vielleicht kurz warten und mir im Wohnzimmer Gesellschaft leisten?«

Florian zögerte.

Eine Frau in einem luftigen Blumenkleid, die ihre dunklen Haare offen trug und freundlich lächelte, tauchte neben Lorenz auf und streckte Florian die Hand entgegen.

»Das ist meine Frau Regina.«

»Freut mich, Herr Forster«, sagte sie. »Ich habe schon viel von Ihnen gehört. Darf ich Ihnen etwas zu trinken anbieten? Eine Limonade? Ich habe gerade frische Zitronenlimonade gemacht.« Sie verschwand in der Küche, ohne eine Antwort abzuwarten, und ließ Florian Forster sprachlos zurück.

»Sie wundern sich bestimmt, was diese junge hübsche Frau mit einem alten Mann wie mir will«, scherzte Franz-Xaver Lorenz. »Ganz oft gratulieren mir Menschen zu dieser bildhübschen Tochter.« Er lachte schallend. »Immerhin ist Regina fast 30 Jahre jünger als ich. Aber wo die Liebe hinfällt, sag ich immer.«

»Ähm« war das Einzige, was Hauptkommissar Forster herausbrachte.

Lorenz legte ihm die Hand auf die Schulter und schob ihn durch das Wohnzimmer auf die Terrasse. »Was wollen Sie denn von Matteo? Können Sie ihn endlich vollständig entlasten?«

Regina Lorenz erschien mit einem Tablett, auf dem Gläser und eine große Karaffe standen. In der Limonade schwammen frische Zitronen und Minzblätter.

»Die Spuren im Haus der Familie Michelsbach kann ich nicht einfach wegargumentieren, Herr Lorenz«, sagte Florian trocken, nahm das Glas entgegen, das Frau Lorenz ihm reichte, und stellte es auf den Tisch, an dem sie alle Platz genommen hatten. »Matteo war dort, und das nachweislich zu der Zeit, als der Mord am Ehepaar Michelsbach geschah.«

»Zumindest kurz danach«, warf Lorenz leise ein. »Er hat es nicht getan.«

»Das sagen Sie, doch belegen lässt sich das nicht.«

»Ich bin zuversichtlich, dass Sie die Unschuld meines Kindes beweisen.« Franz-Xaver Lorenz griff nach der Hand seiner Frau und nickte ihr beruhigend zu.

»Scheiße, Mann, was will der Typ schon wieder hier?« Matteo Lorenz, der um das Haus herumgelaufen war und jetzt auf den Stufen der Terrasse stand, warf seine Sporttasche auf das Pflaster und wollte an seinen Eltern und dem unliebsamen Besucher vorbeistürmen und im Haus verschwinden.

Doch sein Vater griff nach seinem Arm. »Hiergeblieben. Der Hauptkommissar ist deinetwegen da.«

»Klar, meinetwegen. *Ich* bin ja auch der Sünder der Familie, der unter Mordverdacht steht«, rief er verächtlich.

»Ich habe nur eine kurze Frage, Herr Lorenz«, mischte sich der Hauptkommissar ein. »Dann sind Sie mich sofort wieder los.« Weil Matteo nicht antwortete, Florian aber aufmerksam ansah, kam dieser ohne Umwege zum Grund seines Besuchs. »Kennen Sie Timo Lubenau?«

»Nee, wer soll das sein?«

»Herr Lubenau ist ein Kollege von mir. Timo ist Polizeianwärter im ersten Jahr und ungefähr in Ihrem Alter.«

»Ach, der Timo«, sagte Matteo und nickte. »Der war bis vor einem Jahr bei mir im Fußballverein. Aber ich hatte mit dem nichts zu tun. Der ist ein eingebildeter Saftseggl.«

»Matteo, bitte«, ermahnte ihn seine Mutter. »Nicht in diesem Ton.«

»Kann ich jetzt gehen?« Matteo machte einen Schritt Richtung Terrassentür, doch dieses Mal war es seine Mutter, die ihn festhielt.

»Setz dich, mein Sohn«, befahl sie und schaute ihn streng an.

Widerwillig nahm der Junge Platz.

»Franz, es ist an der Zeit!« Der Blick, den sie ihrem Mann zuwarf, irritierte nicht nur Florian. Matteo wirkte ebenso verstört.

Franz-Xaver Lorenz schüttelte vehement den Kopf. »Nein, Regina. Ich habe es versprochen. Ich werde meinen Eid nicht brechen, den ich vor Gott gegeben habe.«

»›Denn es ist nichts verborgen, was nicht offenbar werden soll, und ist nichts geheim, was nicht an den Tag kommen soll‹«, zitierte sie die Bibel und griff nach der Hand ihres Mannes. »Nicht umsonst hat dein Sohn den Namen Matteo von dir bekommen!«

»Matthäus, 4,22«, vervollständigte er das Zitat und nickte. »Aber ich bin katholischer Pfarrer. Ich werde nichts dergleichen tun.«

Florian, der gerade einen großen Schluck von der Limonade nahm, verschluckte sich und brach in einen fulminanten Hustenanfall aus. »Sie sind Pfarrer?«, brachte er gequält heraus und räusperte sich. »Katholisch?«

»Ja, bin ich.«

Florian sah erst den Mann, dann seine Frau und anschließend den Sohn lange an. »Aber Sie sind verheiratet. Und Sie haben einen Sohn!«

Wie war das möglich? Soviel er wusste, war es katholischen Geistlichen dank des Zölibats nicht erlaubt, Beziehungen dieser Art zu führen und erst recht nicht, zu heiraten. Gut, uneheliche Kinder gab es sicher hier und da. Doch eine Ehe?

Der Pfarrer machte ein ernstes Gesicht. »Durch eine Dispens von höchster Stelle bin ich vom Zölibat befreit. Ich habe übrigens nicht nur einen, sondern zwei Söhne«, ließ er den Hauptkommissar wissen. »Der zweite Sohn weiß nicht, dass es mich gibt.«

Florian erwiderte den durchdringenden Blick, mit dem Lorenz ihn anstarrte, verzog dabei aber keine Miene.

Als der Pfarrer zaghaft nickte, sprang Florian entsetzt auf, stolperte rückwärts über das Bein des Gartenstuhls und stützte sich mit der Hand am Rahmen der Terrassentür ab. »Nein«, sagte er ungläubig. »Das kann nicht sein.«

Etwas traf ihn hart an der Schulter und brachte ihn erneut fast zu Fall. Matteo Lorenz war ebenfalls von seinem Stuhl aufgesprungen und stürmte laut fluchend durch die Tür ins Haus.

»Ihr seid doch alle verrückt geworden«, brüllte der Junge wütend. »Der da ist bestimmt nicht mein *Halbbruder*!«

*

Auf dem Weg in die Küche wurde Jessica beinahe von Florian über den Haufen gerannt, der mit gequältem Gesichtsausdruck an ihr vorbeirauschte und die Treppe hinauflief.

»Hey«, rief sie ihm nach. »Ich freue mich auch, dich zu sehen!« Die scherzhafte Ironie in den Worten erzielte nicht den gewünschten Effekt. Ihr Freund reagierte überhaupt nicht und verschwand im oberen Stockwerk.

»Was ist denn los mit ihm?«, wandte sie sich verwundert an Florians Mutter Maria, die aus der Küche kam.

Doch Maria hielt nur kurz inne, sah Jessica verzweifelt an und eilte wortlos in ihr Zimmer. Die Tür hinter ihr knallte geräuschvoll zu.

Bevor Jessica die erste Treppenstufe erreicht hatte, um Florian ins obere Stockwerk zu folgen, kam der ihr wieder entgegen, den langen Tragegurt einer Sporttasche über der Schulter.

»Was ist passiert?«, wollte sie wissen und versperrte ihm den Weg.

»Nichts!«, log er und drängte sich an ihr vorbei. »Ich gehe mit Ewe zum Sport!«

»Aha. Aber eigentlich …«

»Im Anschluss trinken wir noch ein Bier im Pub. Warte nicht auf mich. Vermutlich übernachte ich bei Ewe und fahre morgen von dort ins Präsidium.« Er öffnete die Haustür, trat hinaus und hielt abrupt inne. Dann drehte er sich zu Jessica um und gab ihr einen Kuss auf die Stirn. »Bis bald!«

Die Tür schlug hinter ihm zu.

»Bis bald«, sagte Jessica und starrte auf die geschlossene Haustür. »Und ich dachte, wir wären heute zum Essen verabredet.«

22

Bei der Ausstellung vor drei Tagen hatte Pauline zur Freude von Karl Rothausen und seinen Töchtern den ersten Platz belegt und ein anständiges Preisgeld kassiert. Das Tier hätte mit der wertungsrichterlichen Expertise bei einem Verkauf Höchstpreise erzielt, doch Gesa, die jüngste Tochter des Ehepaares Rothausen, hatte protestiert. Vor Jahren, als Henriette zu ihnen auf den Hof gekommen war, hatte der Bauer das Tier leichtsinnigerweise seiner damals fünfjährigen Tochter geschenkt. Nun bestand dieses Kind darauf, dass die Nachkommen der

Kuh auch ihr persönlich gehörten. Ein Verkauf kam also nicht infrage, und Pauline stand wieder mit den anderen Kühen im Stall und wartete darauf, gemolken zu werden.

Es war erst 5 Uhr in der Früh, als Simon den Stall betrat und gähnend in dem kleinen Nebenraum verschwand, in dem seine Gummistiefel standen und die weiße Gummischürze an einem Haken hing. Da er morgens ohne seine Lieblingsmusik nicht richtig wach wurde, hatte er auch an diesem Tag seine Kopfhörer in den Ohren. Deshalb nahm er das Schluchzen zuerst nicht wahr, zog seine Turnschuhe aus, die Gummistiefel an und desinfizierte sich die Hände.

Da sah er aus dem Augenwinkel einen Fuß.

Hinter dem linken Milchtank schaute der Fuß einer jungen Frau in einer roten Sandale hervor.

Simon zog sich die Stöpsel aus den Ohren und hörte augenblicklich das gedämpfte Weinen eines Mädchens. Mit wenigen Schritten war er bei ihm.

»Oh Gott, Gesa«, rief er entsetzt, als er ihr verweintes Gesicht und ihr zerrissenes Kleid sah. »Wer hat dir das angetan?«

Gesa schluchzte nun herzzerreißend, konnte aber nicht antworten. Als er nach ihr greifen wollte, um ihr aufzuhelfen, stieß sie einen gellenden Schrei aus und wich vor ihm zurück.

»Wer war das, Gesa? Bitte sag mir, was passiert ist«, beschwor Simon das Mädchen, doch sie reagierte nicht. »Ich werde Hilfe holen. Warte hier.«

Er lief, so schnell er konnte, zum Wohnhaus, die Stufen hinauf und stürmte rücksichtslos direkt in das Schlafzimmer seines Chefs.

»Simon«, brüllte Rothausen erschrocken und wütend zugleich. »Bist du jetzt vollkommen verrückt geworden?«

»Gesa ist verletzt. Bitte kommt schnell. Ich glaube … ich glaube …«, stammelte der Stallbursche.

»Was?!«, fuhr sein Chef ihn an, war aber bereits aus dem Bett gesprungen.

Auch seine Frau warf die Decke beiseite und stand auf. »Oh Gott«, rief sie. »Wie schlimm ist es? Ich rufe den Notarzt.«

Doch Simon schüttelte den Kopf. »Nein«, sagte er. »Das wird vermutlich nicht nötig sein. Ich befürchte allerdings, jemand hat sie vergewaltigt.«

Alle auf dem Hof waren in höchster Aufregung, dennoch rief niemand die Polizei oder einen Rettungswagen. Gesa beteuerte, dass ihr nichts geschehen war. Sie sei nicht vergewaltigt, sondern nur überfallen worden, wisse jedoch nicht, von wem. Jemand wollte sie wohl ein wenig erschrecken, aber niemand habe ihr Leid zugefügt.

Simon glaubte ihr nicht, denn er hatte die dunklen Blutergüsse an ihren Oberarmen gesehen.

Auch Karl Rothausen schien misstrauisch und sah jeden einzelnen seiner Angestellten so durchdringend an, dass es einem Angst und Bange werden konnte.

Nur Gertrud, die Chefin, hielt ihre jüngste Tochter behutsam in den Armen und küsste ihr verweintes Gesicht.

Irgendwann gingen alle wieder an die Arbeit.

Simon konnte sich nur mühsam auf das Melken konzentrieren und war froh, als die Kühe endlich alle auf der Weide waren.

»Hey, Simon«, rief jemand. »So heißt du doch, oder?«

Er fuhr herum und sah Senyo mit dem Fahrrad die Auffahrt herauffahren. »Was in Gottes Namen hast du hier verloren?«, rief er dem dunkelhäutigen Mann entgegen, der direkt neben ihm stehen blieb und vom Rad stieg. »Ich glaube, die Sache zwischen uns ist geklärt. Oder willst du noch mehr Prügel?«

»Nein, will ich nicht.« Senyo versuchte zu lächeln, seine Lippe war immer noch geschwollen. Seine linke Gesichtshälfte zierte ein lila und gelb verfärbter imposanter Bluterguss. Man konnte die Verletzung sogar durch seine dunkelbraune Haut schimmern sehen.

»Verschwinde. Dich will hier keiner haben«, beschied ihm Simon und wies mit ausgestrecktem Arm die Auffahrt hinunter.

»Ich wollte mich entschuldigen«, sagte Senyo, ohne sich von der Stelle zu rühren.

»Wofür? Immerhin habe ich *dich* verprügelt. Und *ich* werde mich nicht bei dir entschuldigen«, spuckte Simon verächtlich aus. »Du hattest es verdient!«

»Ich habe Gesa angefasst. Das wollte ich nicht«, erklärte Senyo unbeholfen. Er suchte nach den richtigen Worten. »Ich konnte mich nicht … aufhalten. Ich mag sie … war … ein bisschen verliebt. Ich habe … ich habe ihre Ehre verletzt, oder?«

Simon kochte innerlich, hatte Mühe, seinen Puls und seine Atmung zu kontrollieren, und seine Hände ballten sich zu Fäusten. Hatte dieser Typ gerade zwischen den Zeilen gesagt, dass er Gesa vergewaltigt hat? War er es, der dem Kind das angetan hat?

»Geht es Gesa gut? Ich wollte sie nicht verletzen.«

Das Fahrrad fiel scheppernd zu Boden, als Simon sich auf Senyo stürzte und ihn mitsamt dem Drahtesel unter sich begrub.

23

Erst am Sonntagabend, vier Tage nachdem er das Haus fluchtartig verlassen hatte, kam Florian zurück, warf seine Sporttasche ins Badezimmer, ging in Richtung Wohnzimmer und blieb seufzend im Türrahmen stehen. Jessica hatte in den letzten Tagen mehrmals versucht, ihren Freund zu erreichen, ihre Anrufe waren aber ins Leere gelaufen. Auch bei der Arbeit war sie ihm nicht begegnet. Sie war zwar erleichtert, dass er endlich wieder auftauchte, trotzdem überwog der Ärger über sein Verhalten.

»Verzeih mir«, flüsterte er und sah sie so reumütig an, dass sie ihm nicht mehr böse sein konnte.

»Magst du mir erzählen, was los ist?«, fragte Jessica und streckte ihm ihre Hand entgegen, ohne vom Sofa aufzustehen.

Er ging langsam auf sie zu, nahm ihre Hand und setzte sich neben sie. »Sei mir nicht böse, aber ich brauche noch ein paar Tage, um mir über einiges klar zu werden, bevor ich darüber reden kann.«

»Hast du dich mit deiner Mutter gestritten?«, riet Jessica. Maria hatte sich seit Florians Verschwinden in ihrem Zimmer verkrochen und gestern, ohne eine Erklärung abzugeben, mit gepacktem Koffer das Haus verlassen. Sie wolle kurzfristig verreisen und wisse noch nicht, wann sie zurückkomme, hatte sie nur gesagt. Jessica war ratlos und konnte sich das Verhalten von Florian und seiner Mutter nicht erklären. Eigentlich verstanden sich die beiden recht gut, wenn man von kleineren Streitigkeiten absah, die wohl in jeder Familie vorkamen.

»Ja, meine Mutter und ich hatten eine kleine Auseinandersetzung«, bestätigte Florian ihre Vermutung und seufzte. »Ich werde das klären. Später. Versprochen.«

Jessica bohrte nicht weiter. Sie respektierte seinen Wunsch, das Thema auf sich beruhen zu lassen. »Wie geht es Ewe?«, fragte sie stattdessen. »Du hast doch bei ihm übernachtet, oder?«

»Natürlich. Wo denn sonst? Du glaubst doch nicht etwa …« Er ließ offen, was er sagen wollte, legte den Arm um seine Freundin und küsste sie auf die Schläfe. »Als ich gestern Abend mit Ewe beim Griechen war, ist mir siedend heiß eingefallen, dass wir am Donnerstag verabredet waren. Ich bin so ein Idiot. Es tut mir leid. Ich mach's wieder gut.«

»Ja, zum Griechen wäre ich auch gern gegangen. Hat das Essen wenigstens geschmeckt?«, zog sie ihn auf.

Florian machte ein so schuldbewusstes Gesicht, dass sie laut lachen musste. »Du machst das wieder gut!«

»Ich habe beim Griechen Sylvia Glasinger getroffen. Ohne Thomas. Sie hat sich kurz zu uns gesetzt«, begann Florian zu erzählen. »Hast du gewusst, dass die beiden schon seit ein paar Monaten getrennt sind?«

»Nein. Wirklich? Thomas hat nichts erzählt. Ist das endgültig?«

»Keine Ahnung. Vielleicht solltest du sie mal anrufen. Sie hat mir ihre Handynummer für dich aufgeschrieben.« Florian zog einen Bierdeckel aus seiner Gesäßtasche und reichte ihn Jessica.

»Das mache ich«, sagte Jessica und starrte die Zahlen auf der Pappe an. »Thomas zumindest scheint nicht sonderlich unter der Trennung zu leiden. Er ist lustig wie immer. Möglicherweise hat er schon eine andere.«

»Das glaube ich nicht.« Florian rieb sich den Nacken. »Männer leiden einfach auf eine andere Art als Frauen.«

»Ja, ich weiß«, spottete Jessica. »Wenn Männer Probleme haben, lassen sie ihre Frauen links liegen und gehen mit ihrem besten Freund zum Griechen!«

24

»Oh Gott«, entfuhr es der Hauptkommissarin. »Den haben sie aber ordentlich zugerichtet.«

Die alte Scheune, in der der Tote aufgefunden worden war, wurde notdürftig von ein paar aufgestellten Strahlern ausgeleuchtet. Sie waren gerade hell genug, um die Schatten der vielen Polizeibeamten und der Mitarbeiter der Rechtsmedizin von dem Gerümpel, das überall herumstand, zu unterscheiden.

Weit nach Mitternacht hatte Jessicas Smartphone geläutet und sie war zu einem Noteinsatz gerufen worden. Sie hatte diese Woche Bereitschaftsdienst.

Als sie vor ein paar Minuten am Tatort, einem Bauernhof bei Blaichach, eingetroffen war, hatte es bereits von zahlreichen Beamten gewimmelt. Jetzt fuhr endlich auch der Rettungswagen auf den Hof und blieb direkt vor dem geöffneten Scheunentor stehen. Allerdings kamen die Ersthelfer zu spät. Der Mann vor Jessica war tot.

»So etwas habe ich noch nie gesehen. Das Gesicht ist … das Gesicht ist nicht mehr …« Die Hauptkommissarin musste sich abwenden.

»Den armen Kerl hat man ordentlich verprügelt«, bemerkte die Rechtsmedizinerin trocken, beugte sich über die Leiche und schob den Kragen des Hemdes beiseite. »Das rechte Schlüsselbein ist gebrochen.«

»Können Sie mir schon etwas Genaueres zu seinem Tod sagen?«, wollte Jessica wissen und vermied es, die Leiche länger als nötig anzusehen. Das Gesicht des Mannes zierten diverse Platzwunden. Es war blutverschmiert und beide Augen komplett zugeschwollen. Doch viel schlimmer als das zerstörte Gesicht war die groteske Position des Körpers.

Die Rechtsmedizinerin sah irritiert zur Hauptkommissarin auf. »Die Heugabel, die sich durch seinen Rücken gebohrt hat und deren Zinken vorne wieder ausgetreten sind, haben Sie aber schon gesehen, Frau Grothe? Man kann davon ausgehen, dass die vierfach durchbohrte Lunge kollabiert ist und schnell zum Ableben des Mannes geführt hat. Er wird außerdem innerlich verblutet sein. Somit haben wir die Todesursache.«

Der tote Mann schien in nahezu aufrechter Position zu schweben. Die Füße berührten nur leicht den Boden, der Körper war weit nach hinten gebeugt und auf der blutverschmierten Heugabel aufgespießt, deren dünner Stil in einem Winkel von etwa 45 Grad in einem großen Heuballen steckte – tief genug, dass die Leiche nicht zur Seite kippen konnte und wie eine groteske Trophäe nach einem brutalen Massaker den makabren Sieg über das vergängliche Leben demonstrierte.

»Wie lange?«, wollte Jessica wissen und versuchte, die überhebliche Art der Rechtsmedizinerin zu ignorieren.

»Nicht einmal eine Minute, bis der Tod eintrat«, sagte diese und untersuchte den Brustkorb der Leiche. »Nur zwei Rippen scheinen gebrochen. Der Täter hat nahezu perfekt den Raum zwischen den Rippen sieben und acht direkt unter dem Sternum getroffen, und das beidseits durch die vier Zinken. Die Lunge ist kollabiert, und vermutlich führte die Blutung zu einem Hämatothorax, heißt: Das Blut im Brustkorb hat die Lunge zusätzlich zusammengedrückt. Das führte umgehend zum Tod.«

»Danke für die Info«, erwiderte die Hauptkommissarin genervt. »Ich wollte allerdings wissen, wann der ungefähre Todeszeitpunkt war.«

»Dazu kann ich jetzt noch nichts sagen.«

»Das kann erst ein paar Stunden her sein«, hörte Jessica jemanden rufen. Doch als sie sich umdrehte, sah sie niemanden, der diese Bemerkung hatte fallenlassen. Sie verließ den Tatort und trat durch das große Scheunentor ins Freie. Am Stall direkt neben dem Tor lehnte ein Mann rücklings an der Wand, die Hände tief in den Hosentaschen vergraben. Er starrte auf seine Schuhe, scharrte mit der Spitze seines abgewetzten Stiefels über den sandigen Boden und schob völlig grundlos ein paar Kieselsteine zu einem kleinen Haufen zusammen.

»Ich habe Ihr Gespräch verfolgt«, informierte er die Hauptkommissarin, als er Jessica Grothes Anwesenheit bemerkte. Er sah kurz auf und nickte grüßend. »Der Junge hat noch mit meiner Frau und mir zu Abend gegessen. Er wollte die Kühe melken und danach war er verabredet. Leider weiß ich nicht, mit wem. Ich vermute, er wollte ein Mädchen treffen. Um etwa 19 Uhr habe ich ihn zuletzt gesehen.«

»Gehört Ihnen der Hof?«, wollte Jessica wissen, zog ihr Smartphone aus der Jackentasche und fragte den Mann nach seinem Namen. Sie notierte sich die Infos, schob das Handy zurück in die Tasche und wies mit der Hand zum offenen Scheunentor. »Sie sagten, Ihr Hofhelfer wollte die Kühe melken. Warum war er dann in der Scheune? Wie lange ist er schon für Sie tätig, Herr Lämmer?«

»Seit ein paar Monaten. Senyo ist seit Februar bei uns auf dem Hof. Er kommt aus Ghana. Ein freundlicher, bescheidener und höflicher junger Mann. Und ein guter Arbeiter.«

»Hatte er mit irgendjemandem Probleme? Gab es Ärger wegen seiner Herkunft oder seiner Hautfarbe?«

Der Bauer schüttelte den Kopf. »Ich weiß, worauf Sie hinauswollen. Dem Allgäuer sagt man ja schon mal nach, er wäre für Veränderungen nicht so empfänglich und würde Fremdes und Fremde konsequent ablehnen. Doch Senyo hat schnell Anschluss gefunden. Mit den kleinen Sticheleien von einzelnen Hinterwäldlern konnte er ganz gut umgehen. Aber in der letzten Woche ist er gleich zweimal mit dem Knecht vom Rothausen-Hof aneinandergeraten. Es ging wohl um ein Mädchen. Senyo hat gesagt, sie konnten alles klären und seien jetzt Freunde.«

»Aha«, sagte Jessica Grothe nur und zog eine Visitenkarte aus der Innentasche ihrer Jacke. »Ich muss die Eltern des jungen Mannes informieren. Würden Sie mich morgen anrufen und mir die Kontaktdaten übermitteln? Sie haben doch sicher die Adresse.«

Als er nickte, reichte sie ihm zum Abschied die Hand und machte sich auf den Weg ins Haus, wo die Beamten der Spurensicherung im Zimmer des Jungen bereits alle möglichen Hinweise zu einem Täter oder Motiv sammelten.

Erst die Hakenkreuze an den Zimmerwänden in dem alten verlassenen Bauernhaus. Jetzt ein toter Afrikaner.

Jessica durfte die Möglichkeit eines rechtsextrem motivierten Verbrechens nicht ausschließen.

*

»Ich möchte zu Simon Klaiber.« Hauptkommissarin Grothe hielt ihren Dienstausweis hoch und drängte sich an dem Mädchen vorbei ins Haus, ohne auf eine Einladung zu warten. »Ist er in seinem Zimmer?«

»Frau Grothe. Was für ein unbändiges Vergnügen, Sie erneut in meinem Haus begrüßen zu dürfen.« Karl Rothausen trat aus der Küche in die Diele, schob seine Nichte Laura beiseite und baute sich vor der Hauptkommissarin auf, das Gesicht grimmig versteinert, der Blick wütend und die Arme vor der Brust verschränkt. »Herrgott, können Sie uns nicht einfach in Ruhe lassen?«

»Simon Klaiber«, wiederholte sie und trat einen Schritt auf den stämmigen Mann zu. »Ich muss ihn sprechen.«

»Da sind Sie hier vollkommen falsch, werte Frau.« Er lächelte süffisant. »Simon ist nicht mehr bei mir angestellt.«

»Ach! Aus welchem Grund musste er gehen? Und wo kann ich ihn finden?«

Karl Rothausen zuckte mit den Schultern, drehte sich um und verschwand in der Küche. Die Tür schlug krachend zu.

»Sehr freundlich!«, brüllte Jessica dem Mann durch die geschlossene Küchentür hinterher.

Laura stand am Fuß der Treppe und kaute nervös auf ihrer Unterlippe. »Der Simon wohnt in der kleinen Pension unten im Dorf direkt am Marktplatz«, flüsterte sie und ließ sich auf den Stufen nieder. »Vielleicht können Sie ihm sagen, dass er sich einfach bei Onkel Karl entschuldigen soll, dann darf er sicher wiederkommen.«

»Warum hat er ihn denn entlassen?« Die Hauptkommissarin warf einen kurzen Blick auf die Küchentür, ging zu Laura und setzte sich neben sie. »Was hat er angestellt?«

»Er hat sich grundlos geprügelt. Onkel Karl sagt, wenn man sich schon mit Fäusten schlägt, dann nur, wenn es absolut nötig und gerechtfertigt ist.«

»Und, war es nötig? Was meinst du?«

Laura zögerte. »Der Simon ist nicht böse. Er dachte, dass Senyo die Gesa vergewaltigt hat. Aber das stimmt nicht, sagt Gesa.«

»Deine Cousine Gesa ist vergewaltigt worden? Oh Gott. Wann ist das passiert? Hat sie es angezeigt?« Die Hauptkommissarin sprang auf, kniete sich vor die junge Frau und griff nach ihren Unterarmen. »Kann ich deine Cousine sprechen?«

»Das können Sie nicht.« Die durchdringende Stimme von Karl Rothausen ließ Jessica erschrocken herumfahren. »Meiner Tochter geht es gut. Die Sache ist geklärt. Und jetzt verlassen Sie bitte augenblicklich mein Haus!«

Jessica Grothe wollte protestierend etwas erwidern, doch Rothausen griff nach ihrem Arm, öffnete die Haustür und schubste die Hauptkommissarin hinaus.

Bevor die Tür zufiel, hörte Jessica noch, wie Rothausen zu Laura sagte: »Und du verschwindest in dein Zimmer. Was fällt dir überhaupt ein, Familiengeheimnisse auszuplaudern!«

25

»Nein, Florian, tut mir leid. Ich komme heute nicht pünktlich nach Hause.« Mit dem Smartphone am Ohr lief Jessica die Dorfstraße entlang und bemühte sich, den entgegenkommenden Passanten auszuweichen. Das Dorf hatte vielleicht 400 Einwohner. Jessica fragte sich, ob die heute alle gleichzeitig auf der Straße unterwegs waren.

»Wärst du so lieb und holst meinen Vater und die Kinder vom Bahnhof ab? Ich komme nach Hause, so schnell ich kann. Der Zug kommt um 16:03 Uhr an.« Sie hatte ihr Auto am Ortseingang geparkt, denn die Straße ins Dorf war abgesperrt. Bis zur Pension, in der Simon Klaiber untergekommen war, waren es noch gute 800 Meter. Jessica seufzte. Sie erklärte Florian, was sie aufgehalten hatte. »Ich musste gerade einem nur gebrochen Englisch sprechenden Ghanaer erklären, dass sein Sohn Senyo gestorben ist und dass es zurzeit noch unmöglich ist, ihn zwecks Beerdigung in sein Heimatland zu überführen. Hast du eine Ahnung, was Rechtsmedizin auf Englisch heißt? Oder Obduktion? Das Gespräch hat jedenfalls fast eine Stunde gedauert.«

Sie überquerte die Straße und lief über den mit Kopfstein gepflasterten Marktplatz. Die kleine Pension direkt hinter dem Dorfbrunnen war mit allerlei Fassadenmalerei verziert. Große Blumenkästen mit üppigen roten Geranien hingen vor den grünen Sprossenfenstern mit

Fensterläden aus Holz in der gleichen Farbe. Die imposante Doppelflügeltür ins Foyer stand offen.

Das Zimmer von Simon Klaiber lag in der dritten Etage direkt unter dem Dach, wie sie von der Inhaberin erfuhr.

»Darf ich reinkommen?«, fragte die Hauptkommissarin, als der junge Mann ihr öffnete und sie fragend ansah.

»Geht es um Gesa? Hat sie endlich zugegeben, dass sie vergewaltigt worden ist?«, wollte er wissen, trat beiseite und machte Jessica Grothe den Weg in den Raum frei.

»Haben Sie bezüglich der Vergewaltigung genauere Angaben für mich?« Die Hauptkommissarin war zwar aus einem anderen Grund hier, interessierte sich dennoch brennend für den offensichtlich von der Familie Rothausen vertuschten Vorfall. »Wissen Sie, wer dem Mädchen das angetan hat?«

»Also stimmt es!«, spuckte Simon verächtlich aus. »Gesa hat es zwar vehement bestritten, aber ich wusste gleich …«

»Moment«, unterbrach Jessica den jungen Mann. »Bewiesen ist da gar nichts. Soviel ich weiß, gab es keine gynäkologische Untersuchung. Gesa Rothausen hat den Vorfall bisher nicht angezeigt. Laura hat mir davon erzählt«, erklärte sie Simon. »Was wissen Sie darüber?«

»Ich habe Gesa im Kuhstall gefunden – völlig in Tränen aufgelöst und mit zerrissenem Kleid.« Simon nahm auf der Kante seines Bettes Platz und fuhr sich mit den Händen über das Gesicht. »Ich habe keine Ahnung, wer ihr was auch immer angetan hat.«

»Aber Sie haben den Ghanaer Senyo in Verdacht, hab ich recht?«

Simon winkte ab. »Das hatte ich zuerst schon. Ich hab ihm dafür ordentlich eine verpasst.« Er rieb sich die rechte Faust und zeigte der Hauptkommissarin lächelnd die blauen Flecken auf den Fingern. »Aber er war es nicht. Wir haben uns vorgestern Abend ausgesprochen. Wir waren zusammen hier im Dorfkrug. Er ist ein ganz netter Typ. Ein Weiberheld, aber ein guter Kerle!«

»Warum sind Sie von Ihrem Chef gefeuert worden?« Die Hauptkommissarin setzte sich auf den alten Holzstuhl, der vor dem kleinen Tisch am Fenster stand. »Wegen des Vorfalls mit Gesa? Glaubt Rothausen, Sie hätten seiner Tochter etwas angetan?«

Simon schüttelte zaghaft den Kopf. »Der Karl ist sehr direkt und eigentlich immer gerecht. Er hat mir jedenfalls nichts dergleichen vorgeworfen. Aber ihm hat nicht gefallen, dass ich bereits zum zweiten Mal den gleichen Typen verprügelt habe.« Er seufzte. »Senyo hat gesagt, er wolle mit Karl reden, damit er mich wieder einstellt. Ich brauche den Job dringend. Das hier in der Pension ist nur eine Notlösung. In ein paar Tagen sitze ich auf der Straße. Das wenige Geld, das ich habe, reicht nicht ewig.«

»Ich muss Ihnen leider mitteilen, dass Senyo gestern zu Tode gekommen ist«, informierte Hauptkommissarin Grothe den jungen Mann, den sie nun nicht mehr für tatverdächtig hielt. Auch seine spontane Reaktion ließ vermuten, dass er bisher nichts von dem Vorfall gewusst hatte.

Er sprang entsetzt auf und atmete schwer. »Senyo ist tot? Wieso? Was ist passiert?«

»Darüber darf ich nicht sprechen. Die Ermittlungen laufen noch.« Jessica stand auf und legte ihre Hand auf seinen Oberarm. »Hat Senyo Ihnen erzählt, ob er auch mit anderen Personen Ärger hatte? Wissen Sie, mit welchem Mädchen er sich getroffen hat? Er war am gestrigen Abend angeblich verabredet.«

Simon Klaiber zuckte mit den Schultern und sank wieder auf die Bettkante zurück.

Die Hauptkommissarin reichte dem jungen Mann eine ihrer Visitenkarten. »Rufen Sie mich bitte an, wenn Ihnen noch etwas einfällt.« An der Tür des Zimmers drehte sie sich erneut zu ihm um. »Gehen Sie zu Rothausen und entschuldigen Sie sich. Er wird Sie sicher wieder einstellen.«

*

»Schon wieder ein Einbruch?« Florian hielt an der Ampel und setzte den Blinker mit seiner rechten Hand, denn in der linken hielt er sein Smartphone. »Ist gut. Schick mir die Adresse auf mein Handy und ich fahre gleich hin.« Er beendete das Gespräch und legte das Handy in die Mittelkonsole.

»Man darf nicht telefonieren, wenn man mit dem Auto fährt. Das kann teuer werden, falls man dich erwischt«, mahnte Svenja vom Rücksitz. Jessicas Vater Herbert neben ihm schmunzelte.

»Florian darf das«, belehrte Tobias seine ältere Schwester. »Er ist Polizist, die dürfen alles!«

»Aber es ist gefährlich«, rief Svenja mit ernstem Ton. »Florian könnte einen Unfall bauen!«

»Könnte er nicht«, verkündete Tobias. »Er ist schließlich ein Mann. Männer fahren immer gut Auto.«

Herbert Grothe lachte schallend.

»Also mir gefällt diese Argumentation«, sagte Florian und drehte sich zu den Kindern um. »Himmel, ich habe euch beide so vermisst! Und ja, Svenja, du hast recht. Man darf während der Fahrt nicht telefonieren. Tobi, du hast auch recht. Ich fahre ganz ausgezeichnet Auto. Zumindest besser als jede Frau.«

»Lass das nur nicht meine Tochter hören«, mahnte Herbert scherzhaft mit erhobenem Zeigefinger.

Als es endlich grün wurde, bog Florian ab. »Ich muss zu einem Einsatz. Deshalb werde ich euch drei kurz zu Hause absetzen. Jessica kommt bestimmt auch gleich.«

Ein wenig hatte er ein schlechtes Gewissen, die Kinder und Jessicas Vater allein zu lassen. Doch sein Kollege Berthold Willig hatte ihm nach Überprüfung der Anschrift berichtet, dass das Haus eines der Objekte war, deren Adressen in dem Ordner von Thomas Glasinger auftauchten. Es gab folglich eine Verbindung zwischen all den Einbrüchen. Jetzt hoffte Florian, endlich den einen entscheidenden Hinweis zu bekommen, der ihn zum Täter führte.

Eine halbe Stunde später parkte Florian seinen dunkelblauen Kombi vor der breiten Einfahrt eines erst kürzlich errichteten Einfamilienhauses. Die Auffahrt war noch nicht gepflastert, der Vorgarten bestand aus dunkler Erde, auf der hier und da ein Büschel Unkraut wuchs. Der Garage an der linken Hausseite fehlte das Tor, und die Außenlampe mit der aufgedruckten Hausnummer lag auf einem der Fenstersimse neben einem langen Stromkabel, das aus der Wand hing.

Wohnte hier überhaupt schon jemand? Wer brach in einen Neubau ein? Da gab es doch nichts zu holen außer vielleicht Werkzeug oder Baumaterial.

»Gut, dass du kommst, Chef«, wurde Florian von Berthold begrüßt. »Das Ehepaar Thorwald ist gerade eingetroffen. Sie waren beide bei der Arbeit, als eingebrochen wurde.«

Im Inneren des Hauses war, anders als Florian erwartet hatte, alles fertig. Die Räume waren adrett und modern eingerichtet, Vorhänge hingen an den Fenstern, und die Terrasse hinter dem Haus, die Florian durch die große Panoramascheibe im Wohnzimmer sehen konnte, war mit hellen Steinfliesen gepflastert. Ein Grill und eine Sitzgruppe aus dunklem Tropenholz standen zwischen etlichen akkurat bepflanzten Blumenkübeln.

»Das sind Herr und Frau Thorwald«, stellte Berthold das Ehepaar vor. »Und das ist mein Chef, Hauptkommissar Forster.«

»Es sieht hier gar nicht nach einem Einbruch aus«, bemerkte Florian und sah sich die Terrassentür genauer an, konnte aber keine Einbruchsspuren feststellen. »Sind die Eindringlinge durch den Keller rein?«

»Nein.« Herr Thorwald deutete mit der Hand auf eine Tür direkt neben der modernen Treppe in den ersten Stock. »Sie sind durch das Fenster im Gäste-WC eingestiegen. Meine Nachbarn haben die Polizei verständigt, weil ihnen das zerschlagene Fenster aufgefallen ist. Es muss am Vormittag passiert sein, denn in der Früh war die Scheibe noch intakt.«

»Verstehe.«

Der Hauptkommissar ging auf die Treppe zu, als die Tür zum Gäste-WC unerwartet aufging und ein Beamter der Spurensicherung in einem Ganzkörperschutzanzug heraustrat.

»Oh, Hauptkommissar Forster. Sie sind endlich da!« Der Beamte tippte sich grüßend an die Stirn, als wolle er salutieren. »Die Scheibe wurde mit einem der Pflastersteine zerstört, die an der Grundstücksgrenze aufgestapelt liegen, und anschließend der Riegel von außen geöffnet. Wir haben am Fensterrahmen kaum Fingerabdrücke gefunden. Vermutlich sind es nur die des Ehepaares Thorwald selbst.«

»Vermutlich«, sagte Florian und schaute in den kleinen, mit beigen Kacheln gefliesten Raum. Das Fenster war zwar klein, aber groß genug, dass ein erwachsener Mann hindurchkam. »Mehr Spuren haben Sie nicht gefunden?«

»Doch.« Der Beamte nickte bestätigend. »Auf dem Fensterbrett gibt es einen ganz passablen Fußabdruck. Der stammt höchstwahrscheinlich vom Einbrecher.« Jetzt streckte der Mann in dem Schutzanzug dem Hauptkommissar eine Beweismitteltüte entgegen. »Und das hier lag hinter der Toilette.«

Florian Forster nahm die Tüte entgegen und sah sich das Fundstück interessiert an. Eine rote Schirmmütze. Sie kam ihm bekannt vor. Wo hatte er eine solche Mütze schon einmal gesehen?

»Ich mach jetzt oben am Tresor weiter, wenn's recht ist«, verkündete der Beamte und ging die Treppe hinauf.

»Sie haben einen Tresor?« Hauptkommissar Forster sah das Ehepaar Thorwald fragend an. »Ist der aufgebrochen worden?«

»Tja, so kann man das auch nennen.« Herr Thorwald lachte verbittert. »Der Tresor war nicht ganz funktionsfähig. Ich hatte die Anleitung für das Einstellen der Kombination verlegt. Der Umzug … Sie verstehen? Deshalb war die Standardkombination noch aktiv, viermal die Null.«

»Mmh«, machte Forster. »Und deshalb glauben Sie, dass es für die Einbrecher ein Leichtes war, den Tresor zu knacken? Was war drin?«

»Die wichtigen Unterlagen sind alle noch da, so viel ich gesehen habe. Doch der Schmuck meiner Frau ist weg. Und mein Siegelring von der Uni in Boston, an der ich studiert habe. Ich war dort in einer Studentenverbindung.«

»Ich brauche Fotos von den Gegenständen, die Sie vermissen. Wer wusste von Ihrem Tresor und von der leichtsinnigen Kombination?«

Die rote Kopfbedeckung in seinen Händen beschäftigte Florian noch immer. Irgendwo hatte er das Teil schon einmal gesehen. Warum kam er nur nicht darauf?

»Niemand wusste davon, außer vielleicht meine Eltern. Aber die wohnen in Brandenburg. Sie haben das gleiche Modell. Mein Vater wollte mir deshalb die Betriebsanleitung in den nächsten Tagen per Post zuschicken«, sagte Herr Thorwald und sah zu seiner Frau, die angestrengt nachzudenken schien.

Dann schlug sie sich mit der Hand gegen die Stirn. »Mir fällt gerade ein, dass ich dem netten Polizeibeamten an dem Infostand vor zwei Wochen von dem Tresor erzählt habe«, berichtete Frau Thorwald. »Er sagte noch zu mir, dass es äußerst wichtig sei, eine Kombination einzuprogrammieren. Ich solle das nicht auf die leichte Schulter nehmen.« Sie blickte seufzend zu ihrem Mann. »Wir haben nächste Woche einen Termin mit einer Sicherheitsfirma, weil wir eine Alarmanlage einbauen wollen.«

Plötzlich fiel dem Hauptkommissar ein, wo er die rote Schirmmütze gesehen hatte. Das war erst ein paar Tage her. »Gut. Vielen Dank. Ich überlasse Sie jetzt meinem Kollegen Berthold Willig, der Ihnen noch die eine oder andere Frage stellen wird. Vielleicht könnten Sie ihm die Fotos gleich aushändigen. Ansonsten schicken Sie sie bitte zeitnah ins Präsidium.« Er gab dem Ehepaar zum Abschied die Hand und machte sich auf den Weg zu seinem Auto.

Draußen traf er Kommissar Willig.

»Berthold, du musst mir einen Gefallen tun.«

»Klar, Chef, ähm, Florian. Was soll ich machen?«

»Ich muss dringend nach Hause. Die Kinder sind aus Hamburg zurück und wir wollen essen gehen. Allerdings ist es wichtig, noch heute eine Hausdurchsuchung vorzunehmen. Das muss ganz schnell gehen.« Er überlegte fieberhaft, ob er die Angelegenheit wirklich abgeben konnte oder ob es nicht besser wäre, selbst nach dem Diebesgut zu suchen. Der Ort, an dem er den Schmuck der Thorwalds vermutete, erleichterte ihm die Entscheidung. »Ich mache die Sache mit der Staatsanwaltschaft klar. Du musst dir dann die nötigen Papiere nur noch abholen.« Mit der Hand klopfte er seinem jungen Kollegen an den Oberarm. »Du schaffst das schon, Berthold. Fahre mit ein paar Beamten zum Haus der Familie Lorenz. Diese rote Mütze …« Er reichte Kommissar Willig die Beweismitteltüte, die er immer noch mit sich herumtrug. »Ich vermute, sie gehört Matteo Lorenz, dem Tatverdächtigen im Mordfall Michelsbach.«

26

»Schön, dass du Zeit für mich hast, Jessica. Florian hat neulich gesagt, dass ihr gerade viel Stress im Präsidium und beide einen anstrengenden Fall habt.«

Das kleine Café, in dem die zwei Frauen saßen, war altmodisch eingerichtet, mit karierten Vorhängen an den kleinen Fenstern und einer rosa gehaltenen Blümchentapete an den Wänden. Die Möbel und Sitzgelegenheiten waren eine bunte Mischung aus den vergangenen Jahrzehnten und allen bekannten Stilrichtungen. Jessica kam sich vor wie bei ihrer Großmutter im Wohnzimmer, als die Bedienung ihnen Tee und Kuchen in zierlichen Tassen und auf Tellern, verziert mit kleinen Schmetterlingen, servierte.

»Ja, es ist viel Arbeit zurzeit«, sagte Jessica, schob ihren Kuchenteller Richtung Tischmitte und platzierte ihre Unterarme auf der Kante. »Wie geht es dir, Sylvia? Ich habe gehört, dass du und Thomas euch getrennt habt. Was ist denn passiert? Ihr seid für mich immer das perfekte Paar gewesen.«

Sylvia nippte an ihrem Tee und stellte die Tasse zurück auf die verzierte Untertasse. »Das dachte ich auch«, sagte sie nüchtern, nahm die kleine Gabel und stach in ihren Aprikosenkuchen. »Ich habe das noch nie jemandem Außenstehenden erzählt«, begann sie zögerlich, legte die Gabel gedankenverloren beiseite und seufzte. »Anfang des Jahres habe ich unser Kind verloren. Eine Fehlgeburt im dritten Monat.«

»Oh, das tut mir leid«, bedauerte Jessica und griff nach der Hand ihrer Freundin. »Das muss furchtbar sein.«

»Ja, das war es auch. Doch das war nicht der Grund für meinen Auszug.« Sie wischte sich mit dem Handrücken ein paar Kuchenkrümel vom Kinn und seufzte erneut.

Jessica wagte nicht, sie zu unterbrechen, und wartete geduldig, bis Sylvia fortfuhr.

»Ich habe zu Hause die Sticheleien meiner Schwiegermutter nicht mehr ertragen. Sie ist ein Teufel!«

Über Jessicas zweifelnden Gesichtsausdruck musste Sylvia herzhaft lachen. »Ja. Das glaubt mir keiner. Zu Fremden ist sie immer herzallerliebst.«

»Aber wenn du dich so schlecht mit ihr verstehst, warum wohnt sie dann bei euch?«, wollte Jessica wissen. »Wenn sie den ehelichen Frieden stört, muss *sie* ausziehen, nicht du.«

Ihre Freundin kaute auf der Unterlippe und nickte. »Thomas sieht das anders. Er tut alles für seine Mutter, seit mein Schwiegervater verstorben ist. Als seine Mutter mir breit grinsend verkündet hat, sie freue sich, dass mein Kind tot ist, habe ich meine Koffer gepackt und bin gegangen.«

»Wie bitte? Wie konnte sie so etwas sagen?«

»Rein logisch verstehe ich das sogar«, sagte Sylvia verbittert. »Wir hätten das Zimmer gebraucht, in dem sie wohnt. Es wäre das Kinderzimmer geworden.«

»Herrgott! Und Thomas hat seine Mutter nicht rausgeworfen?«

»Der weiß davon nichts.«

Jessica nahm einen großen Schluck aus ihrer Tasse, schaute auf ihren Kuchen und schob ihn noch weiter von sich weg. »Ich kann den jetzt nicht essen«, sagte sie. »Das sieht Thomas gar nicht ähnlich. Er liebt dich doch.«

»Ja, und ich ihn«, bestätigte Sylvia und strahlte. »Ich hab mich vor ein paar Wochen mit Thomas getroffen und es fühlte sich ganz gut an zwischen uns beiden. Noch dazu …« Sie lächelte so selig, dass Jessica glücklich seufzte. »Noch dazu, weil ich dank unserer *Aussprache* wieder schwanger bin. Vielleicht wird doch noch alles gut.«

»Oh, wie wunderbar«, freute sich Jessica. »Das ist großartig. Werft die Mama raus und werdet glücklich. Das wünsche ich euch von Herzen.«

»Danke, aber erzähl's nicht weiter. Es weiß noch niemand. Auch Thomas habe ich noch nichts gesagt.« Sylvia machte sich wieder über ihren Kuchen her. »Ich muss wirklich aufpassen. Seit ich schwanger bin, fresse ich wie ein Scheunendrescher!« Sie lachte laut.

»Komisch«, stimmte Jessica in Sylvias Lachen ein. »Mir geht es genau umgekehrt. Seit ich schwanger bin, ist mir jeglicher Appetit vergangen.«

*

»Du bist was?« Paula jauchzte laut, sprang vom Sofa auf und riss Jessica in ihre Arme. »Du bekommst ein Kind! Das ist ... das ist ... gigantisch! Was sagt denn Florian dazu? Wie ist das überhaupt passiert?« Paula küsste ihre Freundin auf die Wange und drückte sie dann auf das Sofa. »Nicht, dass ich nicht über die Sache mit den Blümchen und Bienchen Bescheid wüsste. Ich meinte nur ...«

»Nein, es war nicht geplant«, lachte Jessica. »Und Florian weiß es noch nicht.«

Nachdem Jessica sich mit Sylvia getroffen und so glückselig, aber ungewollt das Geheimnis ihrer Schwangerschaft ausgeplaudert hatte, konnte sie die Neuigkeit nun kaum noch vor der Welt zurückhalten. Doch Florian durfte davon noch nichts wissen, und Paula musste ihr deshalb versprechen, nichts zu verraten.

»Weißt du, Paula«, erklärte sie ihrer Freundin, die merklich verwundert darüber war, dass Jessica den Vater des Kindes noch nicht informiert hatte, »Florian versucht schon seit Wochen, mir einen Antrag zu machen, aber es kam immer etwas dazwischen.«

»Ist es denn so wichtig, dass ihr verheiratet seid?« Paula sah sie durchdringend an. »Ihr lebt schon so lange in ›wilder‹ Ehe. Das hat dir nie etwas ausgemacht.«

»Das macht mir auch nichts aus. Doch ich glaube, Florian ist es durchaus wichtig. Ich will ihm den Spaß nicht verderben. Wenn er von meiner Schwangerschaft erfährt, ist er quasi gezwungen, mir einen Antrag zu machen. Das gefällt weder ihm noch mir.«

»Mmh.« Paula setzte sich neben Jessica aufs Sofa. »Dann muss er sich aber beeilen. Wenn du erst mit einer riesigen Kugel vor dem Bauch herumläufst, wird es schwer, deine Schwangerschaft geheim zu halten.«

»Das stimmt«, lachte Jessica. »Mein Vater bleibt noch ein paar Wochen im Allgäu. Vielleicht sollte ich einen romantischen Wochenendausflug für uns buchen.«

»Gut. Aber morgen gehen wir erst einmal Babysachen kaufen«, beschloss Paula augenzwinkernd. »Und ich bestehe darauf, dass ich Patentante werde!«

*

»Insgeheim habe ich gehofft, dass ihr nichts findet«, sagte Florian, fuhr sich mit beiden Händen durchs Haar und ließ sich auf den Bürostuhl hinter seinem Schreibtisch fallen. Die gestrige Hausdurchsuchung bei Familie Lorenz hatte sich bis spät in die Abendstunden hingezogen. Erst heute Früh im Büro berichtete Berthold seinem Chef von den Ermittlungsergebnissen.

»Und worauf seid ihr gestoßen?«, wollte Florian wissen, ohne den Ordner mit dem Bericht und den Fotos vor ihm auf dem Tisch aufzuschlagen. Auch den gestrigen Einbruch hatte Berthold bereits ausführlich dokumentiert und abgeheftet.

»Zwei Dinge haben wir gefunden. Eine Brosche und einen Siegelring«, verkündete Berthold stolz. »Es muss sich um jeweils einen der Gegenstände handeln, die das Ehepaar Brunkhorst und das Ehepaar Thorwald als gestohlen gemeldet haben.«

»Ich meine mich zu erinnern, dass beides nur wertloser Krempel ist.« Der Hauptkommissar klappte den Ordner auf und blätterte in den Unterlagen. »Wie ich vermutet habe. Der Siegelring von Herrn Thorwald hat nur ideellen Wert. Das Gleiche hat Frau Brunckhorst über die Brosche ihrer Großmutter gesagt. Mehr war nicht in dem Haus?«

»Nein. Mehr nicht.«

»Was sagt Matteo Lorenz zu der Sache? Ich vermute, er sitzt im Verhörraum. Oder hast du ihn schon der Staatsanwaltschaft übergeben?«

»Weder noch, Chef.« Berthold klang geknickt. »Matteo ist uns entwischt.«

»Wie bitte?«

»Der Junge hat kurz vor der Festnahme darum gebeten, auf die Toilette gehen zu dürfen. Kommissar Glasinger hat vor der Tür gewartet. Weil das Badezimmer unter dem Dach, also im zweiten Obergeschoss liegt, ist er nicht wie vorgeschrieben mit hineingegangen.«

»Und Herr Lorenz ist durchs Fenster entwischt und wie Spiderman die Hauswand hinabgeklettert?« Hauptkommissar Forster schüttelte resigniert den Kopf. »Herrgott, verdammter Mist. Wie konnte das passieren?«

Berthold zuckte mit den Schultern und starrte betreten zu Boden. »Er ist auf das Dach der Garage gesprungen. Dann ist er mit seinem Fahrrad abgehauen. Die Beamten, die ihn verfolgten, haben ihn an den Bahnschienen hinter dem Flugplatz verloren. Die Suche nach ihm lief die ganze Nacht. Ich habe ihn zur Fahndung ausgeschrieben.«

»Kreuzkruzifix«, fluchte Florian. »Das hätte nicht passieren dürfen.«

*

Karl Rothausen parkte seinen Geländewagen neben dem Stall und geschützt vor neugierigen Blicken aus dem Wohnhaus. Bevor er ausstieg, sondierte er ein letztes Mal die Lage. Niemand schien da zu sein – weder vor der Scheune noch hinter den Gebäuden, dort, wo die Gemüsebeete waren und ein kleines Gartenhaus auf einem Hügel stand.

Im Schatten des alten Heustadels ging er dicht an der Holzwand entlang und sah sich immer wieder um.

Ein Auto fuhr auf den Hof.

Sein erster Reflex war, sich rücklings an die Wand zu pressen und reglos zu verharren. Er hoffte, der Besucher würde ihn im Schatten aus der Entfernung nicht sehen.

»Herr Mühlbrunner«, rief ein Mann.

Rothausen hörte Schritte auf dem Schotterplatz vor der Haustür des Wohngebäudes. »Hallo? Ist jemand da? Ich habe ein Paket für Sie.«

Bevor der Bote um das Wohnhaus herumkam, schlich Rothausen durch eine offene Seitentür in die Scheune und schob mit beiden Händen leise die schwere Tür zu. Schlagartig wurde es dunkel. Nur ein paar schmale Fugen im Dach ließen Sonnenlicht herein. Es reichte gerade aus, um wenigstens die Umrisse der Gegenstände und Regale in der Dämmerung zu erkennen.

Karl Rothausen seufzte und ging langsam ein paar Schritte zurück. Warum musste es immer so kompliziert sein? Er kam sich vor wie ein Einbrecher. Dabei tat er nichts Unrechtes.

Plötzlich spürte er etwas Spitzes an seinem Rücken, das schmerzhaft gegen seine Haut drückte. Anstatt wie eben reglos zu verharren, sprang Rothausen rasch nach vorn, drehte sich blitzschnell um und hob drohend die Fäuste. Doch alles, was er sah, war eine alte rostige Heugabel, die mit dem Stiel – die scharfen Zinken nach oben – in einem Strohballen steckte.

»So etwas Dummes!« Rothausen griff nach der Gabel, zog sie heraus und drehte sie um. Dann stieß er die spitzen Enden mit Wucht in das Stroh, wischte die Hände an seiner Jeans ab und schimpfte: »Daran kann man sich ernsthaft verletzen!«

Wenige Minuten später – der Paketbote hatte den Hof verlassen – erreichte er endlich sein eigentliches Ziel. Aus dem kleinen Gartenhäuschen auf dem Hügel erklang laute Musik. Ein Radio lief. Rothausen öffnete die Tür und machte sich gleichzeitig rufend bemerkbar.

Johanna Mühlbrunner, die vertieft in ihre Arbeit vor dem langen Tisch stand, fuhr entsetzt herum. »Herrgott, Karl, musst du mich so erschrecken!« Sie legte beide Hände über ihr heftig pochendes Herz und sah den Besucher vorwurfsvoll an. Dann schaltete sie das Radio aus.

»Entschuldige, Johanna.« Rothausen trat auf sie zu und nahm sie zur Begrüßung kurz in den Arm. »Wir sind verabredet. Das weißt du noch, oder? Ich will meine Schulden bezahlen.«

Johanna lachte. »Klar. Und du wolltest kontrollieren, wie die Arbeit vorangeht. Stimmt's?«

»So hätte ich das nicht formuliert. Aber wenn du schon davon anfängst …« Er stellte sich neben sie an den Tisch und verschaffte sich einen kurzen Überblick. »Wie weit bist du denn?«

Über den ganzen Arbeitsplatz verteilt türmte sich Grünzeug. Zweige von Latschenkiefer und Alpenrose lagen neben Silberdisteln und Seidenblumen in den unterschiedlichsten Farben. In einem hölzernen Kasten befanden sich Blumendrähte in verschiedenen Stärken, Scheren, Klemmen und Kleber. Kleine Spiegel und edle Kreuze, die zum Schutz vor bösen Geistern und für Gottes Segen in den verzierten Kopfschmuck eingearbeitet wurden, waren fein säuberlich am linken Tischrand aufgereiht. Es war alles da, um die Schumpen und Kühe zum bevorstehenden traditionellen Alpabtrieb feierlich zu schmücken. Einige fertige Kränze standen bereits auf der Fensterbank.

Rothausen legte Johanna anerkennend die Hand auf die Schulter. »Herausragend wie in jedem Jahr. Jeder in der Region sagt, dass du ein Ausnahmetalent bist. Mit Recht. Deine Kränze sind ausgezeichnet!« Er zog seine Geldbörse aus der Hosentasche und legte ein paar Geldscheine neben die Box mit dem Werkzeug.

»Oh, Karl. Nein. Das ist viel zu viel.« Johanna Mühlbrunner wollte ihm die Hälfte ihres Lohnes zurückgeben, doch er griff nach ihrer Hand und zwang sie sanft, die Scheine zurück auf den Tisch zu legen.

»Nimm es. Ihr könnt es gebrauchen.«

Sie blickte beschämt zu Boden. »Stimmt. Ich danke dir, Karl. Allerdings gefällt es mir gar nicht, dass ich Heimlichkeiten vor Michael habe. Er wäre verdammt wütend, wenn er wüsste, dass ich auch den Schmuck für deine Rinder mache.«

Rothausen grinste überheblich. »Ohne deine Nebeneinkünfte wäre sein Hof schon lange pleite!«

»Ach, Karl. Manchmal glaube ich, es gefällt dir, meinen Mann zu quälen. Gibst du ihm deshalb das Kalb von Henriette nicht, obwohl es uns zusteht? Oder bist du immer noch sauer, dass ich mich damals nicht für dich entschieden habe?«

Seine Überheblichkeit war augenblicklich verflogen und wich einem freundlichen Bedauern.

»Bei der Sache mit dem Kalb geht es mir nur ums Prinzip. Das Tier gehört mir.« Er ging einen Schritt auf Johanna zu und legte ihr behutsam beide Hände auf ihre Schultern. »Ich liebe meine Frau. Gertrud war und ist der Mensch, mit dem ich alt werden will. Du und ich, wir beide hatten einmal eine schöne Zeit. Das ist 30 Jahre her.« Er ließ sie los und lächelte. »Und dem Quatsch mit deinem Biohof kann ich auch nichts abgewinnen. Da ist Michael sicher die bessere Wahl gewesen.«

»Auf jeden Fall«, bestätigte Johanna ernst. »Du kannst die Kränze am Abend vor dem Viehscheid aus der Scheune holen. Ich werde dafür sorgen, dass niemand auf dem Hof ist!«

27

Der September zeigte sich in diesem Jahr von seiner allerbesten Seite. Der wolkenlose Himmel strahlte mit den sattgrünen Wiesen um die Wette. Die Berge der Allgäuer Alpen ragten hier in Oberstdorf hoch in den Himmel, warfen aber aufgrund der Mittagssonne nur wenig Schatten auf das beschauliche Örtchen, in dem es an diesem Tag vor Besuchern und Touristen wimmelte. Aus einem großen Festzelt am anderen Ende des Ortes drang Musik von einer Blaskapelle bis zu ihnen hinüber und vermischte sich mit dem murmelnden Brummen von unendlich vielen quasselnden und lachenden Menschen.

Es war mühsam, sich an all den Leuten, die die Hauptstraße säumten, vorbeizudrängen. Herbert Grothe hatte dennoch Mühe, mit seiner Tochter Schritt zu halten, die den Scheidplatz, die Wiese am Ortsausgang, noch vor Eintreffen der Rinder erreichen wollte. Hier würden in etwa einer halben Stunde die ersten Tiere, die den Sommer auf einer der Alpen verbracht hatten, eintreffen und ihren jeweiligen Besitzern übergeben werden.

Von den schmucken, mit viel Holz und kunstvoller Fassadenmalerei verzierten Häusern Oberstdorfs nahm man aufgrund der Menschenmassen heute nicht viel wahr. Am heutigen Tag drehte sich alles um den Viehabtrieb, der im Laufe der letzten Jahre immer mehr zu einem touristischen Highlight mutierte, das Besucher von weit her anlockte. Busse voller Zuschauer aus München, Augsburg und dem württembergischen Allgäu wurden hier abgeladen.

»Wo bleibst du denn, Papa? Wir müssen uns beeilen.« Jessica schaute sich kurz zu ihrem Vater um und ging dann weiter. Sie war dankbar, dass er sie zum Viehscheid begleitete. Sie hoffte, Karl Rothausen hier anzutreffen, da es im Mordfall des jungen Afrikaners neue Erkenntnisse gab und eine Befragung des Landwirts nicht bis morgen warten konnte.

»Lauf du doch vor, Jessy«, rief Herbert von hinten. »Ich habe mein Handy dabei. Wir finden uns schon wieder. Die Kühe kann ich auch von hier aus sehen.« Er war mitgekommen, um sich diese spannende Allgäuer Tradition einmal aus der Nähe anzusehen.

Da Maria Forster bisher nicht aus ihrem Urlaub zurückgekommen war, hatte Herbert Grothe sich kurzerhand entschlossen, ein paar Wochen länger im Allgäu zu bleiben und Jessica mit den Kindern zu helfen. Svenja und Tobias gingen seit letzter Woche wieder in die Schule, und Florian und Jessica mussten arbeiten. Wenigstens war vor zwei Tagen endlich ein Lebenszeichen von Florians Mutter in Form einer Postkarte eingetrudelt. Sie hatte geschrieben, dass ihre Rückkehr sich noch etwas verzögere und sie alle sehr lieb habe, mehr nicht. Florian sprach immer noch nicht über das Problem, das er seit Wochen mit sich herumschleppte. Er hatte der Postkarte keine Beachtung geschenkt und sich geweigert, sie zu lesen.

Als die erste Herde die Straße heruntergelaufen kam, hatte sich Jessica einen Platz direkt neben dem Gatter der eingezäunten Wiese gesichert.

Die Tiere, flankiert von Männern, Frauen und Kindern in schmucker Allgäuer Tracht, gingen trotz der ganzen Aufregung und den lauten Rufen der dicht aneinandergedrängten Zuschauer am Straßenrand in einer stoischen Ruhe über den Asphalt. Nur selten musste einer der Hirten ein Tier in die Schranken weisen und es in die Herde zurückleiten. Dazu reichte oft ein Wink mit dem Arm.

Die einzelnen Alpen kamen getrennt voneinander und zeitversetzt auf dem Scheidplatz an. Die Rinder wurden auf die Wiese getrieben und fast zur gleichen Zeit von ihren Besitzern in Empfang genommen, verladen und auf die jeweiligen Höfe zurückgebracht.

Jessica hatte gehofft, unter all den Helfern und Bauern, die auf der Wiese auf ihre Kühe warteten, Karl Rothausen zu finden. Doch die einzige Person vom Rothausen-Hof, die sie sah, war Simon Klaiber.

Als der Hofhelfer die Hauptkommissarin erkannte, kam er zu ihr herüber und hob grüßend seine Hand. »Wollten Sie zu mir?«, rief er ihr entgegen, noch bevor er sie erreichte.

»Nein, zu Rothausen. Ich habe ihn hier vermutet. Auf dem Hof ist heute wohl keiner.«

»Nee, nur die Kühe und Pferde«, bestätigte Simon, lehnte sich an den Pfosten neben dem Gatter und versuchte, einen Blick auf die Straße zu werfen. »Rothausen läuft wie jedes Jahr stolz neben dem Kranzrind der Kluxhagener Alpe mit. Seine Henriette ist bereits im dritten Jahr die Hauptattraktion.«

»Was ist ein Kranzrind?«

Jessica sah ihn so verwundert an, dass Simon nun

schief grinste. »Ich vergaß, dass sie eine Zugereiste sind«, entschuldigte er sich mit einer kleinen Verbeugung. »Das Kranzrind führt beim Alpabtrieb die Herde an. Dieses Tier trägt einen imposanten festlichen Kopfschmuck als Zeichen dafür, dass dem Älpler in seiner dreimonatigen Verantwortung keines der Rinder gestorben ist oder sich verletzt hat. Es ehrt also nicht nur den Besitzer des Kranzrindes, sondern zeigt auch die Dankbarkeit für den Älpler und seine gute Arbeit. Henriettes Kopfschmuck war auch in diesem Jahr wieder mächtig teuer«, schloss Simon seine Erklärung. »Ich glaube, jetzt kommen sie.« Er zeigte in Richtung der Berge.

Wenn man ganz aufmerksam hinhörte, konnte man in der Ferne trotz des lauten Trubels am Scheidplatz bereits die Kuhglocken läuten hören.

»Sie lächeln, Frau Hauptkommissarin«, stellte Simon schmunzelnd fest. »Spätestens hier auf dem Viehscheid kriegen wir sie alle«, sagte der Hofhelfer und wies mit dem Arm über die Menschenmenge, die dicht gedrängt am Zaun stand und die wenigen Rinder der bereits eingetroffenen drei Alpen beobachtete, die noch nicht abgeholt worden waren. »Wenn man bis dato das Rindvieh nur als Steak auf seinem Teller gemocht hat, verliebt man sich beim Alpabtrieb in diese treuherzig schauenden Kreaturen mit den schönen Augen und dem freundlichen Gemüt.« Er hob erneut die Hand und wollte zurück zum Viehanhänger, an dem die zwei anderen Hofhelfer bereits auf ihn warteten. »Wenn Sie keine Fragen mehr haben, dann würde ich …«

»Klar, nur zu«, sagte die Hauptkommissarin. »Ich freue mich übrigens sehr, dass Ihr Chef Sie wieder eingestellt hat.«

»Ja, ich mich auch. Sie hatten recht. Ich musste mich nur entschuldigen.« Er ging langsam zum Viehanhänger. Die Tiere würden bald eintreffen und er sollte vorbereitet sein.

Ehrfurchtsvoll trat Jessica ein paar Schritte zurück, als die Herde eine Viertelstunde später ankam, angeführt von Georg Bruchstein und Karl Rothausen. Die Töchter und die Nichte von Rothausen liefen zusammen mit drei jungen Männern neben der Herde und unterhielten sich angeregt miteinander.

Henriette, die Kranzkuh, war mit dem aus Blumen und Zweigen gesteckten Kopfschmuck und dem jungen Kalb an ihrer Seite eine edle Erscheinung und wurde bewundernd beklatscht und fotografiert.

Karl Rothausen strahlte. Kurz entglitten ihm die Gesichtszüge, als er die Hauptkommissarin erblickte, aber er riss sich zusammen und nickte ihr im Vorbeigehen wortlos zu.

»Was wollen Sie?«, blaffte er sie 20 Minuten später von der Seite an. »Simon sagte mir, dass Sie meinetwegen hier sind.«

»Das stimmt. Können wir uns irgendwo ungestört unterhalten?«

Der Landwirt nickte und schlug vor, sich in einer halben Stunde im Festzelt zu treffen. Er war dort mit seiner Frau zum Essen verabredet. »Sie können sich so lange den Abtrieb der letzten Alpe anschauen. Wir sehen uns dann später.« Er ließ die Hauptkommissarin stehen und ging zurück zu Simon und seinen anderen zwei Hofhelfern, die mit dem Verladen der Schumpen alle Hände voll zu tun hatten.

Das Festzelt war übervoll, doch Rothausen hatte Jessica einen Platz an seinem Tisch freigehalten.

»Es freut mich, Sie zu sehen, Frau Hauptkommissarin«, begrüßte Gertrud Rothausen Jessica. »Wir waren so frei und haben Ihnen auch etwas bestellt. Sie mögen doch sicher Fleischpflanzerl mit Rotkraut?«

»Das wäre wirklich nicht nötig gewesen«, sagte Jessica und setzte sich dem Ehepaar gegenüber.

»Das habe ich auch gesagt, aber meine Frau hat darauf bestanden«, maulte Rothausen, sah grinsend auf und zwinkerte der Hauptkommissarin zu.

»Karl, sei nicht immer so frech«, schimpfte seine Frau und boxte ihm herzhaft gegen den Oberarm.

»Was wollen Sie denn nun schon wieder wissen? Geht es um den toten Afrikaner? Falls Sie da krampfhaft eine Verbindung suchen … Ich sagte Ihnen bereits, dass meiner Tochter Gesa nichts passiert ist.« Rothausen begann zu essen, ohne die Hauptkommissarin aus den Augen zu lassen. Schließlich zeigte er mit der Gabel auf ihren Teller. »Sieh zu, dass du anfängst, Fehl. Es wird ja alles kalt.«

»Ich war mit Gesa beim Arzt, und der hat bestätigt, dass sie bis auf ein paar blauen Flecken an den Armen und am Oberkörper keine Verletzungen hat«, mischte sich Rothausens Frau Gertrud ein. »Sie hat von Anfang an gesagt, dass sie nicht vergewaltigt worden ist, und sie hatte recht damit.«

»Das höre ich gern. Hat sie inzwischen erzählt, wer ihr das Kleid zerrissen hat und woher die Hämatome kommen?«

»Nein.« Mehr sagte Karl Rothausen nicht, griff nach seinem Maßkrug und trank einen ordentlichen Schluck Bier. »Ah, darauf habe ich mich schon den ganzen Morgen gefreut.« Mit dem Handrücken wischte er sich den Schaum vom Mund und platzierte den Krug neben dem Teller.

Da der Überfall von Gesa nicht der primäre Grund ihres Besuchs war, ließ die Hauptkommissarin das Thema erst einmal auf sich beruhen. »Warum ich Sie eigentlich sprechen wollte …«, begann sie und suchte nach den richtigen Worten.

Die Rechtsmedizin hatte die Untersuchung des Leichnams gestern abgeschlossen. Im Bericht stand wenig, was sie nicht schon wusste, und noch weniger, was ihr einen konkreten Hinweis auf den Täter geben konnte. Doch eine Sache hatte sie stutzig gemacht.

»Ich möchte wissen, ob der junge Afrikaner am Abend seines Todes bei Ihnen war.«

Rothausen legte seine Gabel an den Tellerrand, starrte Jessica Grothe durchdringend an, kaute sehr langsam und schluckte. »Wieso glauben Sie, dass er bei uns war?«

»Weil Simon Klaiber mir erzählt hat, Senyo wolle bei Ihnen ein gutes Wort für ihn einlegen. Deshalb habe ich vermutet, dass er Sie aufgesucht hat.«

»Er war nicht noch mal da. Nachdem Simon ihn am Morgen verprügelt hat, hat der sich nicht mehr blicken lassen«, sagte der Landwirt. »Außerdem war ich an dem

Abend gar nicht zu Hause, sondern mit ein paar Kumpels in der Gastwirtschaft im Dorf.«

»Haben Sie dort vielleicht Senyo gesehen?«, fragte die Hauptkommissarin und fing sich einen ärgerlichen Blick von Rothausen ein. »Die Rechtsmedizin hat – es tut mir leid, dass ich das beim Essen sage – im Mageninhalt des Toten Rinderfilet, Rotkohl und Wein nachgewiesen.«

»Na und? Hat er halt noch gut gegessen, bevor er ermordet wurde.« Rothausen schüttelte ungläubig den Kopf. »Was geht es mich an, was ein Afrikaner isst? Wenn Sie anhand des verspeisten Filets nicht feststellen können, dass das Fleisch von einer meiner Kühe kam, können Sie doch keinen Rückschluss auf meinen Hof ziehen.«

»Ich möchte nur wissen, wo der Junge gegessen hat. Auf dem Hof, auf dem er lebte und arbeitete, gab es an dem Abend nur eine Brotzeit. Er muss das Filet später gegessen haben. Ich vermute außerdem eine Verbindung zum Toten auf der Alpe, diesem Viktor Weixler. Er hat vor seinem Tod das Gleiche gegessen.«

»Ehrlich?«, war alles, was Karl Rothausen sagte.

Doch seine Frau starrte konzentriert auf ihren Schweinebraten, ihre Hände links und rechts neben dem Teller zu Fäusten geballt. »Da sind Sie bei mir an der richtigen Adresse, Frau Hauptkommissarin.« Gertrud Rothausen seufzte. »Reg dich bitte nicht auf, Karl, aber der Senyo war an dem Abend bei mir und hat sich nach Gesa erkundigt. Die beiden haben sich kurz unterhalten. Ich hatte nicht das Gefühl, dass unsere Tochter Angst vor dem jungen Mann hat.«

»Hat er bei Ihnen gegessen?«

»Ja, ich hatte noch etwas Braten von deinem Geburtstag im Eisfach, Karl. Ich portioniere das übrig gebliebene Essen. So kann man immer mal was in der Mikrowelle warm machen.«

Karl Rothausen war verstummt und sah seine Frau verwirrt an.

»Der Senyo hat bei mir gegessen, doch mit seinem Tod habe ich natürlich nichts zu tun.«

»Und Viktor Weixler? War der auch bei Ihnen?«

»Ja«, gab Gertrud Rothausen nach kurzem Zögern zu. »Er war auch da.«

»Herrgott, Frau.« Rothausen klang entsetzt und wütend zugleich. »Warum weiß ich davon nichts? Woher kanntest du diesen Weixler überhaupt?«

Sie schaute ihn so ängstlich und betreten an, dass Jessica befürchtete, Frau Rothausen würde gleich in Tränen ausbrechen und fluchtartig das Festzelt verlassen.

»Viktor war der Freund von Maximilian«, flüsterte sie. »Der Freund«, betonte sie. »Verstehst du?«

Karl Rothausen schüttelte langsam den Kopf.

»Maximilian steht auf Männer!«, erklärte sie, straffte die Schultern und setzte sich aufrecht hin. »Dein Sohn liebt Männer. Er hatte Angst, es dir zu sagen.«

»Nein«, rief Rothausen verächtlich. »Das glaube ich nicht!« Er sprang auf, rieb sich mit beiden Händen das Gesicht, öffnete den Mund, sagte aber nichts. Dann verließ er wortlos den Tisch und ließ die zwei Frauen allein.

28

Matteo Lorenz blieb trotz intensiver Fahndung spurlos verschwunden. Franz-Xaver Lorenz und seine Frau waren verzweifelt. Aus den offensichtlich großen Sorgen, die die beiden sich machten, schloss Florian, dass die Eltern nicht wussten, wo ihr Sohn sich aufhielt.

»Du bist dir da absolut sicher?«, fragte Florian seinen Freund Ewe. »Dann gehört die Mütze nicht dem Jungen?«

»Die Kriminaltechniker konnten jedenfalls seine DNA nicht an der Mütze feststellen. Dafür aber andere genetische Spuren, die jedoch nicht im System sind«, bestätigte der Rechtsmediziner. Er und Florian hatten sich in der Mittagspause in einem Bistro nahe der Kemptener Einkaufspassage getroffen. »Hast du immer noch keine Idee, wo der Junge stecken könnte? Immerhin ist er dein Bruder«, zog Ewe seinen Freund auf. Seit er von Florians unerwartetem Familienzuwachs wusste, konnte er sich mit heiser krächzenden Bemerkungen wie »Flo – ich bin dein Vater«, ganz im Sinne von Darth Vader, kaum zurückhalten. »Hast du Jessica inzwischen von deinem Erzeuger erzählt?«

»Nein. Ich muss das zuerst mit meiner Mutter klären«, sagte Florian leise.

»Und wann fragst du Jessica endlich? Ein Heiratsantrag kann doch nicht so schwer sein.«

»Das muss erst einmal warten. Ich habe gerade andere Probleme.« Florian beobachtete die Passanten, die am Bistro vorbeigingen, ohne sie wahrzunehmen. »Wo würdest du dich verstecken, wenn Freunde und Verwandte dich nicht aufnehmen können und du untertauchen musst?«

»Puh, keine Ahnung. Ich musste mich noch nie verstecken. Ich war immer artig«, bemerkte Ewe trocken. »Das Über-die-Stränge-Schlagen fällt eher in dein Metier! Wo bist du denn untergetaucht, wenn du etwas ausgefressen hast?«

»Ich habe mir ohne Ausnahme und ganz mutig meine Standpauken abgeholt und bin dann zum Bolzen auf den Fußballplatz.« Plötzlich erstarrte Florian, erschrocken über seine eigenen Worte. »Der Fußballplatz!«, flüsterte er.

»Nee, da haben die Beamten schon gesucht. Der Platz liegt ganz in der Nähe von Lorenz' Wohnhaus. Da kann er nicht sein.«

»Ich werde trotzdem hinfahren. Übernimmst du die Rechnung? Danke, Ewe!«

*

Zu seiner Zeit, damals, als er selbst noch Fußball im Verein gespielt hatte, war die Tür zu dem kleinen Wartungshaus aus rotem Backstein noch nicht zugemauert gewesen. Florian Forster ging um das mit hohen Büschen und Bäumen umwachsene Häuschen herum, das von der Straße aus nicht sichtbar war. Früher hatten er und seine Freunde sich nach dem Training oft in diesem winzigen Gebäude getroffen. Die alte Holztür aufzubrechen, war damals ein Leichtes gewesen, und innen war genug Platz für eine alte Matratze und eine Metallkiste voll Naschkram und Cola gewesen. Doch jetzt gab es keine Tür mehr, und das einzige Fenster direkt unterm Dach war winzig.

Schon damals war der Gas- und Stromanschluss, der unterirdisch das Gebäude des Sportvereins auf der anderen Straßenseite versorgte, von den Stadtwerken verlegt worden. Das Wartungshaus stand deshalb seit über 20 Jahren leer. Es war ein Wunder, dass es nicht abgerissen worden war.

Die Hände tief in den Hosentaschen vergraben, überquerte er die Straße, ging durch das Tor zum Sportplatz und blieb vor der Tür zu den Umkleideräumen stehen. Auf dem Platz spielten Kinder im Grundschulalter. Ein paar Mütter standen am Spielfeldrand und riefen ihren Sprösslingen unermüdlich gute Ratschläge zu oder feuerten sie an.

»Kann ich Ihnen helfen?« Der Trainer, in roter Jogginghose und weißem T-Shirt, kam zu Florian. »Sind Sie ein Vater?«

»Nein, Kripo Kempten, Forster ist mein Name«, stellte er sich vor und zog seinen Dienstausweis aus der Hosentasche. »Ich müsste in die Umkleide und etwas überprüfen.«

»Bitte, die Türen sind nicht abgeschlossen.«

Eine der Mütter fluchte laut, als ihr Sohn den zugespielten Ball verfehlte und stattdessen der Länge nach auf den Rasen fiel.

Der Trainer verdrehte genervt die Augen. »Das ist das Schlimmste an dem Job«, murmelte er und ließ den Hauptkommissar stehen.

Die Umkleiden sahen noch genau so aus wie zu seiner aktiven Zeit. Die alten Holzbänke mit den Kleiderhaken brauchten dringend eine neue Lackschicht, erfüllten aber noch ihren Zweck. Die Wände allerdings waren frisch gestrichen.

Die Tür zur Abstellkammer hinter diesem Raum war mit einem Regal auf Rädern verstellt. Man konnte problemlos das Möbel beiseiteschieben, den hinteren Raum betreten und beim Schließen der Tür das Regal wieder in seine ursprüngliche Position ziehen. Niemandem würde auffallen, dass man den Durchgang passiert hatte.

Hinten in der Ecke neben den Putzutensilien war eine weitere Tür. Die schwere rostige Stahltür zierten allerlei Aufkleber mit zahlreichen Hinweisen. Sie warnten vor Stromschlag, vor Gasvergiftung und vor Erstickung. Doch Florian wusste, dass nichts dergleichen sich dahinter verbarg. All die Gefahren hatten zu der Zeit bestanden, als der Gasanschluss noch auf der anderen Seite der Straße lag. Zu seiner Verwunderung hatte niemand die Tür abgeschlossen.

Der Gang dahinter war so dunkel wie tiefschwarze Nacht. Einen Lichtschalter gab es nicht. Jedenfalls konnte er keinen ertasten. Doch etwa zehn Meter weiter fiel unter einer Tür hindurch ein schmaler Streifen Licht in den Gang.

»Matteo? Matteo Lorenz?«, rief Florian auf gut Glück und tastete sich vorsichtig durch die Dunkelheit. Das Licht am anderen Ende erlosch augenblicklich.

»Hey, komm schon. Es ist verdammt dunkel hier.« Die Wand, an der Florian sich entlangtastete, war rau verputzt und sicher dreckig. Er spürte Spinnweben an seinen Händen und wirbelte durch seine Schritte auf dem sandigen Boden so viel Staub auf, dass er heftig niesen musste. »Du kannst doch eh nicht weg. Mach die Tür auf, damit Licht in den Gang fällt.«

Etwas rieselte von der Decke, als über ihm auf der Straße ein schweres Fahrzeug vorüberfuhr. Er spürte eine leichte Vibration an seiner Hand. »Der Gang stürzt aber nicht gleich ein, oder?«, sagte Florian und wischte sich den Putz aus den Haaren. »Das wäre tragisch. Dann wären wir zwei hier unten für immer begraben und niemand würde uns finden.«

Die Tür ging auf und endlich wurde es etwas heller.

»Matteo? Bist du das?«, fragte Florian Forster erneut, denn er konnte nur einen dunklen Schatten sehen.

»Wie haben Sie … Wie hast du mich gefunden?«

»Vermutlich göttliche Fügung«, bemerkte Florian sarkastisch. Er erreichte die offene Stahltür. »Darf ich reinkommen?«

Matteo drehte sich auf dem Absatz um und kletterte wortlos die rostigen Sprossen hinauf, stieg oben durch die Luke und verschwand im Inneren des alten Wartungshauses. »Wirst du mich jetzt verhaften?«, wollte er wissen, als Florian ebenfalls durch die Luke stieg und sie zuschlug.

Der Hauptkommissar setzte sich auf den Deckel, streckte die Beine aus und lehnte sich mit dem Rücken gegen die Wand. »Das werde ich wohl müssen. Du bist zur Fahndung ausgeschrieben. Ich bin Kriminalbeamter. Ergo ist es mein Job, dich festzunehmen. Warum bist du geflohen?«

»Weil die Bullen denken, dass ich ein verdammter Einbrecher und Mörder bin«, fauchte Matteo ihn verzweifelt an. »Wie soll ich denn an dieses verdammte Diebesgut gekommen sein? Ich war im Gefängnis!«

»Nur während des zweiten Einbruchs. Beim dritten warst du wieder draußen. Und bei den Michelsbachs sogar nachweislich am Tatort.« Florian sah, wie Matteo sich zitternd in der Ecke zusammenkauerte, die Beine anzog, sie mit den Armen umschloss und das Gesicht auf seine Knie legte.

»Niemand glaubt mir«, nuschelte er leise, ohne aufzusehen.

»Dein Vater glaubt an deine Unschuld«, argumentierte Florian. »Was hältst du davon, wenn wir zu deinen Eltern gehen? Die machen sich große Sorgen.«

»Klar. Erst gehen wir zu meinen Eltern und dann nimmst du mich mit. Ich will nicht wieder ins Gefängnis. Ich habe nichts getan.«

»Wir haben am letzten Tatort eine Schirmmütze dieses Vereins gefunden«, begann Florian, wurde aber umgehend von Matteo unterbrochen.

»Das ist nicht meine«, blaffte er den Hauptkommissar an. »Meine ist hier.« Hinter seinem Rücken zog er eine rote Kappe hervor und wedelte demonstrativ damit herum. »Die hat hier im Fußballverein jeder. Ich war das nicht. Jemand hat mir diese Sachen, die die Bullen gefunden haben, untergeschoben.« Er schniefte laut. »Ich wäre doch nicht so blöd, Diebesgut in meiner Sockenschublade zu verstecken. Da kann es meine Mutter jederzeit entdecken.«

Florian nickte. »Stimmt. Das wäre dumm. Dieses Wartungshaus wäre ein viel besseres Versteck.«

»Ja, verdammt«, brüllte der Junge gequält. »Dann

such doch, du Arschloch. Such hier nach dem verdammten Diebesgut.« Er sprang auf und stürzte sich auf Florian. »Ich hasse dich. Ich wünschte, du wärst nie in mein beschissenes Leben getreten.« Mit den Fäusten schlug er auf Florian ein, erwischte ihn mehrmals empfindlich, bevor dieser seine Arme zu fassen bekam und ihn auf den Boden drückte.

»Ich hasse dich, verdammter Hurensohn!« Matteo Lorenz atmete schwer. Er hatte Tränen in den Augen und es dauerte eine ganze Weile, bis er aufgab und sich endlich beruhigte. Jetzt allerdings brach er vollends in Tränen aus und zitterte am ganzen Körper.

Florian packte den Jungen im Nacken und zog ihn vom Boden hoch in seine Arme. »Du hast jedes Recht der Welt, mich zu hassen«, sagte er und hielt den schluchzenden Jungen ganz fest. »Ich kann mit der neuen Situation auch nicht umgehen. Mein Hass richtet sich aber eher gegen deinen Vater.«

Matteo schniefte. »Er ist auch dein Vater.«

»Verdammte Scheiße, ja«, war alles, was Florian sagen konnte.

29

»Haben wir inzwischen mehr Informationen zu dem alten Bauernhaus?«, wollte Jessica wissen, als sie am Nachmittag das Büro im obersten Stockwerk des Präsidiums betrat und ihren Kollegen Hauptkommissar Kern mit einer Tasse Kakao vorfand. Detlef Kern zog es in letzter Zeit vor, seine Arbeitszeit lieber am Schreibtisch zu verbringen, als Jessica Grothe zu Außeneinsätzen zu begleiten. Dienstellenleiter Götze ließ ihm freie Hand, denn Kern meldete sich weniger häufig krank, wenn er Innendienst verrichten durfte.

Hauptkommissar Kern stellte seine Tasse neben die Tastatur seines Computers und öffnete einen Papporder, der direkt vor ihm lag.

»Die Bauernhausruine gehört der Bank«, erklärte Kern kurz angebunden, sah zu Jessica auf und fuhr fort: »Bereits vor einem Jahr war ein Termin zur Zwangsversteigerung angesetzt, doch erfolglos. Die Bank hätte die ausstehende Kreditsumme durch einen Verkauf nicht ausgleichen können, deshalb wurde für Oktober dieses Jahres ein neuer Termin angesetzt. Ich vermute, zu diesem Zeitpunkt wird der Kreditgeber das alte Gemäuer weit unter Preis verkaufen. Hast du vielleicht Interesse?«

Jessica lachte. »Wenn du den Hof gesehen hättest, würdest du mich nicht fragen, Detlef. Das Gebäude ist abrissreif.« Sie ging zu ihrem Schreibtisch und schaltete den PC an. »Wem hat der Hof ehemals gehört?«

»Einem Gotthard Ferstl«, las Kern vom Papier ab. »Der ist vor acht Jahren gestorben und hat das Anwesen seinem Sohn vererbt. Josef Ferstl.«

»Verstehe«, sagte Jessica. »Ich würde den Herrn gern befragen. Hast du die Adresse für mich?«

Ihr Kollege schüttelte den Kopf. »Die Anschrift konnte ich nicht herausfinden. Die Spur verliert sich kurz nach der Pleite des Hofes. Was willst du denn von dem? Der kann uns bei der Aufklärung der Morde schließlich nicht helfen.«

»Da magst du recht haben, Detlef«, stimmte Jessica ihm zu. »Doch vielleicht war er es, der das Kalb entführt hat. Vielleicht ist dieser Ferstl derjenige, der immer noch in dem alten Gebäude haust.« Sie gab routiniert ihr Passwort ein. Der Bericht musste geschrieben werden und sie wollte pünktlich in den Feierabend. »Hast du etwas zum Hintergrund von Josef Ferstl?«

»Wie meinst du das?«

»Kommt er aus der rechten Szene? Ist er schon einmal mit dem Gesetz in Konflikt geraten?«

Kern zuckte etwas verwirrt mit den Schultern. »Ich habe das noch nicht geprüft«, gab er zu. »Ich hielt das nicht für wichtig. Reicht es, wenn ich das morgen mache? Ich habe noch einen Arzttermin.«

»Kein Problem. Ich frage Berthold. Der liebt Internetrecherche. Das behauptet zumindest Florian.«

*

»Du weißt aber schon, dass der Junge zum Kreis der Verdächtigen zählt, oder?« Florian boxte seinem Kollegen Glasinger unsanft gegen die Schulter. »Mensch, Thomas. Wie konntest du ihn zur Hausdurchsuchung mitnehmen?«

Der Oberwachtmeister sah bedrückt zu Boden. »Entschuldige, ich dachte, die Vorwürfe gegen Timo Lubenau wären haltlos. Immerhin hast du ihn nach dem letzten Verhör nicht suspendieren lassen.«

»Da hast du recht, Thomas«, brummte Florian wütend. »Ich habe dich aber gebeten, deinen Schützling nicht mehr auf Einsätze mitzunehmen, solange die Einbruchserie nicht geklärt ist. Erinnerst du dich?«

»Ja. Es tut mir leid«, entschuldigte sich der Oberwachtmeister erneut. »Timo ist schon im Feierabend. Ich werde ihn sofort zur Vernehmung abholen. Das ist das Mindeste, was ich tun kann.«

Ob der junge Polizeianwärter Lubenau, der das erste Mal in seiner noch sehr frischen Karriere an einer Hausdurchsuchung teilgenommen hatte, etwas mit dem untergeschobenem Diebesgut bei Matteo Lorenz zu tun hatte, wusste Hauptkommissar Forster nicht. Er wusste nicht einmal, ob es sich überhaupt um manipulierte Ermittlungen handelte. Immerhin konnte er seinen neugewonnenen Halbbruder bisher nicht gänzlich entlasten. Vielleicht war Matteo schuldig. Vielleicht war es auch einer der älteren Kollegen. Unter der Leitung von Kommissar Berthold Willig hatten insgesamt acht Beamte an der Hausdurchsuchung mitgewirkt. Es hätte jeder sein können, auch Thomas Glasinger.

Doch wenn Matteo nichts mit der Sache zu tun hatte, wer hatte dann ein Motiv, dem Jungen etwas unterzuschieben, das ihn erneut zum Hauptverdächtigen machte und zurück ins Gefängnis brachte?

Florian Forster jedenfalls hatte sich entschlossen, Matteo Lorenz in der Obhut seiner Eltern zu lassen und ihn nicht zu verhaften. Nun hoffte er, dass das Bauchgefühl sein Urteilsvermögen nicht trübte und Matteo wirklich unschuldig war. Außerdem musste er mit dieser eigenmächtigen Entscheidung dem leitenden Staatsanwalt Rede und Antwort stehen. Der würde nicht begeistert sein.

Bereits eine Stunde später saß der Polizeianwärter Lubenau, der noch seine Uniform trug, im Vernehmungszimmer dem Hauptkommissar gegenüber.

»Dem Bericht meines Kollegen Berthold Willig entnehme ich, dass Sie das Diebesgut im Zimmer von Matteo Lorenz entdeckt haben«, begann Florian Forster das Verhör. »Wo genau haben Sie die zwei Schmuckstücke gefunden?«

Timo Lubenau saß etwas steif auf dem Stuhl, die Hände sorgsam auf der Tischplatte übereinandergelegt, der Blick konzentriert auf seinem Gesprächspartner. »Die zwei sichergestellten Teile befanden sich in der Anrichte neben der Tür, Herr Hauptkommissar Forster. Ich habe die oberste Schublade der Kommode geöffnet und zwischen den Socken herumgewühlt. Da waren sie.«

»Ja, so steht es auch in dem Bericht. Waren Sie allein in dem Raum, als Sie die Fundstücke entdeckten?«

»Ja, ich war allein.« Der Ausdruck auf dem Gesicht des jungen Beamtenanwärters änderte sich kaum. Er war so sehr darauf bedacht, Haltung zu wahren, dass seine Aussagen monoton und emotionslos klangen.

»Warum war niemand bei Ihnen?« Florian blätterte durch Bertholds Bericht, fand aber keinen Vermerk dazu, welche Beamten welchen Raum durchsucht hatten. »Wem genau waren Sie zugeteilt? Und spielen Sie Fußball im Verein in Durach?«

»Das ist schon lange her. Seit ich im Polizeidienst bin, habe ich dafür keine Zeit mehr«, sagte Timo Lubenau und rieb sich mit dem Handrücken die Nase. »Und falls Sie fragen: Ja, den Verdächtigen kenne ich. Im Fußballverein bin ich hin und wieder auf Matteo Lorenz getroffen. Gut mit ihm bekannt bin ich allerdings nicht.«

Hauptkommissar Forster schob den Ordner mit dem Bericht beiseite, stützte beide Arme auf die Tischplatte und beugte sich vor. »Und?«

»Ähm, ich weiß gerade nicht …« Timo Lubenau sah Florian unsicher an und kaute nervös auf der Unterlippe. »Und was?«

Forster seufzte. »Wem waren Sie zugeteilt? Sie hätten eine Durchsuchung nicht ohne Anleitung und Aufsicht durchführen dürfen.«

»Das habe ich nicht«, warf Timo aufgeregt ein und schüttelte heftig den Kopf. »Die Untersuchung des Zimmers war bereits abgeschlossen. Oberwachtmeister Jahnke hat vorgeschlagen, dass ich eine Durchsuchung zur Übung in einem bereits inspizierten Zimmer durchführen kann.«

»Jahnke hat Ihnen das aufgetragen?« Der Hauptkommissar griff erneut zu dem Ordner mit dem Untersuchungsbericht. »Also hat Oberwachtmeister Jahnke zuvor Lorenz' Zimmer durchsucht?«

»Genau«, bestätigte der junge Polizeianwärter, nahm wieder Haltung an und nickte zustimmend. »Jahnke, seine Kollegin Heinze und Oberwachtmeister Thomas Glasinger waren in Matteos Zimmer. Ich durfte schließlich laut Anweisung von Ihnen, Herr Hauptkommissar, nicht an der Hausdurchsuchung teilnehmen, hat Thomas gesagt. Weil ich nach wie vor unter Verdacht stehe.« Es war kein Vorwurf in Timos Worten, doch der junge Polizist hatte merklich Mühe, ruhig zu bleiben. Er blinzelte ununterbrochen und räusperte sich mehrmals, blieb aber ansonsten reglos sitzen.

Nach einigen weiteren Fragen entließ Hauptkommissar Forster seinen jungen Kollegen. Für die Tatzeiten der Einbrüche hatte Timo Lubenau wasserdichte Alibis. Jedoch war es möglich, dass er Komplizen hatte, denen er Informationen über die Häuser zukommen ließ, bei denen etwas zu holen war. Er wusste schließlich aus seiner Arbeit am Infostand, welche Gebäude nicht mit Alarmanlagen geschützt waren. Dennoch wirkte der Junge weder abgebrüht noch hinterhältig. Außerdem hatte er nicht wissen können, dass er Zugang zum Haus von Matteo Lorenz bekommen würde, deshalb war es unwahrscheinlich, bei ihm einen Vorsatz zu vermuten. Er trug das Diebesgut ja nicht ständig mit sich herum.

Die anderen drei Kollegen kannte Florian alle seit mehreren Jahren, Thomas sogar sehr gut. Keinem von ihnen würde er eine derartige Hinterlist zutrauen. Ob Matteo doch etwas mit den Diebstählen zu tun hatte? Neben Timo war sein neugewonnener Halbbruder

der Einzige, den er nicht richtig kannte, den er nicht einschätzen konnte. Hielt er Matteo vielleicht nur für unschuldig, weil er einen Kriminellen in der Familie nicht gebrauchen konnte? Ein Bruder im Gefängnis machte sich nicht gut in der Personalakte und erschwerte jedwede Beförderung erheblich.

»Thomas, warte kurz.« Florian traf seinen Kollegen Glasinger auf der Treppe. Er hatte sich bereits umgezogen und war auf dem Weg in den Feierabend.

»Der Timo war es sicher nicht«, bemerkte der Oberwachtmeister betrübt, als er vor dem Hauptkommissar stehen blieb und die Hände in die Hosentaschen schob. »Er ist nicht kriminell.«

»Vermutlich nicht«, bestätigte Florian diese Annahme. »Aber ich muss von dir wissen, wer die Kommode untersucht hat. Die Schublade mit den Socken, in der Timo den Siegelring und die Brosche gefunden hat.«

Thomas Glasinger schmunzelte. »Du verdächtigst jetzt aber nicht einen von deinen Kollegen?«

Eine Antwort sparte sich der Hauptkommissar, ließ Thomas jedoch nicht aus den Augen, bis dieser eine ernstere Miene aufsetzte und bereitwillig nickte.

»Ich habe den Kleiderschrank untersucht, Jahnke den Schreibtisch und die Kollegin Heinze das Bett und die Kommode. Sie hat die Schmuckstücke vielleicht nicht als Diebesgut identifiziert, weil wir hauptsächlich nach Geld und Ketten gesucht haben. So etwas passiert. Wirf ihr diese kleine Nachlässigkeit nicht vor. Sie ist eine gute Polizistin.«

Nach kurzem Zögern nickte Florian, klopfte Thomas freundschaftlich an den Oberarm und ging an ihm vorbei die Treppe zu seinem Büro hinauf. »Ist die Kollegin Heinze noch im Haus?«

»Nein, sie hat sich bis zum Wochenende freigenommen. Soviel ich weiß, macht sie heute einen Ausflug mit ihrem Freund in die Schweiz zum Paragliding.«

30

»Ich brauche bis morgen Infos über Oberwachtmeisterin Heinze. Alles über ihre finanzielle Situation, den Namen ihres Lebensgefährten und dessen Hintergrund. Außerdem …« Florian setzte sich kurz hinter seinen Schreibtisch und schaltete den PC aus, während er seinem Kollegen Willig Anweisungen gab. »Außerdem musst du – aber bitte sehr diskret – Infos über Thomas Glasinger einholen.«

»Reicht das morgen, Chef?« Berthold sah ihn verzweifelt an. »Jessica hat mich gerade mit einer wichtigen Recherche beauftragt, die etwas Zeit in Anspruch nimmt.«

Florian, der einige Unterlagen in seiner Schublade verschwinden lassen wollte, hielt abrupt inne. »Ich gehe davon aus, dass du weißt, wo deine Prioritäten liegen, Berthold«, sagte der Hauptkommissar streng. »Ich habe nichts dagegen, Kollegen auszuhelfen, doch in erster Linie bist du mir unterstellt. Haben wir uns da verstanden?«

Berthold zögerte kurz. »Aber …«

»Wenn es bei Jessica nicht um Leben und Tod geht, dann hat meine Recherche Vorrang«, fuhr Florian ärgerlich dazwischen.

»Klar, Chef. Ich fange sofort an. Soll ich anrufen, wenn ich etwas herausfinde?«

»Auf jeden Fall.«

Als der Hauptkommissar das Büro verlassen wollte, sprang Berthold auf und griff nach seinem Arm. »Ist mit dir und Jessica alles in Ordnung?«

Florian sah seinen Kollegen verwirrt an. »Ähm, das geht dich eigentlich nichts an, aber es ist alles okay.«

»Gut. Ich dachte nur, weil du … ähm … Du bist sonst nicht so … harsch, wenn du über Jessica …« Er fand nicht die richtigen Worte, bereute bereits, dass er das Thema angesprochen hatte, und setzte sich betreten dreinschauend zurück an seinen Schreibtisch.

Florian fuhr sich mit beiden Händen durch sein schwarzes Haar und seufzte. »Du hast recht, Berthold. Ich sollte meine schlechte Laune nicht an anderen auslassen. Nicht an dir und auch nicht an Jessica. Mach die Recherche zu Jessicas Fall zu Ende. Morgen Vormittag kümmerst du dich dann aber bitte umgehend um Heinze und Glasinger. Einverstanden?«

»Ja, Chef. Schönen Feierabend.«

*

Sie griff nach seinen Händen, schaute treuherzig zu ihm hinauf, stellte sich auf die Zehenspitzen und gab ihm einen Kuss auf die Wange. Kurz darauf flüsterte sie in sein Ohr: »Es tut mir leid. Entschuldige.«

Florian ließ Jessicas Hände los, griff nach ihren Schultern und schob sie sanft von sich weg. »Was hast du angestellt?«, wollte er wissen, lächelte, küsste ihre Stirn und sagte leise: »Du weißt genau, dass du mich wahnsinnig machst, wenn du mir mit deinem warmen Atem ins Ohr hauchst. Also, was hast du getan?«

»Berthold hat eben angerufen und mir von eurer Unterhaltung erzählt. Es tut mir leid, dass ich ihn um Hilfe gebeten habe, aber Kern hatte keine Zeit für die Nachforschungen, und ich musste noch in anderer Angelegenheit … ähm … recherchieren.«

»Schon gut. Wenn wir uns Berthold in Zukunft teilen, müssen wir uns besser absprechen.« Er griff in ihren Nacken und legte seine Stirn an ihre. »Aber du kannst es wiedergutmachen. Ewe hat unsere Verabredung abgesagt. Kommst du stattdessen mit?«

»Rad fahren?«, fragte Jessica, die sich erinnerte, dass ihr Freund irgendetwas in der Richtung vor ein paar Tagen beim Essen erwähnt hatte. »Nur, wenn das eine gemütliche Radtour mit Picknick im Grünen wird und keine halsbrecherische Verfolgungsjagd, bei der es ausschließlich darauf ankommt, schneller und besser als der andere zu sein. Da mache ich nicht mit.«

»Fast«, sagte Florian, biss sich auf die Unterlippe und grinste. »Ewe und ich haben uns kurzfristig umentschieden. Wir machen einen Ausflug zum See.«

»Oh, wie schön«, freute sich Jessica, verstummte aber augenblicklich, als ihr bewusst wurde, dass Florian mit seinem besten Freund wohl kaum einen romantischen Spaziergang am See geplant hatte. »Und was machen wir am See?«, fragte sie zögernd. »Wettschwimmen? Tauchen ohne Atemgerät? Mit einem Motorboot übers Wasser heizen?«

»Nichts dergleichen«, lachte Florian. »Viel spannender. Wir fahren Wasserski. Hast du das schon mal gemacht?«

*

Der Inselsee zwischen Immenstadt und Blaichach spiegelte die Umgebung in der späten Nachmittagssonne. Da die Wassersportsaison jetzt im September langsam zu Ende ging und es zurzeit in keinem Bundesland Schulferien gab, war die Sportanlage zwar gut besucht, aber nicht übervoll.

Nachdem Florian lange auf Jessica eingeredet hatte, war sie schließlich in seinen Kombi gestiegen und mit ihm zum See gefahren. Nun überlegte sie fieberhaft, welche Ausrede sie ihm auftischen konnte, um nicht auf die Ski steigen zu müssen. Sie war durchaus abenteuerlustig und nicht ängstlich, war weder wasserscheu noch zu ungeschickt, ihr Gleichgewicht zu halten, doch sie war schwanger. Seit sie davon wusste, sorgte sie sich permanent um ihr ungeborenes Kind. Erst heute hatte sie beim Frauenarzt ein Ultraschallbild dieses winzigen Würmchens gesehen und war vor Rührung fast in Tränen ausgebrochen. Auf gar keinen Fall wollte sie einen Unfall riskieren und mit ihrem Oberkörper auf die bretttharte Wasseroberfläche aufschlagen.

»Du, Florian. Ich mache nicht mit, aber ich schaue gern zu«, sagte sie deshalb, als sie auf dem Parkplatz angekommen und ausgestiegen waren. »Dort hinten ist ein nettes Café. Da kann man von der Terrasse aus den ganzen See überblicken.«

Florian verschränkte seine Arme auf dem Dach des Autos und stützte sein Kinn auf die Unterarme. »Komm schon. Du bist doch sonst nicht so ein Angsthase«, versuchte er erneut, sie herauszufordern. »Das wird sicher lustig.«

Jessica schüttelte heftig den Kopf. »Mein Telefon klingelt«, sagte sie, zog ihr Smartphone aus der Handtasche und schaute aufs Display. »Das ist Berthold. Mach du das mal allein. Ich warte im Café auf dich. Hals und Beinbruch«, wünschte sie ihm, drehte sich auf dem Absatz um und ging bereits mit großen Schritten auf das Gebäude neben dem Parkplatz zu, als sie das Gespräch annahm.

Etwa eine Stunde später fand Florian seine Freundin an einem Tisch abseits des Trubels am Rand der Terrasse sitzend. Hier hatte man einen herrlichen Blick über den See. Die bereits tief am Horizont stehende Sonne erzeugte noch genug Wärme, sodass man es ohne Jacke gut aushalten konnte.

»Was tust du da?«

Auf dem Tisch lag ein großer Block, auf dem Jessica sich allerlei Notizen gemacht hatte. Daneben lag ihr Telefon. Auf dem Display sah er eine Karte des Unterallgäus. Sie schien etwas zu suchen.

»Kann ich dir helfen?«

»Nein, schon gut. Das hat Zeit«, sagte sie, schaltete das Smartphone aus und schob es mitsamt dem Block in ihre Tasche. Dann schaute sie lächelnd zu ihm auf. »Hast du dich auf den Skiern nicht halten können?«, neckte sie ihn und deutete auf seine nassen Haare. Das Wasser tropfte auf sein Hemd.

»Ich war eigentlich ganz gut«, prahlte er. »Wer hätte gedacht, dass ein so alter Mann sich so geschickt anstellt. Ich hab den jungen Burschen mal gezeigt, wie man das macht.«

»Sicher«, lachte Jessica. »Du weißt aber schon, dass ich von hier oben alles gesehen habe. Wirklich alles«, fügte sie augenzwinkernd hinzu. »Einmal bin ich sogar entsetzt aufgesprungen und dachte, ich müsste dich retten, weil du nicht mehr wieder aufgetaucht bist.«

Er schmunzelte. »Weißt du eigentlich, wie sehr ich dich liebe?«

Jessica antwortete nicht, sondern lächelte nur sanft.

Florian setzte sich ihr gegenüber und griff nach ihren Händen. »Ich hatte in den letzten Wochen viel Stress, und die ganze Sache ist noch nicht ausgestanden«, erzählte er, zog ihre rechte Hand zu sich heran und küsste ihren Handrücken. »Aber während ich da auf dem See immer und immer wieder von diesen verdammten Skiern gefallen bin, habe ich beschlossen, dass so ein bisschen Ärger nichts mit uns und unserer Zukunft zu tun haben darf. Wir beide gehören zusammen, wir stehen gemeinsam alles durch. Du bist die Frau, mit der ich den Rest meines Lebens verbringen will.«

Eine junge Kellnerin trat an den Tisch, platzierte zwei Sektgläser neben dem kleinen Blumengesteck und nickte Florian zu. »Toi, toi, toi«, flüsterte sie in seine Richtung und hob beide Hände, mit denen sie demonstrativ die Daumen drückte. Dann verschwand sie.

Florian schloss die Augen und seufzte gequält. »Gut«, sagte er. »Worauf ich hinauswollte …« Er sah Jessica tief in die Augen, versuchte zu ergründen, wie sie reagieren würde. Sie war schließlich nicht auf den Kopf gefallen und wusste mit Sicherheit bereits, was er sie gleich fragen wollte. »Ich hab das schon lange vor, aber bisher ist immer etwas dazwischen gekommen und … ja, es ist hier an diesem Ort nicht perfekt, aber ich möchte nicht mehr warten.«

Sein Handy klingelte.

»Verdammt«, fluchte er leise. »Ignoriere das einfach«, sagte er zu Jessica. Doch das Klingeln hörte nicht auf. Er zog das Smartphone aus der Hosentasche, drückte das Gespräch weg und legte das Telefon auf den Tisch.

»Worauf willst du nicht mehr warten?«, fragte Jessica, schloss die Augen und atmete konzentriert ein und aus. Wenn er sie fragte, könnte sie ihm endlich von dem Baby erzählen. Das Ultraschallbild lag in ihrer Handtasche. Ihr war vor Aufregung ein wenig übel. Eigentlich verspürte sie dieses Unwohlsein schon seit einer halben Stunde.

»Ich möchte …«, begann er, rieb sich nervös über die Stirn, holte tief Luft und fuhr fort: »Jessica, willst du …«

Sein Smartphone klingelte erneut. Er war kurz davor, das Teil zu nehmen und in den See zu werfen. Warum hatte er es nicht auf lautlos geschaltet?

»Geh ran. Es ist bestimmt wichtig.« Jessica brach plötzlich der Schweiß aus. Sie entzog ihm die Hand, stand auf und lächelte ihm gequält zu. »Ich muss kurz … ich bin gleich wieder da«, stammelte sie. Es tat ihr unendlich leid, doch sie hatte das Gefühl, dass sie sich gleich übergeben musste. Irgendetwas rebellierte in ihrem Magen. Wenn sie nicht augenblicklich eine Toilette fand, würde direkt hier auf der Terrasse ein Unglück passieren. Sie lief los, ohne sich noch einmal zu ihm umzudrehen.

31

»Ich müsste gleich noch einmal zum Hof der Rothausens«, unterbrach Jessica das lange Schweigen. Seit sie vor einer Viertelstunde vom Parkplatz am See losgefahren waren, hatte weder sie noch Florian auch nur ein einziges Wort gesprochen.

»Gut«, sagte er, den Blick starr auf die Straße gerichtet. »Ich fahre noch ins Präsidium. Berthold hat mich per Kurznachricht informiert, dass er meine Anfragen auch schon bearbeitet hat. Ich kann die E-Mail mit den Infos aber nur am Rechner im Büro abfragen.«

»Dann lass mich zu Hause kurz raus, damit ich mit meinem Auto zum Bauernhof fahren kann«, schlug sie vor.

Florian sah nun doch zu Jessica hinüber. Sie war noch genau so blass wie am See, kurz nachdem sie von der Toilette gekommen war. »Wir machen das anders«, bestimmte er, berührte mit seiner Hand ihren Unterarm, setzte den Blinker und fuhr von der Autobahn. »Der Hof ist hier ganz in der Nähe. Ich bringe dich hin, warte dort und fahre dich anschließend nach Hause. Danach mache ich mich auf den Weg ins Büro. In Ordnung?«

*

Inzwischen war es so spät, dass es bereits dämmerte. Die Gebäude auf dem Hof waren noch gut zu erkennen. An der Hauswand neben der Eingangstür zum Wohnbereich der Rothausens warf eine Außenlampe mattgelbes Licht auf die Pflastersteine. Florian parkte seinen Wagen vor dem großen Baum am Zaun zu der angrenzenden Pferdekoppel und blieb im Auto sitzen, als Jessica sich auf den Weg zur Haustür machte. Er wollte mit seinem Kollegen Berthold Willig telefonieren, den er vor einer halben Stunde beim Versuch des Heiratsantrages unwirsch abgewiesen hatte.

Kurz vor der Haustür bemerkte Jessica das geschlossene Scheunentor. Unter dem Tor fiel ein heller, flackernder Lichtschein nach draußen. Entweder war die Elektrik in der Scheune defekt und die Neonröhren schalteten unkontrolliert ein und aus, oder das Flackern wurde durch eine Öl- oder Gaslampe verursacht. Oder durch ein Feuer?

Jessica überlegte, die Bewohner des Hauses zu informieren, entschied sich aber, zuallererst selbst die Ursache für das flackernde Licht zu ergründen.

Als sie das schwere Tor aufschob und in die Scheune blickte, seufzte sie erleichtert. Es waren wirklich nur ein paar Öllampen, die den Eindruck erweckt hatten, es würde hier drinnen brennen. Mehrere Pferde standen in den Boxen. Einige Tiere schnauften, Heu raschelte. In einer der Boxen wieherte eine Stute. Ihr Fohlen streckte neugierig den Kopf durch die Gitterstäbe der Boxentür. Jessica konnte nicht anders, als glückselig zu lächeln über dieses friedvolle Bild in schimmerndem Licht.

Den Balken sah sie nicht kommen.

Erst in dem Moment, als der schwere Pfosten brutal gegen ihren Bauch donnerte und der Schmerz in ihrem Körper explodierte, als unerträgliche Qualen ihr die Luft zum Atmen raubten, wurde ihr bewusst, dass jemand sie angegriffen hatte. Sie sackte stöhnend in sich zusammen, schlug mit dem Kopf auf dem Steinboden auf und verlor das Bewusstsein.

»Was ist mit Ihnen passiert? Herrgott, bitte wachen Sie auf«, hörte sie jemanden über sich sagen. Sie fühlte tastende Finger an ihrem Hals und eine Hand über ihrem Mund. »Gott sei Dank, Sie atmen«, sagte ein Mann, klopfte ihr sanft gegen die Wange und redete unaufhörlich auf sie ein.

Als sie die Augen aufschlug, erblickte sie das erleichterte Lächeln von Maximilian Rothausen, den seit Tagen verschwundenen und polizeilich gesuchten Sohn des Hofbesitzers.

»Was ist passiert?«, brachte Jessica mühsam heraus. Die Schmerzen in ihrem Bauch waren erträglich. Vorsichtig tastete sie über die Stelle kurz unter ihrem Rippenbogen, an der der Pfosten, oder was auch immer es gewesen war, sie getroffen hatte.

»Ich habe keine Ahnung. Ich bin gerade erst reingekommen.« Der junge Mann, der neben ihr kniete und beunruhigt zu ihr hinuntersah, wirkte ratlos. »Wer hat Ihnen …«

Weiter kam er nicht. Eine Hand griff nach dem Hemd in seinem Nacken, riss ihn hoch und drehte ihn um. Dann traf ihn eine Faust im Gesicht, und kurz darauf schlug sein Körper direkt neben Jessica auf dem Boden auf.

»Du verdammtes Arschloch. Weg von meiner Frau. Was hast du getan?« Florian stürzte sich auf den am Boden Liegenden, der sich ohne Gegenwehr vom Hauptkommissar auf den Bauch drehen ließ. Dieser fixierte den jungen Rothausen mit seinem Knie auf dem Boden und griff instinktiv an seinen Gürtel. Doch Handfesseln hatte Florian selbstverständlich nicht dabei. Er war in Zivil und nicht darauf vorbereitet, eine Verhaftung vorzunehmen. Also blieb er auf dem Jungen knien.

»Geht es dir gut?«, fragte er angstvoll in Jessicas Richtung. »Was hat er dir angetan?«

»Alles okay, Florian.« Der gequälte Ton in ihrer Stimme war nicht zu überhören. »Lass ihn bitte los. Er hat nichts gemacht.«

»Das stimmt«, meldete sich Maximilian zaghaft. »Ich habe sie eben erst gefunden. Ich weiß nicht, was passiert ist.«

Widerwillig ließ Florian den jungen Mann frei. »Wer hat dich angegriffen?« Seine Hand berührte vorsichtig Jessicas Gesicht. Über ihrer rechten Schläfe fühlte er eine Schwellung.

»Aua. Lass das. Das tut weh«, jammerte Jessica und erklärte: »Ich bin auf den Kopf gefallen, nachdem mir jemand etwas in den Bauch gerammt hat. Einen Holzbalken oder so. Mehr weiß ich nicht.«

»Das wird das Vierkantholz sein, das dort drüben liegt«, mutmaßte Maximilian, stand auf und ging zu dem vermutlichen Tatobjekt hinüber.

»Nichts anfassen«, befahl Florian. »Ich rufe die Spurensicherung. Vielleicht finden wir Hinweise auf den Angreifer. Aber zuerst einen Arzt für dich.« Er zog sein Smartphone aus der Hosentasche.

»Nicht nötig. Wirklich. Mir geht es gut.« Der gequälte Ausdruck auf ihrem Gesicht, als sie sich langsam aufrichtete, strafte ihre Worte Lügen.

Florian schüttelte vehement den Kopf. »Zuerst der Krankenwagen, dann die Kollegen von der Spurensicherung.« Als er die Scheune verlassen wollte, um draußen zu telefonieren, prallte er beinahe mit dem Hofbesitzer zusammen. Dieser schob den Hauptkommissar unsanft mit dem Arm beiseite und drängte sich an ihm vorbei in die Scheune. Beim Anblick seines Sohnes erstarrte er abrupt.

»Ich weiß, Vater, du willst mich hier nicht sehen«, sagte Maximilian und schaute auf den Boden vor seinen Füßen. »Ich bin auch gleich wieder weg.«

»Du bleibst hier!«, riefen Karl Rothausen und Jessica Grothe wie aus einem Mund, und der Landwirt fügte hinzu: »Was ist hier passiert? Hast du etwas damit zu tun, Max?«

Der junge Mann gab keine Antwort.

»Jemand hat mich niedergeschlagen«, erklärte Jessica und tastete vorsichtig mit den Fingern über ihre Beule an der Stirn. Sie wollte gar nicht wissen, was für ein erbärmliches Bild sie abgab. »Ihr Sohn hat mich nur bewusstlos auf dem Boden liegend vorgefunden.«

Rothausen sah die Hauptkommissarin durchdringend an, dann zuckte er mit den Schultern. »Okay. Und was willst du hier, Max?«

»Das ist nicht wichtig«, stammelte der Junge, der plötzlich wirkte, als wäre er ein kleines Kind. Seine Haltung, der Ausdruck auf seinem Gesicht und die Hand, die nervös seinen eigenen Unterarm rieb, ließen ihn furchtsam und eingeschüchtert aussehen. Hatte er Angst vor seinem Vater?

»Du hast mich sehr verletzt, Bua«, warf Rothausen seinem Sohn enttäuscht vor und trat einen Schritt auf den Jungen zu. »Aber die Schuld daran trage vermutlich ich allein«, gab er resigniert zu. »Warum fürchtest du dich so sehr vor mir? Glaubst du wirklich, ich verachte dich dafür, dass du Jungs magst?« Als Maximilian erschrocken aufsah und ein paar Schritte zurückging, griff Rothausen blitzschnell nach dem Arm seines Sohnes und hielt ihn fest. »Du bist mein Junge. Du bist mein Sohn. Alles, was ich je wollte, ist, dass du glücklich bist. Komm bitte wieder nach Hause.«

32

»Soweit ich das ohne Röntgenaufnahmen und Ultraschall beurteilen kann, ist die Hautoberfläche leicht verletzt und es wird wohl einen Bluterguss geben, aber innere Verletzungen vermute ich erst einmal nicht. Auch für eine Gehirnerschütterung gibt es keine Anzeichen. Doch das klären wir im Krankenhaus«, sagte der Notarzt, als er die Untersuchung an Jessica abgeschlossen hatte. Sie lag auf der Trage im offenen Krankenwagen und hielt sich ein Coolpack an die Beule an ihrem Kopf.

»Das geht nicht«, sagte die Hauptkommissarin und zog ihren Pullover wieder über den Bauch. »Ich bin hier mitten in den Ermittlungen. Sie sagen, es gehe mir gut. Ich habe auch kaum Schmerzen. Aber eins würde ich gern noch wissen …«

Der behandelnde Arzt zog die Einmalhandschuhe aus und sah sie fragend an.

»Es gibt da etwas …«, begann Jessica, spähte vorsichtig aus dem Fahrzeug, konnte Florian jedoch nirgends sehen. »Mein Mann weiß es noch nicht, und das soll bitte auch so bleiben. Also … ich bin schwanger«, flüsterte sie. »Meinen Sie, meinem Baby geht es gut?«

»Gratuliere«, sagte der Notarzt und lächelte. »Ich habe keine Bedenken. Ihrem Ungeborenen geht es bestimmt gut. Allerdings wäre das noch ein Grund mehr, mit ins Krankenhaus zu kommen, um auf Nummer sicher zu gehen.«

Jessica atmete tief durch, erhob sich langsam von der Trage und legte ihre Hände auf den Bauch. »Ich werde morgen zum Arzt gehen. Versprochen«, sagte sie. »Danke.«

Sie stieg aus dem Krankenwagen und sah sich auf dem inzwischen stockdunklen Hof um. Aus der offenen Scheune fiel Licht, doch der Transporter der Spurensicherung verdeckte die Sicht ins Innere.

»Wie geht es Ihnen, Frau Hauptkommissarin Grothe?« Bauer Rothausen stand unerwartet hinter ihr. »Sie haben wirklich Glück gehabt. Ein paar Zentimeter tiefer, und der Balken hätte vielleicht ihr Baby verletzt.«

»Woher …«, rief Jessica und sah sich hektisch um.

Karl Rothausen grinste und griff nach ihrem Arm. »Ihr Mann ist noch in der Scheune«, beruhigte er sie. »Wissen Sie, wenn eine Mutterkuh trächtig ist, bekommt sie so einen verklärten Ausdruck in den Augen. Ich hab ein Gespür dafür und bemerke Trächtigkeit sofort. Bei Ihnen ist es ähnlich. Sie sehen einfach schwanger aus«, behauptete er und sah sie dabei ernst an.

Jessica war entsetzt. Hatte er sie gerade mit einer trächtigen Kuh verglichen?

Doch Rothausen brach augenblicklich in lautes Gelächter aus. »Ich wollte Sie nur ärgern. Ich habe zufällig Ihr Gespräch mit dem Arzt gehört. Keine Angst, mein Schweigen ist Ihnen gewiss.«

»Okay«, sagte Jessica zögernd. »Herr Rothausen, Ihre Hofhelfer Simon, Hendrik und Josef, wo finde ich die drei? Ich müsste auch dringend mit Ihrem Sohn sprechen. Ist er noch da oder bereits auf dem Weg ins Präsidium?«

*

Jessica war nicht begeistert gewesen, als Florian sie nach der Untersuchung durch den Notarzt in seinen Kombi gesetzt und nach Hause gefahren hatte. Er verstand, dass sie nicht ins Krankenhaus wollte, doch weiterarbeiten kam nicht infrage.

Die drei Hofhelfer waren entgegen der Angaben von Karl Rothausen nicht auf dem Hof gewesen. Der Landwirt und seine Frau hatten keine Angaben zu ihrem derzeitigen Aufenthalt machen können. Florian hatte den Hofbesitzer gebeten, die jungen Männer zwecks Befragung am nächsten Tag aufs Revier zu bringen.

Da Maximilian Rothausen über Wochen zur Fahndung ausgeschrieben gewesen war, kam dieser in Untersuchungshaft und würde dort bleiben, bis geklärt war, ob er mit dem Mord an Viktor Weixler oben auf der

Kluxhagener Alpe etwas zu tun hatte. Die beiden waren ein Paar gewesen.

Die ganze Fahrt zurück nach Kempten hatte Jessica kein einziges Wort mit Florian geredet. Nachdem sie auf dem Hof der Rothausens vor Kollegen und Sanitätern lautstark protestiert und ihm gehörig die Meinung gegeigt hatte, gab es im Auto nichts mehr zu sagen. Sie hatte nur wütend vor sich hin gestiert.

Den Tag und den Abend hatte sich Florian anders vorgestellt.

Erst kurz vor 22 Uhr betrat er sein Büro im Präsidium und rief die Daten ab, die Kommissar Willig ihm zusammengetragen hatte.

Die Informationen zu seiner Kollegin Heinze gaben kaum etwas Verdächtiges her. Ihr Freund war einziger Sohn eines reichen Unternehmerehepaares und somit Erbe eines großen Allgäuer Verpackungsmittelbetriebes. In den sozialen Netzwerken hatte Berthold einige Fotos von teuren Urlauben und kostspieligen Hobbys gefunden und angemerkt, dass die Bilanzen der Firma und das monatliche Einkommen des Freundes von Kollegin Heinze außergewöhnlich gut waren. Auch Heinze verdiente nicht allzu schlecht, konnte allerdings mit ihrem Lebensgefährten finanziell nicht mithalten. Zum Zeitpunkt der Einbrüche hatte sie eine Fortbildung in München besucht, auf den Malediven Urlaub gemacht und war bei einer Razzia in einem Marktoberdorfer Nachtclub beteiligt gewesen.

Auch Thomas Glasinger hatte für alle drei Einbrüche wasserdichte Alibis, aber mit seinen Finanzen sah es nicht gut aus. Die monatlichen Raten für das Reihenhaus, das er vor fünf Jahren mit seiner Frau Sylvia gekauft hatte, waren nicht sehr hoch, und bis zum Herbst letzten Jahres war der Kredit immer rechtzeitig bedient worden. Seitdem häuften sich die Schulden, der Kreditrahmen war erhöht worden, das Gehaltskonto weit überzogen und die Zahlungen fürs Haus seit drei Monaten im Rückstand. Es grenzte an ein Wunder, dass die Bank das Haus bisher nicht hatte zwangsversteigern lassen.

Soweit Florian wusste, verdiente Sylvia recht gut. Thomas hatte ein angemessenes Beamtengehalt. Da die Trennung des Paares laut Jessica erst Anfang dieses Jahres stattgefunden hatte, konnte Sylvias Auszug kein Grund für die finanzielle Misere sein.

»Ich hoffe, du hast noch nicht geschlafen.« Mit dem Smartphone am Ohr ging Florian unruhig im Büro auf und ab. Das Letzte, was Jessica gerade vermutlich gebrauchen konnte, war, ihn zu hören. Sie hatte ihm mehr als deutlich gesagt, wie wütend sie auf ihn war.

»Nein, ich bin noch wach«, sagte sie monoton.

»Kannst du mir einen Gefallen tun?«

Sie schwieg.

Florian schloss die Augen und seufzte. »Es tut mir leid, dass ich dich von deinen Ermittlungen abgehalten habe. Deine Verletzungen haben mir Sorgen gemacht. Ich habe mir den Abend auch anders vorgestellt. Wirklich!«

»Was soll ich tun?«, fragte sie genervt.

»Kannst du Sylvia anrufen? Oder hat sie bei eurem Treffen etwas erwähnt von finanziellen Schwierigkeiten? Es wäre wichtig für mich, das zu wissen.«

»Warum rufst du sie nicht selbst an?«

»Ich fahre direkt zu Thomas. Ich befürchte, er steckt in Schwierigkeiten«, erklärte Florian, lehnte sich gegen die Fensterbank und schob die freie Hand in die Hosentasche.

»Hat er etwas mit den Einbrüchen zu tun?« Jessica klang das erste Mal seit über einer Stunde nicht mehr ärgerlich, sondern besorgt.

»Ich hoffe inständig, dass an meiner Vermutung nichts dran ist. Kannst du bitte Sylvia befragen?«

33

Von dem toughen, selbstbewussten jungen Mann, den Jessica vor ein paar Wochen auf dem Hof der Mühlbrunners kennengelernt hatte, war nicht mehr viel vorhanden. Maximilian Rothausen wirkte blass und eingeschüchtert, kam mit gesenktem Kopf und hängenden Schultern in den Verhörraum des Präsidiums und setzte sich unbeholfen auf den Stuhl der Hauptkommissarin gegenüber. Schon in der Scheune auf dem Anwesen seiner Eltern hatte sie eine merkliche Verschlechterung seines Äußeren festgestellt, doch jetzt sah er so elend aus, dass sie ihm zuallererst ein Glas Wasser anbot und ihm freundlich zulächelte. Die Untersuchungshaft bekam dem Jungen gar nicht. Jessica war froh, Maximilian einbestellt zu haben, anstatt ihn in der JVA zu verhören.

Auf die Anwesenheit eines Anwalts hatte Maximilian Rothausen verzichtet.

»Du weißt, warum du hier bist?«, wollte die Hauptkommissarin wissen. »Ich darf doch weiterhin Du sagen?«

Maximilian nickte. »Ich habe Viktor nicht getötet«, sagte er so leise, dass Jessica Grothe ihn kaum verstehen konnte.

»Unseren Ermittlungsergebnissen zufolge warst du der Letzte, der ihn gesehen hat«, bemerkte Jessica.

Der junge Rothausen schaute an ihr vorbei an die Wand hinter ihr. Er vermied es, sie anzusehen.

»Was ist an dem Abend passiert? An dem Abend, als du und Viktor bei deiner Mutter wart?«

»Verdammte Scheiße«, platzte der Befragte heraus. »Ich bin schuld, dass er tot ist!«

»Ihr seid also gemeinsam zur Alpe von Georg Bruchstein gefahren. Warum?«

Sein Kopfschütteln war kaum zu sehen. »Ich nicht. Ich war nicht bei Georg. Aber meinetwegen ist Viktor dort gewesen. Hätte ich nur nicht …« Er verstummte, starrte wieder an der Hauptkommissarin vorbei und versuchte verzweifelt, nicht in Tränen auszubrechen.

»Was hättest du nicht tun sollen?« Jessica schob dem Verdächtigen ein Taschentuch hinüber, doch Maximilian ignorierte es. »Warum war Viktor Weixler auf der Alpe?«

Der junge Mann seufzte herzzerreißend. »Wir haben uns gestritten. Ich habe … Ich habe mich … von ihm getrennt an diesem Abend. Ich glaube, er wollte … er wollte mir beweisen …« Maximilian brach endgültig laut schluchzend in Tränen aus.

Als er sich nach ein paar Minuten wieder beruhigt hatte, hakte Jessica nach: »Ich verstehe immer noch nicht, was du mir sagen willst. Was wollte Viktor auf der Alpe?«

»Er wollte Henriettes Kalb stehlen!«

Die Hauptkommissarin sah Maximilian verwirrt an. »Aber das hat er nicht. Das Kalb wurde erst später gestohlen, da war Viktor bereits ein paar Tage tot.«

»Stimmt«, sagte der junge Rothausen. »Ich vermute nur, dass er es tun wollte und daran gehindert wurde. Nach unserem Streit habe ich versucht, ihn anzurufen. Es kam jedoch keine Verbindung zustande. Oben auf der Alpe gibt es keinen Empfang. Deshalb denke ich, dass er dort war.«

»Aber warum?« Jessica bemerkte, dass sie sich nicht klar ausgedrückt hatte und formulierte ihre Frage aus. »Warum sollte das Stehlen eines Kalbes eure Beziehung retten?«

»Henriettes zehntes Kalb gehört den Mühlbrunners«, erklärte Maximilian. »Mein Vater wollte sich nicht an die Abmachung halten, und ich habe Viktor gebeten, mir zu helfen, ihn zu überzeugen. Ich habe mich allein nicht in seine Nähe getraut.«

»Und Viktor wollte das nicht?«

»Er schlug vor, das Tier zu stehlen, aber damit war ich nicht einverstanden. Ich habe gesagt, wenn er so kriminelles Zeug plant, dann kann er gehen. Mit Verbrechern will ich nichts zu tun haben. Außerdem nimmt man einer Mutterkuh nicht das Kalb weg. Jedenfalls nicht in der ökologischen Biolandwirtschaft.«

»Hast du dich mit Viktor geprügelt?« Der Hauptkommissarin fielen die Verletzungen ein, die sie damals auf dem Hof der Mühlbrunners an dem Jungen bemerkt hatte.

»Nein.«

Jessica vermutete, dass Maximilian nicht mit der Sprache herausrücken wollte, weil er nicht weiterredete.

Doch nach kurzem Schweigen fuhr er fort: »Ich bin in der Scheune meiner Eltern zusammengeschlagen worden. Dabei ist eine Lampe umgefallen. Ich konnte das Feuer gerade noch rechtzeitig löschen, sonst wäre der ganze Hof abgebrannt. Die Scheune steht dicht am Wohnhaus«, fügte er leise hinzu. »Meine Schwestern und meine Cousine schliefen dort.«

Jessica fiel auf, dass Maximilian seine Eltern nicht erwähnt hatte. »Hat dein Vater dich verprügelt?«, wollte sie wissen.

»Quatsch.« Der junge Rothausen sah sie überrascht an. »Mein Vater ist … ein wenig eigen … und grob in seiner Sprache. Er hat uns Kindern aber noch nie etwas getan, außer uns hier und da mal anzuschreien. Meistens auch verdient.«

Langsam wurde Jessica ungeduldig. »Wer hat dich in der Scheune verprügelt, Maximilian?«

Der junge Mann zuckte mit den Schultern. »Das weiß ich nicht. Der Mann hatte eine Maske auf. Eine Art

Kapuze, ähnlich wie diese spitzen Hüte der mönchsähnlichen Gestalten vom Ku-Klux-Klan. Ich habe niemanden erkannt.«

Die Hauptkommissarin glaubte dem Sohn von Bauer Rothausen nicht, dass er keine Ahnung hatte, wer der Angreifer unter der Kapuze gewesen war. Doch Maximilian weigerte sich strikt, mehr Informationen zu geben. Er wurde allerdings merklich nervöser, als sie ihn fragte, ob er bedroht wurde.

»Hast du mir anonym den Hinweis auf den Aufenthaltsort des Kalbes geschickt?«

»Das musste ich tun. Ich habe zuerst nicht gewusst, wo sie es hingebracht haben …«

»Wer? Wer hat es gestohlen?«, fuhr Jessica Grothe dazwischen, aber Maximilian gab keine Antwort.

»Du warst auf dem verlassenen Hof«, behauptete sie. »Du wolltest, dass ich nicht nur das Kalb, sondern auch das Zimmer mit den toten Tieren finde. Sind die, die Henriettes Kalb gestohlen haben, und die, die Hakenkreuze malen und homosexuelle Männer verprügeln, dieselben?«

Maximilian nickte.

»Aber du willst mir nicht sagen, wer es ist?«

»Das kann ich nicht.«

»Warum nicht?«

Maximilian schwieg.

*

»Ach, hier bist du, Thomas.« Florian Forster betrat den Raum neben dem Verhörzimmer, von dem aus man durch den Einwegspiegel das Geschehen im Inneren beobachten konnte. »Ich war gestern Abend noch bei dir, aber du warst nicht zu Hause.«

»Ja, meine Mutter hat es mir erzählt«, sagte Oberwachtmeister Glasinger und deutete auf den Spiegel. »Ich sehe mir Jessicas Verhör an. Der Junge wirkt glaubhaft, aber vielleicht kann er auch nur gut schauspielern.«

»Lenk nicht ab, Thomas. Es ist wichtig.« Florian griff nach dem Oberarm des Kollegen und drückte ihn auf einen Stuhl. »Wir müssen über deine Finanzen sprechen.«

Die Miene des Oberwachtmeisters verfinsterte sich augenblicklich. »Du hast einen Hintergrundcheck durchgeführt? Glaubst du etwa, ich habe etwas mit den Einbrüchen zu tun?«

Der Hauptkommissar lehnte sich rückwärts gegen den Spiegel. »Ich habe alle überprüft, die in Matteo Lorenz' Zimmer waren, nicht nur dich, Thomas. Doch du bist der Einzige mit finanziellen Problemen. Was ist der Grund dafür, dass du seit Herbst deine Raten nicht mehr pünktlich zahlen kannst?«

Thomas Glasinger stützte die Ellenbogen auf seine Knie und vergrub das Gesicht in den Händen. »Mein Vater ist im letzten Sommer gestorben und hat meine Mutter mit einem riesigen Haufen Schulden zurückgelassen. Sie musste ihr Haus verkaufen, um den Großteil bezahlen zu können, und ist im Herbst bei uns eingezogen. Seitdem schwimmen wir etwas, aber das wird schon«, sagte Glasinger und schaute verzweifelt zu seinem Kollegen hinüber. »Ende dieses Jahres bekommt meine Mutter ihre angesparte Lebensversicherung ausbezahlt. Dann sind wir die Schulden endlich los. So lange müssen wir eben durchhalten.«

»Hast du das Diebesgut in die Schublade von Matteo Lorenz gelegt, um den Verdacht auf den Jungen zu lenken? Hast du etwas mit den Einbrüchen zu tun, Thomas?«

»Natürlich nicht. Ich bin zwar verzweifelt, aber ich bin mit Leib und Seele Polizist. Du kennst mich doch. Ich habe dem Jungen nichts untergeschoben. Auch keiner meiner Kollegen hat das getan. Wie kannst du das nur glauben? Ich dachte, wir wären Freunde, Florian!«

»Jessica hat gestern mit Sylvia telefoniert. Deine Frau hat erzählt, dass du am Abend mit ihr verabredet warst, aber nicht gekommen bist. Wo warst du? Deine Mutter konnte mir dazu auch nichts sagen.«

»Ach, verdammt«, fluchte Glasinger, sprang auf und verschränkte die Arme hinter seinem Kopf. Er ging im Zimmer auf und ab. »Ich war in der Kneipe. Ich habe ein paar Bier zu viel getrunken, das gebe ich zu. Wenn du dir Hoffnung machst, dass mit deiner Frau alles wieder gut wird, und du dann erfährst, dass sie längst einen anderen hat, dann …« Anstatt den Satz zu beenden, heulte er gequält auf. »Vor Kurzem dachte ich noch, sie kommt zurück. Was für ein Scheißleben!« Glasinger sah Florian direkt an. »Gestern war ich kurz davor, den Mistkerl, der meine Frau vögelt, aufzuspüren. Hätte ich mich nicht beherrscht, könntest du mich vermutlich heute wegen Mordes verhaften«, witzelte er spöttisch. »Darf ich jetzt gehen?«

Florian nickte.

34

Ohne weitere Indizien konnte Florian den Fall nicht aufklären. Ohne neue Erkenntnisse blieb Matteo Lorenz, sein Halbbruder, der Hauptverdächtige. Doch nicht einmal hier reichten die Beweise aus, um hieb- und stichfest von seiner Schuld ausgehen zu können. Feststand, dass keiner der bisher ins Visier geratenen Personen die Diebstähle selbst ausgeführt haben konnte. Wenn es Hintermänner gab, wer waren diese? Wo waren sie? Und aus welchem Grund sollten sie die Einbrüche für Matteo, Thomas oder einen anderen Kollegen ausführen? Die ganze Angelegenheit ergab überhaupt keinen Sinn.

War Florian auf dem Holzweg?

Musste er das Ganze von Anfang an neu überdenken und dabei alle bisherigen Erkenntnisse beiseiteschieben?

Und wo war das Diebesgut? Bisher hatte sich kein Juwelier oder Pfandleiher gemeldet, dem Fotos der Schmuckstücke gemailt worden waren.

»Deine Mutter hat angerufen«, sagte Jessica beiläufig und begann den Tisch abzuräumen, an dem sie zu Abend gegessen hatten. Ihr Vater und die Kinder spielten draußen vor dem Haus Fußball.

Florian reagierte nicht.

»Willst du mir nicht sagen, was zwischen euch vorgefallen ist?«, fragte Jessica, setzte sich wieder an den Tisch und sah ihn besorgt an. »Sie hat mich auf meinem Handy kontaktiert und gesagt, du würdest jeden ihrer Anrufe wegdrücken. Warum willst du dich nicht mit ihr aussprechen?«

Florian lehnte sich auf dem Stuhl zurück und streckte die Beine aus. Er starrte angestrengt auf seine Füße, bevor er den Kopf hob und endlich in ihre Richtung blickte. »Erinnerst du dich an den Mann, der für dich wie ein ehemaliger Basketball-Profi aussah? Der vor ein paar Wochen nach meiner Mutter gefragt hat?«

»Ja, natürlich. Franz-Xaver Lorenz. Der Vater deines Hauptverdächtigen«, sagte Jessica und bemerkte, wie Florian gequält das Gesicht verzog.

»Du hattest recht mit deiner Vermutung.« Florian rieb sich mit der Faust die Stirn, als hätte er starke Kopfschmerzen.

»Du meinst, er ist wirklich Basketballspieler gewesen?«

Müde schüttelte Florian den Kopf. »Nein. Er ist katholischer Pfarrer. Und er ist mein Vater.«

»Er ist … Wirklich? Dann ist … dann ist Matteo Lorenz …«, stotterte Jessica.

»Mein Halbbruder«, ergänzte Florian. »Ich vermute, das ist der Grund, warum wir unsere zwei Mordfälle tauschen mussten. Franz-Xaver Lorenz und Götze sind gut befreundet.«

»Und deine Mutter hat dir nie erzählt, wer dein Vater ist?« Sie ging zu ihm rüber und legte ihre Hände auf seine Schultern. »Warum denn nicht? Weil er Pfarrer ist?«

»Sie sagt, er hätte sich damals gegen sie und mich entschieden. Für die Kirche«, berichtete Florian von dem

Gespräch mit Maria, als er sie zur Rede gestellt und mit den Tatsachen konfrontiert hatte. »Das Schlimmste allerdings ist, dass sie mir, seit ich denken kann, erzählt hat, mein Vater sei vor meiner Geburt gestorben.«

»Ja, das hast du immer geglaubt. Vielleicht wollte sie dich nur schützen.«

»Sie wollte sich schützen«, rief Florian verächtlich. »Es ging nie um mich. Sie war wütend und wollte den Mann, der sie verlassen hat, einfach vergessen.« Er schloss die Augen und legte seinen Kopf gegen Jessicas Bauch.

Behutsam streichelte Jessica sein Haar. »Ist es denn wirklich sicher, dass dieser Lorenz dein Vater ist?«

»Leider ja«, flüsterte Florian. Er klang erschöpft und seufzte tief. »Ich habe die DNA von Matteo, die wir in der Datenbank haben, mit meiner vergleichen lassen. Ewe hat das unter der Hand veranlasst. Matteo ist mein Halbbruder, deshalb muss ich davon ausgehen, dass Franz-Xaver mein Erzeuger ist.« Er legte behutsam seine Hand neben seinen Kopf an Jessicas Bauch und lächelte. »Ich kann dein Herz schlagen hören.«

Jessica hielt erschrocken den Atem an.

»Was wollte meine Mutter denn?«, fragte er, ließ sie los und stand auf.

»Sie möchte sich morgen mit dir treffen. Ich habe alles aufgeschrieben. Der Zettel liegt im Wohnzimmer.«

»Gut. Ich hoffe, du begleitest mich zu dem Treffen. Ich brauche jemanden, der … mich gegebenenfalls zurückhält. Ich bin vielleicht zu enttäuscht und wütend, um mich beherrschen zu können.«

*

Florian war die ganze Zeit über ruhig, aber extrem angespannt gewesen.

Vor der Tür zu dem imposanten Gebäude direkt neben dem Kornhaus in der Innenstadt von Kempten nahm er Jessica nach dem Treffen mit seiner Mutter in den Arm, gab ihr einen Kuss auf ihr blondes Haar und hielt sie ganz fest. Vom Biergarten gegenüber trug der Wind die Geräusche von lachenden und fröhlichen Menschen zu ihnen, trotz der viel befahrenen Straße und trotz der lauten Glocken der Basilika, die sich vor dem Marktplatz erhob. Es war früher Vormittag, dennoch verließ gerade ein Brautpaar samt Gästen das Kirchengebäude.

»Obwohl ich das Angebot deiner Mutter nach wie vor nicht begreife, denn ich dachte, sie fühlt sich wohl mit uns im Haus …«, Jessica verstummte kurz und dachte nach, bevor sie ihre Frage beendete, »willst du es annehmen?«

»Ihr Vorschlag ist fair … nein, sogar sehr großzügig.« Florian beobachtete das Brautpaar vor der Kirche, das sich ausgiebig von allen Gästen bejubeln ließ. Doch der Ausdruck auf seinem Gesicht verriet, dass er in Gedanken woanders war und immer noch versuchte, die Geschehnisse zu begreifen.

Seine Mutter hatte ihn zu einem Notartermin gebeten. Auch Maria war merklich aufgeregt und unsicher gewesen, hatte sich aber gefreut, ihren Sohn wiederzusehen. Florian allerdings war distanziert gewesen und hatte jeden Versuch, ihm näherzukommen, vehement abgeblockt.

»Eigentlich hatte ich mir meine … unsere Zukunft anders vorgestellt«, sagte Florian, trat einen Schritt zurück und fuhr sich mit den Fingern durchs Haar. »Wenn wir die neue Wohnung meiner Mutter finanzieren müssen, dann …« Er seufzte. »Herrgott, Jessy. Ich wollte in naher Zukunft noch ein, zwei oder drei Kinder mit dir. Wie sollen wir uns das leisten, wenn wir auf dein Gehalt angewiesen sind, um alles bezahlen zu können?«

Mit vor der Brust verschränkten Armen drehte sich Jessica um. »Das weiß ich nicht.«

»Gut, die Wohnung würde dann mir … ähm … uns gehören. Das wäre eine zusätzliche Wertanlage, von der wir unsere Rente später aufstocken könnten. Außerdem wären die Raten nicht sehr hoch.«

Maria Forster hatte ihrem Sohn angeboten, ihm die alte Stadtvilla zu schenken. Sie selbst wollte mit ihrem Ersparten und Florians finanzieller Unterstützung eine kleine Wohnung kaufen, aus dem Haus ausziehen und so ihrem Sohn, Jessica und den Kindern den Freiraum geben, den sie ihrer Meinung nach brauchten. Man würde die Erbschaftssteuer umgehen. Außerdem wäre die Restschuld für die neue Wohnung plus die anfallende Schenkungssteuer so gering, dass ihr Sohn sich diese zusätzliche Geldanlage leisten könnte.

»Über kurz oder lang müssen wir für das alte Haus ebenfalls einen Kredit aufnehmen. Die Fenster und die Heizungsanlage sind sehr alt. Inklusive der Schornsteinsanierung kostet das mehrere 10.000 Euro.«

»Ja«, sagte Jessica und machte sich auf den Weg zum Parkplatz. »Du musst dir das gut überlegen, bevor du die Schenkung annimmst.«

Die 100 Meter bis zu seinem Auto schwieg Florian beharrlich, doch als er auf dem Fahrersitz neben Jessica

Platz nahm und den Zündschüssel ins Schloss steckte, lächelte er zum ersten Mal zufrieden. »Ich glaube, wir können das schaffen. In zwei oder drei Jahren hätten wir den Großteil der Schulden bezahlt, wenn wir uns ein wenig einschränken. Dann ist immer noch Zeit für Kinder. Wir sind schließlich noch jung!«

Jessica sagte nichts und starrte angestrengt aus dem Seitenfenster.

*

Bereits am nächsten Morgen verkündete Florian seiner Freundin, dass er fest entschlossen war, auf das Angebot seiner Mutter einzugehen, auch weil er hoffte, dass sich das Verhältnis zu ihr entspannte, wenn sie ein wenig Distanz hatten.

»Das Einzige, wovor ich mich fürchte, ist, dass es uns geht wie Thomas und Sylvia«, sagte er beim Frühstück. Herbert und die Kinder waren heute schon in den frühen Morgenstunden aufgebrochen. Sie machten einen Ausflug zum Grünten, deshalb waren Florian und Jessica allein.

»Wie meinst du das?«, wollte Jessica wissen. Sie hatte schlecht geschlafen und gähnte laut. »Glaubst du, ich könnte mich wegen deiner Mutter von dir trennen? Ich verstehe mich gut mit ihr.«

Sein fragender Gesichtsausdruck irritierte sie.

»Bist du anderer Meinung? Denkst du, deine Mutter will meinetwegen ausziehen?«

Er schüttelte den Kopf. »Natürlich nicht. Sie mag dich. Und die Kinder. Ich meinte das Finanzielle. Es ist doch schrecklich, dass Thomas so in Schieflage geraten ist, weil das Haus seiner Eltern hoch verschuldet war. Deshalb musste er seine Mutter aufnehmen.«

»Das hat Thomas gesagt?« Jessica kniff die Augen zusammen und beobachtete Florian kritisch.

»Ja, furchtbar, oder? Und dann noch die Sache mit Sylvia. Er hatte sich Hoffnungen gemacht, und sie hat wohl schon einen anderen. Das alles nur, weil sie Anfang des Jahres ihr Kind verloren hat.«

»Aber das stimmt nicht.« Jessica schüttelte heftig den Kopf.

»Das mit der Fehlgeburt stimmt nicht?«

»Doch, das schon. Aber Sylvia hat mir erzählt, dass ihre Schwiegermutter in Geld schwimmt, seit sie das Haus verkauft hat. Und trotzdem zahlt sie weder Miete noch beteiligt sie sich an den Nebenkosten. Thomas musste sogar den Kreditrahmen erhöhen, weil ihr die Terrasse und der Vorgarten nicht gefielen und sie permanent damit beschäftigt war, das Reihenhaus aufzuhübschen, in den Wellnessurlaub zu fahren und teure Kleidung zu kaufen. Alles von Thomas' Geld.«

»Ehrlich? Ist Sylvia deshalb ausgezogen?«

»Ich glaube, ihre Schwiegermutter hat sie rausgemobbt«, vermutete Jessica. »Das mit dem angeblichen neuen Mann ist auch falsch. Vermutlich hat Thomas diese Information von seiner intriganten Mutter.«

»Stimmt das wirklich? Oder interpretierst du da nur etwas hinein? Die Mutter von Thomas kam mir immer integer und freundlich vor. Ich kann mir nicht vorstellen, dass sie Sylvia nicht mag.«

»Als Sylvia und ich uns neulich getroffen haben, hat sie mir gestanden, dass sie erneut von Thomas schwanger ist. Sie wollte sich mit ihm aussprechen und einen Neuanfang wagen«, sagte Jessica und legte ihre Hand unbewusst auf ihren Bauch. »Vielleicht hat das ihrer Schwiegermutter nicht gefallen. Ach ja, Thomas weiß noch nichts von der Schwangerschaft. Verrate bitte nichts. Ich habe es Sylvia versprochen.«

Florian starrte Jessica an, sprang dann auf und verließ die Küche. »Ich fahre noch schnell ins Präsidium«, rief er beim Hinausgehen.

Jessica hörte die Haustür hinter ihm zuschlagen.

35

»Was soll das?«, fragte Isolde Glasinger, die Mutter von Oberwachtmeister Glasinger, ärgerlich, als sie Hauptkommissar Forster zusammen mit drei weiteren Polizeibeamten vor der Tür stehen sah. Es war Sonntagnachmittag und sie hatte eine Freundin zum Kaffee erwartet.

Ihr freundliches Lächeln beim Öffnen der Tür war beim Anblick der Polizisten schnell verflogen.

»Ist Ihr Sohn zu Hause?«, wollte Florian Forster wissen, hielt der älteren Dame ein Schreiben der Staatsanwaltschaft unter die Nase und drängte sich an ihr vorbei in den Flur. »Wir haben einen Beschluss, der uns erlaubt, Ihr Haus zu durchsuchen. Ist Thomas da?«, wiederholte er seine Frage und sah ins angrenzende Wohnzimmer. Weil Frau Glasinger versuchte, die anderen Beamten am Betreten des Hauses zu hindern, hielt er sie am Arm fest.

»Nein. Was wollen Sie hier?« Sie befreite sich aus dem Griff des Hauptkommissars und folgte den Beamten ins Wohnzimmer. »Bleiben Sie stehen. Ich habe Sie nicht hereingebeten«, rief sie aufgeregt und fuchtelte dabei wild mit den Armen. »Thomas ist nicht zu Hause.«

Doch der Sohn der aufgebrachten Dame stand an der hinteren Grundstücksgrenze des kleinen Reihenhausgartens und stach mit einem Spaten die Rasenkante zum Beet vor dem Zaun ab. Als Florian ihn sah, ging er an seinen Kollegen vorbei durch die Terrassentür ins Freie, stopfte im Gehen den Durchsuchungsbeschluss in seine Jackentasche und hatte die Rasenfläche fast erreicht, als Oberwachtmeister Glasinger ihn bemerkte und erschrak. Der Polizeibeamte holte mit dem Spaten aus und warf ihn schwungvoll in Florians Richtung. Der musste abrupt zur Seite springen, um dem Fluggeschoss auszuweichen, geriet dabei ins Rutschen und wäre beinahe der Länge nach auf dem Rasen gelandet. Thomas Glasinger nutzte den Moment und sprang über den hinteren Zaun in den angrenzenden Nachbargarten.

»Thomas, bleib stehen! Das hat doch keinen Sinn«, rief er seinem Kollegen hinterher, hielt einen Beamten, der mit ihm eingetroffen war, zurück und befahl diesem, die Hausdurchsuchung vorzunehmen. Dann setzte er selbst sich in Bewegung, um Thomas zu verfolgen.

Der Sprung über den Zaun war eine Kleinigkeit, aber der Vorsprung seines Kollegen war schon erheblich. Florian sah ihn im nächsten Garten gerade noch um die Häuserecke rennen, durchquerte selbst rücksichtslos die akkurat bepflanzten Beete des Nachbarn und überwand den nächsten Zaun.

Vorne an der Straße, etwa 100 Meter von ihm entfernt, lief Glasinger beinahe in ein vorbeifahrendes Auto. Der Fahrer hupte laut und fuchtelte mit den Armen, doch der Flüchtende reagierte nicht, rannte unbeirrt weiter und bog in eine Nebenstraße ab.

Als Florian die Straße kurz darauf erreichte, war von Glasinger nichts mehr zu sehen. Er konnte überall sein. In einem der Gärten, in einem der Häuser oder er saß in dem Bus, der gerade von der Haltestelle bei dem kleinen Park losfuhr, auf die Hauptstraße abbog und im vorbeifahrenden Verkehr verschwand.

Schwer atmend zog der Hauptkommissar sein Smartphone aus der Hosentasche, rief die Dienstelle an, um Verstärkung anzufordern, und ließ Thomas Glasinger zur Fahndung ausschreiben.

Bis zum Eintreffen am Haus seines Kollegen hatte Florian nach Gründen gesucht, warum Thomas mit den Einbrüchen nichts zu tun haben konnte, obwohl die Hinweise, dass er tatverdächtig war, sich häuften. Durch Thomas' Flucht hatte Florian die Bestätigung seiner Schuld direkt vor Augen. Was war nur passiert, dass der Mensch, den er so schätzte und sehr mochte, von Recht und Ordnung abgewichen und auf die schiefe Bahn geraten war?

»Habt ihr etwas gefunden?«, wollte der Hauptkommissar wissen, als er eine Viertelstunde später das Reihenhaus seines geflüchteten Kollegen durch die Haustür betrat.

»Nichts haben die gefunden«, meldete sich Glasingers Mutter wütend zu Wort. »Aber alles haben sie unordentlich gemacht.« Der Beamte neben der alten Dame verdrehte genervt die Augen und schüttelte verneinend den Kopf, bevor er den Flur verließ, um seinen Kollegen im Keller zu helfen.

»Wo ist mein Sohn?« Frau Glasinger sah den Hauptkommissar böse an.

Dieser hob fragend eine Augenbraue. »Stimmt es, dass Ihnen der Verkauf des Hauses, in dem Sie mit Ihrem Mann gelebt haben, eine gute halbe Million eingebracht hat?« Er ignorierte die Frage nach Thomas' Aufenthalt und wollte sich die Informationen, die Sylvia ihm bei seinem Anruf vor zwei Stunden gegeben hatte, bestätigen lassen. Zwar hatte Florian die entsprechenden Daten bereits bei der zuständigen Bank angefordert, doch vor morgen erwartete er keine Ergebnisse.

»Und wenn? Was hat das mit Thomas zu tun?« Die ältere Dame drehte sich auf dem Absatz um und ging ins Wohnzimmer. Dort ließ sie sich seufzend auf einen der Sessel fallen, strich ihren Rock glatt und faltete die

Hände in ihrem Schoß. »Thomas hat nichts getan. Was wollen Sie von ihm?«

»Warum spielen Sie Ihrem Sohn vor, dass Sie pleite sind?«

»Das tue ich doch –«, wollte Frau Glasinger protestieren, doch Florian ließ sie nicht zu Wort kommen.

»Warum nehmen Sie ihn finanziell aus? Warum ruinieren Sie seine Existenz? Warum musste Ihre Schwiegertochter das Haus verlassen? Warum zahlen Sie keine Miete?«, bombardierte der Hauptkommissar die Mutter seines flüchtigen Kollegen mit all den Behauptungen, die Jessica und später auch Sylvia geäußert hatten. »Warum spielen Sie die treu sorgende Mutter, zerstören aber die Ehe Ihres Sohnes? Warum haben Sie sich über die Fehlgeburt gefreut? Das Kind war doch Ihr Enkel?«

»Herrje, das Kind, das Kind. Alles drehte sich um dieses Kind.« Sie machte eine wegwerfende Geste mit ihrer Hand. »Ich weiß gar nicht, was mein Thomas mit dieser Frau wollte. Die hat ihn nur ausgenommen!«

»Soviel ich weiß, hat sie einen gut bezahlten Job. Sie verdient sogar besser als Thomas«, sagte Florian und fing sich einen herablassenden Blick von Frau Glasinger ein.

»Dann kommt sie ja jetzt gut zurecht. So eine Karrierefrau, die nicht macht, was man ihr sagt, ist nichts für meinen Sohn.«

Eine gute Stunde später war die Hausdurchsuchung abgeschlossen. Die Beamten hatten weder im Wohnhaus noch in dem kleinen Schuppen im Garten oder in der Garage, die auf der gegenüberliegenden Straßenseite stand, etwas gefunden.

Der Hauptkommissar verabschiedete sich im Flur höflich von Thomas' Mutter, bekam statt einer Antwort aber nur ein hämisches Grinsen. Er hatte die ältere Dame komplett falsch eingeschätzt. Sie war intrigant und belog ihren Sohn in jeglicher Lebenslage. Doch warum sollte Thomas deshalb kriminell werden? Falls dem so war – wer könnte die Einbrüche für ihn verüben, bei denen es im Falle der Michelsbachs sogar zu einem Kapitalverbrechen gekommen war? Spätestens hier hätte Glasinger doch klar sein müssen, dass er aus der Sache nicht mehr heil herauskommen würde, wenn er sich nicht stellte.

An der Tür des kleinen Reihenhauses angekommen, blieb der Hauptkommissar nachdenklich stehen. Er glaubte nicht, dass Isolde Glasinger etwas von den Machenschaften ihres Sohnes wusste. Ihr war es nur wichtig, den Schein von Wohlstand zu wahren und ihren Sohn zu kontrollieren. Der Hauptkommissar drehte sich um und sah der Hausherrin direkt in die Augen.

»Darf ich?«, fragte er und griff, ohne eine Antwort abzuwarten, nach dem Kragen der Frau, zog eine Kette mit einem schweren Anhänger unter ihrer Bluse hervor und betrachtete ihn auf der offenen Handfläche. Ihm war aufgefallen, dass die Dame ihre Hand immer wieder über die obersten Knöpfe ihrer Bluse gelegt hatte. »Würden Sie bitte das Schmuckstück ablegen? Es wird als Beweismittel beschlagnahmt«, sagte er, grinste jetzt ebenso herablassend wie vorher Frau Glasinger, wies seinen Kollegen an, die Kette in einer Beweismitteltüte zu verstauen und verließ das Haus.

»Halten Sie sich bitte zur Verfügung und verlassen Sie die Stadt nicht. Ich werde Sie im Laufe der kommenden Woche, spätestens, wenn ich Thomas gefunden habe, zu einer Befragung aufs Präsidium bestellen. Auf Wiedersehen, Frau Glasinger!«

36

Eigentlich war es schon zu spät, um heute noch nach München zu fahren, doch es war eine willkommene Abwechslung zur täglichen Stallarbeit.

Simon durfte den neuen Jeep seines Chefs benutzen, der zwar Unmengen an Sprit verbrauchte, aber enorme Kraft und eine imposante Beschleunigung hatte. Auf die über eine Stunde lange Fahrt über die Autobahn freute sich Simon, als er den großen Wagen aus der Hofeinfahrt und auf die schmale Zugangsstraße zur Landstraße lenkte.

Etwa 100 Meter weiter, noch bevor der Abbieger auf die Dorfstraße kam, sah er Gesa, die Tochter seines

Chefs, am Wegrand stehen. Sie winkte aufgeregt mit den Armen, sprang auf den Feldweg und blockierte die Weiterfahrt, indem sie beide Arme weit ausstreckte und Simon wie ein Verkehrspolizist zum Anhalten zwang.

»Hi, Simon«, rief sie ihm durch die Beifahrertür entgegen, als er die Autoscheibe heruntergelassen hatte. »Fährst du nach München?«

»Ja. Ich soll die Ersatzteile für die Melkmaschine direkt beim Hersteller abholen«, bestätigte er und wunderte sich, dass Gesa lachend die Tür aufriss und sich neben ihn setzte. »Hey, raus aus dem Wagen. Ich muss jetzt wirklich weiter.«

»Ich komme mit«, verkündete das Mädchen ganz selbstverständlich und schnallte sich an. »Papa hat gestern gesagt, er würde dich zum Händler schicken. Da habe ich ihn gefragt, ob ich mitfahren darf. Er hat zugestimmt, falls ich dich nach der Schule noch erwische.«

»Das glaube ich nicht«, sagte Simon lachend, wies mit dem Daumen in Richtung Beifahrertür und befahl: »Aussteigen! Sofort!«

»Ach, Simon, ich beweise es dir. Er hat es wirklich erlaubt.« Gesa kramte in ihrem Schulranzen nach ihrem Handy und schaltete es ein. Triumphierend hielt sie ihm einen Chatverlauf entgegen.

»›Okay, wenn du ihn auf dem Weg von der Schule noch triffst, kannst du nach München mitfahren. HDL Papa‹«, las Simon laut vor, sah Gesa wieder misstrauisch an, gab schließlich aber nach. »Also gut. Ich hoffe, dein Vater weiß, dass wir vor Mitternacht nicht wieder zu Hause sein werden.«

»Ja, ja, das weiß er. Und er weiß auch, dass er sich auf dich verlassen kann, Simon.« Sie zwinkerte ihm kess zu und grinste breit. »Setzt du mich bitte in der Münchener Innenstadt ab? Ich will shoppen gehen. Am Wochenende steigt eine Party bei meiner besten Freundin.«

»Absetzen?«, fragte Simon und schüttelte den Kopf. »Ich fahre nicht durch die Innenstadt. Ich muss auf die Münchener Ostseite. Dort ist der Melkmaschinenbetrieb.«

»Dann setze mich halt bei einer U-Bahn-Station ab. Aber ob das meinem Vater recht sein wird?«

Als Simon Gas gab und den Feldweg hinunterfuhr, lächelte Gesa zufrieden, lehnte sich zurück und schloss die Augen.

*

Direkt vor der Eingangstür zum Wohnhaus traf Jessica auf Karl Rothausen.

Nachdem der Landwirt nicht wie versprochen seine drei Hofhelfer am Montag in der Früh zu ihr ins Präsidium geschickt hatte, war Jessica Grothe jetzt am späten Nachmittag noch einmal zum Bauernhof gefahren.

»Einen wunderschönen guten Tag, Herr Rothausen«, begrüßte sie den Landwirt überfreundlich. »Haben Sie eventuell etwas vergessen?«

Karl Rothausen blieb stehen und sah sie verwirrt an. »Vergessen? Warum sind Sie schon wieder hier, Frau Hauptkommissarin Grothe?« Er sah sie noch ein paar Sekunden länger an, fluchte leise und setzte seinen Weg zur Scheune fort.

»Ich hatte Sie gebeten, Ihre drei Hofhelfer zur Befragung vorbeizuschicken«, erinnerte sie Rothausen. »Warum haben Sie das nicht getan? Sie behindern meine Ermittlungen.«

Er seufzte genervt. »Ich habe im Moment weiß Gott andere Probleme«, sagte er und verschwand in der Scheune.

Jessica folgte ihm. Als sie durch das offene Scheunentor eintrat, prallte sie fast mit dem Bauern zusammen, denn er war mitten im Lauf stehen geblieben. »Meine Tochter Gesa ist weg«, flüsterte er. »Ich habe keine Ahnung, wo sie sein könnte. Sie ist nach der Schule nicht nach Hause gekommen.« Er drehte sich zur Hauptkommissarin um und lächelte gequält. »Typisch Teenager. Man macht sich als Vater ständig Sorgen.«

»Haben Sie sie angerufen?«, fragte Jessica alarmiert. »Junge Leute gehen doch nie ohne ihr Handy aus dem Haus.«

»Klar. Sie geht nicht ran«, sagte Rothausen. »Sie wird schon wieder auftauchen.« Er straffte die Schultern. »Warum sagen Sie, ich hätte meine Burschen nicht geschickt?«, wechselte er das Thema. »Hendrik und Josef waren doch bei Ihnen. Simon kommt erst morgen. Sie können mir nicht alle drei auf einmal abbestellen. Ich brauche schließlich auf dem Hof auch etwas Hilfe.«

»Die beiden waren nicht bei mir.« Jessica sah sich suchend in der Scheune um. »Kann ich sie bitte jetzt sprechen?«

»Sie waren nicht da?« Verwunderter hätte Rothausen nicht dreinblicken können. »Aber … sie sind nicht auf dem Hof. Ich dachte eigentlich, dass sie noch in Kempten auf der Wache sind.«

»Okay«, sagte Jessica. »Dann muss ich Ihnen wohl von meinen bisherigen Ermittlungsergebnissen berichten. Es könnte nämlich sein, dass Ihre Tochter Gesa in Gefahr ist.«

37

Obwohl sie erst kürzlich hier war, fuhr sie an dem Schotterweg vorbei, der durch den dunklen Wald zu dem verfallenen Bauernhaus führte. Jessica Grothe wendete gerade etwas unbeholfen auf der schmalen Straße, als ihr Smartphone klingelte.

»Florian«, rief sie in das Gerät, nachdem sie das Smartphone, statt es auf laut zu stellen, zwischen Schulter und Ohr geklemmt hatte. Sie brauchte beide Hände zum Lenken und Schalten. »Ich kann jetzt nicht sprechen.« Sie trat entsetzt auf die Bremse, als ihr Wagen in den Graben neben der Straße abzurutschen drohte. Vorsichtig manövrierte sie das Auto vom Graben weg, stand nun jedoch schräg auf der Straße und erschrak fürchterlich, als ein entgegenkommendes Auto laut hupend gerade noch ausweichen konnte und mit quietschenden Reifen und überhöhter Geschwindigkeit an ihr vorbeirauschte.

»Herrgott, Jessy. Was ist denn bei dir los?« Florians Stimme klang alarmiert.

»Ich muss auf dieser beschissenen Straße umdrehen, weil ich die Abfahrt zum Bauernhaus verpasst habe«, schimpfte sie, verstummte aber, als sie das liebevoll mit Blumen geschmückte eiserne Kreuz am Straßenrand erblickte. Genau an dieser Stelle war einmal ein Mensch ums Leben gekommen. Wie schrecklich!

»Fährst du zu den Rothausens?«

»Nein.« Jessica lenkte den Kleinwagen langsam Richtung Feldweg. »Ich gehe einem Hinweis nach. Ich vermute, einer der Hofhelfer hat Rothausens Tochter Gesa entführt«, erklärte sie Florian und bog in den Feldweg ab. »Das würde auch erklären, warum Maximilian Rothausen heute Morgen ganz unerwartet den Mord an Viktor Weixler auf der Alpe gestanden hat. Dabei bin ich mir sicher, dass er das nicht aus freien Stücken tat. Das Geständnis, meine ich«, fügte sie hinzu. »Ich hoffe, das Mädchen auf dem verlassenen Hof zu finden, auf dem auch das Kalb versteckt war.«

»Jessy«, mahnte Florian. »Du kannst da unmöglich alleine …«

Mehr hörte sie nicht. Das Smartphone rutschte ihr dummerweise von der Schulter und Jessica trat erneut erschrocken auf die Bremse. Das allerdings bewirkte, dass das Telefon nun im Fußraum auf der Beifahrerseite ganz weit nach vorne rutschte. Während sie fuhr, kam sie da nicht dran. Sie würde anhalten müssen. Am Hof, sagte sie sich, denn das Bauernhaus war bereits zu sehen.

Ob sie das Mädchen oder die zwei Hofhelfer dort finden würde?

Hier draußen war es um diese Zeit noch hell. Im Haus allerdings würde es dunkel sein. Die Fenster waren an fast allen Seiten des Gebäudes mit Fensterläden verschlossen oder mit Holzbrettern vernagelt. Jessica nahm ihre Taschenlampe, legte sich vorsichtshalber auch den Pistolenhalfter an und schob ihre Dienstwaffe unter ihrem linken Arm in den vorgesehenen Halter.

Es war still auf dem verlassenen Hof. Ein paar Vögel zwitscherten, und in den großen Bäumen hinter dem Haus, die direkt an dem kleinen See standen, hörte sie leise den Wind rauschen. Wie damals, als sie auf der Suche nach Henriettes Kalb war, wirkte das Haus, als sei es seit Jahrzehnten unbewohnt.

Florians junger Kollege Berthold Willig hatte bei seinen Recherchen für Jessica zur Bauernhofruine einige wichtige Informationen ausgegraben, die einen der Hofhelfer von Karl Rothausen in den Fokus der Ermittlungen rückten. Es hatte sich herausgestellt, dass Josef Benz der Sohn und damit Erbe dieses Grundstückes war. Sein abweichender Nachname rührte daher, dass der junge Mann im Alter von zwölf Jahren von der Schwester seines früh verstorbenen Vaters Gotthard Ferstl adoptiert worden war.

Heute Morgen hatte Jessica mit der besagten Dame telefoniert, die ihr berichtete, dass Josef ein unkontrollierbarer Teenager gewesen sei. Er habe seiner Tante nie verziehen, dass sie sein Elternhaus nicht retten konnte und der ganze Besitz an die Bank gegangen war. Josef Benz sei wie besessen von der Idee, den Hof zurückzubekommen. Von rechtsradikalen Tendenzen oder sadistischen Vorlieben hatte Frau Benz, Josefs Adoptivmutter, aber nicht gesprochen. Es war also möglich, dass Jessica sich irrte und die beiden Hofhelfer mit den Nazi-Schmierereien, den toten Tieren oder der Entführung von Henriettes Kalb nichts zu tun hatten. Doch verdächtig war es schon, dass die beiden jungen Männer trotz Aufforderung nicht im Präsidium erschienen waren und von ihnen sowie von Gesa Rothausen jede Spur fehlte. Hoffentlich war dem Mädchen nichts passiert.

Die Haustür des alten Gebäudes war polizeilich versiegelt. Der Aufkleber war unversehrt, aber das musste nicht bedeuten, dass niemand ins Haus eingedrungen war. Allein am rückseitigen Bereich gab es mehrere Fenster, durch die man problemlos ins Haus gelangen konnte.

Die Hauptkommissarin sprang über die zerstörten Stufen von der Veranda auf den Schotterboden vor dem Haus, ging an der einsturzgefährdeten Scheune vorbei und langsam um das Gebäude herum.

Die Terrasse hinter dem Haus war kaum noch als solche zu erkennen. Kniehohes Unkraut überwucherte die alten und teilweise zerbrochenen Steinplatten. Die Hauswand, die zum Weiher zeigte, war mit Moos bedeckt und mit Efeu so zugewachsen, dass ein paar der rückseitigen Fenster nur zu erahnen waren.

Die Terrassentür stand einen Spaltbreit offen.

Vorsichtig schob Jessica die Glastür mit dem Fuß auf und spähte in das dunkle Wohnzimmer. Man konnte trotz des Dämmerlichts alles noch gut erkennen.

Sie entdeckte niemanden.

Die Tür zu dem ausgebrannten Zimmer gab es nicht mehr. Jessica nahm den scharfen Geruch nach verbranntem Holz wahr. Schwarzer Ruß an der Decke und den Wänden ließen nur noch vermuten, wie die zerstörerischen Flammen um sich gegriffen hatten. Es war ein Wunder, dass das Bauernhaus heute nicht in Schutt und Asche lag. Doch das Haus war – genau wie die Scheune nebenan – nicht mehr zu retten und musste abgerissen werden. Jessica war es ein Rätsel, wie die Bank hier noch Kapital aus einer Versteigerung herausholen wollte. Aber das war nicht ihr Problem.

Im stockdunklen Flur musste Jessica die Taschenlampe benutzen. Obwohl sie sich bemühte, sich so leise wie möglich fortzubewegen, konnte man jeden einzelnen ihrer Schritte über den knirschenden und knarzenden Boden im ganzen Haus hören. Ansonsten war es totenstill im Inneren des Gebäudes.

Im oberen Stockwerk, das sie heute zum ersten Mal betrat, gab es keine Zwischenwände mehr. An manchen Stellen ließ das Dach mattes Licht der bald untergehenden Sonne durch die fehlenden Dachziegel herein. Der große, staubige Raum strahlte dadurch eine schaurige Endzeitstimmung aus. Der nächste große Sturm im Allgäu würde vermutlich das Dach vollends zum Einsturz bringen. Die frei liegenden Dachbalken waren so morsch und wurmstichig, dass jeder ihrer Schritte kleine Staubwolken von pudrig zersetztem Holz aus den alten Trägern auf den dreckigen Boden rieseln ließ.

Das Haus war menschenleer, und Jessica konnte keine Spuren finden, die darauf hinwiesen, dass seit dem Brand und der anschließenden Untersuchung durch die Spurensicherung jemand hier gewesen war.

Einen Keller gab es nicht. Sie fand weder eine Treppe im Haus, die nach unten führte, noch einen Abstieg außerhalb des Hauses.

Hatte sie mit ihrer Vermutung so falsch gelegen? Doch wo konnten sich die zwei jungen Helfer der Rothausens sonst aufhalten? Die beiden Männer wohnten auf dem Anwesen ihres Arbeitgebers, in einer kleinen Einliegerwohnung direkt unter dem Dach. Sie hatten laut Kommissar Willigs Ermittlungen weder eigene Wohnungen noch Verwandtschaft in der Gegend, außer der Tante von Josef Benz. Jessica sollte dieser Frau gleich im Anschluss einen persönlichen Besuch abstatten, denn bisher hatte sie nur mit ihr telefoniert. Vielleicht gab es Freunde, bei denen die zwei Hofhelfer sich versteckten, doch dazu hatte Berthold im Netz keine Hinweise gefunden.

Ihren Wagen hatte Jessica schnell erreicht. Bevor sie einstieg, griff sie nach ihrem Smartphone, um Florian kurz zu informieren, dass alles in Ordnung war, sie sich aber aufgrund ihrer weiteren Ermittlungen verspäten und es nicht zum Abendessen nach Hause schaffen würde. Gerade als Florian sich meldete, knackte es vom Haus her laut.

Jessica fuhr erschrocken herum, ließ das Handy achtlos auf den Sandboden fallen und griff instinktiv nach ihrer Pistole. Mit der Taschenlampe leuchtete sie in das Gebüsch vor der Veranda, fuhr mit dem Lichtstrahl langsam an der Wand des Hauses entlang, bis sie die Stufen und die verschlossene Tür im Blick hatte. Dabei zielte sie mit der Waffe konzentriert in die gleiche Richtung. Im ganzen vorderen Bereich des Hauses sah sie jedoch absolut nichts.

Wieder ein Knacken, dieses Mal direkt hinter ihr. Etwas schlug leise auf das Metall ihres Motorraums.

In der Sekunde, in der sie sich zum Fahrzeug umdrehte, flog eine Fledermaus direkt auf ihr Gesicht zu, wechselte wild flatternd kurz vor ihr die Richtung und streifte mit ihren ledrigen Flügeln ihr Haar. Im gleichen Augenblick sprang eine Katze dicht an ihrer linken Schulter vorbei, schlug im Sprung mit ausgefahrenen Krallen laut fauchend nach dem Nachtschwärmer, verfehlte das Tier und landete neben Jessica im Sand.

»Herrje, du hast mich vielleicht erschreckt«, sagte Jessica zu der pechschwarzen Katze, die jetzt schnurrend um ihre Beine strich. Sie schob die Pistole ins Halfter zurück und legte die Taschenlampe aufs Autodach. »Tut mir leid, dass es mit dem Abendbrot nicht geklappt hat.« Sie kniete sich neben das zutrauliche Tier und kraulte ihm behutsam den Kopf. Dann hob sie ihr Smartphone auf, das neben ihren Füßen lag. »Apropos Abendbrot …« Das Gespräch mit Florian war nun bereits zum zweiten Mal unterbrochen worden. Er war bestimmt entweder sehr besorgt oder sehr wütend. Oder beides. »Ich werde mich zuallererst entschuldigen müssen, dass ich ihn nicht gleich zurückgerufen habe, als ich am Haus ankam«, erklärte sie ganz unnötigerweise der Katze, die sie so treuherzig ansah, dass Jessica lächeln musste. »Man sagt ja, dass schwarze Katzen Unglück bringen«, überlegte sie lachend. »Ich hoffe, du bist da eine Ausnahme!«

Der brutale Schlag an ihren Hinterkopf sorgte dafür, dass Jessica ungebremst mit voller Wucht gegen die Beifahrertür knallte. Sie verlor – noch bevor sie schmerzerfüllt aufschreien konnte – augenblicklich das Bewusstsein.

»Wir dürfen sie nicht dort lassen. Bitte, Josef, das geht wirklich zu weit«, bekniete Hendrik seinen Freund. »Sie ist von der Polizei!«

»Das weiß ich auch, du Idiot«, fuhr Josef ihn an. »Ich hatte keine andere Wahl.«

»Man hat immer eine Wahl. Sie hat doch gar nichts gefunden. Warum musstest du sie niederschlagen? Sie war im Begriff, den Hof wieder zu verlassen. Wir hätten einfach nur warten müssen.« Hendriks Hände zitterten heftig, als er sich durch sein schweißnasses Haar fuhr. »Wir müssen zurück. Bitte, wir müssen zurück.«

Josef verdrehte genervt die Augen. »Herrgott noch mal. Du bist ein Jammerlappen«, beschied er dem ängstlichen jungen Mann. »Willst du in den Knast? Nein? Dann mach gefälligst, was ich sage!«

»Du hast sie doch nicht *auch* getötet, oder?«, fragte Hendrik ängstlich. Josefs Angriff auf die Polizeibeamtin hatte ihn so schockiert, dass er trotz mehrmaliger Aufforderung nicht hatte helfen können, den bewusstlosen Körper der Frau vom Auto wegzuziehen. Stattdessen hatte er wie versteinert zugesehen, wie sein Freund Josef der Hauptkommissarin erneut mit der Faust ins Gesicht schlug, als diese nach wenigen Metern langsam wieder zu sich kam.

»Ob ich sie getötet habe, spielt keine Rolle mehr. Wenn wir heute Abend den Deal durchgezogen haben, kommen wir zurück, holen alles raus, was uns gehört, und brennen anschließend den ganzen Schuppen nieder. Spätestens dann ist die Alte tot.«

»Aber Josef, das ist doch –«

»Halt gefälligst deine Klappe, du verdammter Waschlappen«, fluchte Josef, trat aufs Gas und lenkte den gestohlenen Wagen der Polizeibeamtin auf die Landstraße. »Mehr will ich gar nicht von dir. Halt einfach deine Klappe. Um den Rest kümmere ich mich.«

Die Waffe der Polizistin lag gesichert unter seinem rechten Oberschenkel. Noch auf dem Hof hatte er geprüft, ob sie geladen war. Sie lag gut in der Hand. Er hatte mehrmals abgedrückt, doch die Katze war zu flink gewesen und hatte sich auf das marode Hausdach gerettet.

Schade. Heute Abend würde die Pistole ihm sicher einen besseren Dienst erweisen.

38

Laut seines Navigationssystems musste hier irgendwo die Einfahrt sein, die zu dem Bauernhaus führte. Auf der rechten Straßenseite war nur dichter, undurchdringbarer Wald zu sehen. Doch keine 30 Meter weiter erkannte Florian den Sandweg, der zwischen niedrigen Büschen in den nachtschwarzen Wald hineinführte. Zu spät, um rechtzeitig abzubremsen. Er setzte auf der Landstraße ein paar Meter zurück, sparte sich das Blinken und bog in den Wald ein. Das Fernlicht half ihm, auf dem Weg zu bleiben, den vielen Schlaglöchern auszuweichen und den Bäumen am Rand nicht allzu nahe zu kommen.

Es war schnell dunkel geworden. Das lag sicher auch an dem aufziehenden Gewitter, das sich mit hoch aufgetürmten Wolken am Horizont schon am frühen Nachmittag angekündigt hatte.

Nach dem zweiten abrupten Gesprächsende vor über einer Stunde hatte Florian versucht, sich keine Sorgen zu machen. Weil Jessica aber nicht zurückgerufen hatte und seine Anrufe kurz darauf alle ins Leere gelaufen waren, hatte er beschlossen, zum Bauernhaus zu fahren. Er hatte sich von seinem Kollegen Berthold Willig die Adresse geben lassen und ihn außerdem um Verstärkung gebeten.

Irgendetwas stimmte nicht.

Jessica hätte nie allein zu dieser Hofruine fahren dürfen.

Hoffentlich war sie nicht in einen Hinterhalt geraten.

In der Dunkelheit nahm Florian das Wohnhaus nur als Schatten wahr. Der Hof vor dem Gebäude, den Florian mit dem Fernlicht ausleuchtete, war leer. Nirgends eine Spur von Jessicas Auto, auch nicht neben der alten Scheune. War sie bereits auf dem Weg nach Hause?

Er parkte den Wagen vor der Veranda des Wohngebäudes, schaltete seine Taschenlampe ein und stieg aus.

Die Versiegelung, die die Spurensicherung nach getaner Arbeit an der Haustür angebracht hatte, war unversehrt.

War Jessica gar nicht hier gewesen?

Als sich Florian dazu aufmachen wollte, um das Gebäude herumzugehen, bemerkte er die kaputte Treppe zur Veranda und ein auffälliges Loch im hölzernen Geländer der Stufen. Bei näherer Betrachtung stellte sich heraus, dass eine kleinkalibrige Kugel im Holz steckte. Das Einschussloch sah frisch aus, denn das zerborstene Holz hatte noch nicht die matte, moosbewachsene Farbe der Veranda angenommen. Von wo war der Schuss gekommen?

Etwa fünf Meter entfernt fand er, verstreut auf dem sandigen Boden, drei Patronenhülsen, die das gleiche Kaliber wie seine Dienstwaffe hatten.

Was war hier passiert? Hatte Jessica geschossen, um sich zu verteidigen?

Er leuchtete jeden einzelnen Zentimeter des Bodens mit der Taschenlampe ab, um nach weiteren Hinweisen zu suchen. Als er im Sand einige Blutspritzer fand, wurde er panisch. Er suchte weiter.

Verdammter Mist, hier war etwas über den Boden geschleift worden. Die Spur führte eindeutig zur

Scheune, die so windschief neben dem Wohnhaus stand, dass sie jeden Augenblick einstürzen konnte.

In der Ferne donnerte es bereits ununterbrochen. Hin und wieder erhellte ein Blitz kurzzeitig den schwarzen Himmel über den Bergen am Horizont.

Aus seinem Kombi holte Florian die Dienstwaffe, legte seine Schutzweste an und schrieb Berthold eine kurze Nachricht, dass er sich beeilen solle, am Bauernhaus seien Schüsse gefallen.

Dann betrat er die abbruchreife Scheune.

*

Es hatte keinen Sinn. Sie versuchte seit einer halben Ewigkeit, durch lautes Rufen und Klopfen mit einem Stein gegen die harte Betonwand auf sich aufmerksam zu machen. Doch wer sollte sie hier hören? Der Hof war verlassen. Die Einzigen, die sich noch hier aufhielten, waren ihre zwei Peiniger. Sie hatte deutlich die Hofhelfer von Karl Rothausen erkannt. Jessica wusste, dass sie sich nach wie vor auf dem Gelände der Bauernhofruine befand, aber wo genau, konnte sie nicht ausmachen.

Es war dunkel.

Stockdunkel.

Sie sah absolut nichts.

Der Raum, in dem sie gefangen war, roch muffig, war feucht und kalt. Die Wände aus Beton waren mit rauem Putz überzogen, die Decke so niedrig, dass sie sie mit den Fingerspitzen erreichen konnte. Fenster schien es nicht zu geben, auch keine Tür. Zweimal hatte sie sich bereits an der Wand entlanggetastet, doch nirgends eine Öffnung gefunden. Dabei war sie mehrmals gegen etwas gestoßen. Nachdem sie die Gegenstände abgetastet hatte, war sie sich sicher, dass es sich um große Kisten und Tische handelte. Außerdem fand sie ein paar gefüllte Säcke, und mehrmals meinte sie, Fell und Krallen zu fühlen, als sie die Gegenstände auf dem Tisch näher untersuchte. Ob das die toten Tiere waren, die im Wohnhaus an der Decke gehangen hatten? Angewidert verzog sie das Gesicht und wischte sich mit dem Handrücken über die Stirn. Sie blutete. Ihre Schläfe fühlte sich feucht an und schmerzte. Ihre Hände rochen metallisch nach frischem Blut.

Wie sollte sie in dieser Dunkelheit einen Ausgang finden?

Es dauerte eine ganze Weile, bis sie die Luke in der Decke ausmachte. Eine Öse aus Eisen hing herunter, und sie konnte deutlich die Ränder der Klappe ertasten, die groß genug war, dass ein erwachsener Mensch hindurchklettern konnte. Aber wie sollte sie da hinaufkommen? Die Kisten waren viel zu schwer, um sie unter die Öffnung zu schieben. Also überwand sie sich kurzerhand, wischte die felligen toten Tiere von einem der kleinen Tische und schob diesen durch den Raum. Dann stieg sie hinauf und drückte ihre Schulter mit aller Kraft gegen die Luke.

Nichts.

Die Klappe bewegte sich nicht einen einzigen Millimeter.

Verzweifelt schlug sie mit der flachen Hand gegen das stabile Holz.

»Hilfe«, schrie sie. »Kann mich jemand hören?«

39

»So eine Scheiße«, fluchte Josef, als er den dunklen Kombi vor dem Wohnhaus bemerkte. »Wer ist das denn schon wieder?«

»Ich hab dir doch gesagt, dass du die Hauptkommissarin nicht hättest niederschlagen dürfen. Jetzt hat sie Verstärkung geholt und wir kommen nicht mehr an die Beute.« Hendrik schaute sich durch die Scheibe auf der Beifahrerseite ängstlich um und versuchte, in der Dunkelheit etwas zu erkennen, das hier nicht hergehörte. Wie viele Menschen trieben sich hier herum? Hatten sie überhaupt noch eine Chance, der Justiz zu entgehen? »Wir sollten sofort wieder verschwinden.«

»Herrgott, du Angsthase. Erst willst du unbedingt zurück, und dann soll ich gleich wieder fahren? Du kannst dich auch nicht entscheiden, oder?« Er parkte den gestohlenen Wagen der Hauptkommissarin direkt neben dem Kombi und stieg aus. »Wir erledigen das jetzt«, flüsterte er, obwohl das aufkommende Gewitter inzwischen durch permanentes Grummeln so viel Krach machte, dass seine Stimme und auch der laufende Motor nicht weit zu hören waren. »Die Beute holen wir später. Wer auch immer hier herumschleicht, segnet das Zeitliche, wenn sich die Person an der falschen Stelle befindet. Ist nicht mein Problem.« Er ging mit weit ausholenden Schritten auf die Scheune zu, betrat diese aber nicht, sondern verschwand um die Gebäudeecke. »Komm endlich, Hendrik. Du musst mir helfen. Wir sollten uns beeilen.«

Die vier schweren Benzinkanister waren schnell ausgeleert, und es dauerte nur wenige Sekunden, bis die Front mit dem großen Scheunentor und die komplette linke Seite des Gebäudes lichterloh brannten.

*

Das Klopfen war kaum zu hören. Zuerst dachte Florian, der Wind des aufkommenden Sturmes schlage den Ast eines Baumes gegen die Holzwand der Scheune. Dann hörte er sie rufen.

»Jessica? Wo bist du?« Aufgeregt lief er durch die dunkle Scheune. Der Lichtstrahl seiner Taschenlampe reichte nicht aus, um das komplette Innere auszuleuchten. Außerdem konnte er kaum erkennen, von wo die Hilferufe kamen. »Kannst du lauter rufen? Ich finde dich nicht.«

Ein markerschütternder Schrei war zu hören. Er kam aus der hinteren rechten Ecke der Scheune, von dort, wo der alte Traktor stand. Irgendwo unter dem Fahrzeug musste sie sein.

Florian warf sich der Länge nach in den Staub, leuchtete unter die Landmaschine und sah die hölzerne Luke. »Jessy, bist du da unten?«, schrie er, so laut er konnte, und schlug mit der flachen Hand auf die Luke. Direkt über der Scheune donnerte es heftig. Das Gewitter war sehr nah, und der heftige Wind rüttelte an dem maroden Gebäude, dessen Balken quietschten und knarrten. Doch bisher regnete es nicht.

»Florian?«, hörte er seine Freundin. »Hilf mir, die Luke zu öffnen. Ich bekomme sie nicht aufgedrückt. Sie ist zu schwer.«

Florian seufzte gequält. Kein Wunder, dass sie die Klappe nicht öffnen konnte. Einer der Reifen des Traktors stand direkt darauf.

Er sprang auf und untersuchte das Zündschloss der Landmaschine. Wenn ein Schlüssel steckte, dann … Verdammter Mist! Kein Schlüssel. Er konnte das Teil nicht beiseite fahren.

Der Traktor war nicht sehr groß. Ein Oldtimer. Eins dieser Modelle, die kurz nach dem Zweiten Weltkrieg zur Feldarbeit genutzt worden waren. Vielleicht konnte er ihn wegschieben. Er prüfte, ob die Handbremse gelöst war, und nahm den Gang raus.

Mit aller Kraft stemmte er sich nun gegen das Fahrzeug, presste seinen Rücken von hinten gegen den niedrigen Fahrersitz und benutzte seine Füße als Hebel, indem er sie gegen die Wand der Scheune drückte. Doch das Einzige, was sich bewegte, war die Wand. Der Traktor stand felsenfest.

»Florian? Bist du noch da? Ich bekomme diese verdammte Luke nicht auf«, wiederholte Jessica verzweifelt. »Du musst bitte ziehen, während ich von unten drücke.«

Das knisternde Geräusch bemerkte er noch vor dem intensiven Geruch nach verbranntem Holz. Entsetzt drehte er sich zum Scheunentor um und sah die Flammen durch das marode Holz züngeln. Der untere Teil des Scheunentores brannte bereits lichterloh.

»Oh Gott«, brachte er schockiert heraus, sah abwechselnd vom Tor zur Luke im Boden und dachte angestrengt nach. Dann rannte er los.

An der Seitenwand der Scheune hatte er vorhin eine Tür entdeckt. Er warf sich im Lauf dagegen und sprang ins Freie. So schnell er konnte, rannte er um die Scheune herum. Das Ausmaß des Feuers nahm er nur am Rande wahr. Doch er wusste: Wenn er sich nicht beeilte, würde die Scheune einstürzen, noch bevor er zurück bei Jessica war.

Er riss die Fahrertür seines Kombis auf, sprang hinein, startete den Wagen und fuhr in einem großen Bogen und mit halsbrecherischer Absicht direkt auf das brennende Scheunentor zu.

Der dumpfe Aufprall des schweren herabfallenden Tores bremste abrupt seine Fahrt, aber er trat aufs Gaspedal und schob die brennende Wand auf seiner Kühlerhaube vor sich her. Am Traktor verließ er das Auto, griff mit beiden Händen das heiße Holz und warf die inzwischen zerbrochenen, immer noch brennenden Teile von seinem Auto. Dann lief er zum Kofferraum und zog das Abschleppseil heraus. Er musste seinen Wagen zurücksetzen, um die Anhängerkupplung in die Nähe des Traktors zu bringen.

Wie er es schaffte, unter permanentem Husten, mit kaum noch Sauerstoff in der Luft, außerdem fast blind vor Ruß und Staub, das Seil am Traktor zu befestigen, wusste er nicht, doch er saß bereits wieder in seinem Wagen und trat mit aller Kraft aufs Gaspedal.

Sekunden vergingen, ehe sich das schwere Gefährt am anderen Ende des Seils endlich in Bewegung setzte.

Die Klappe schwang auf und schlug krachend auf den

steinernen Boden. Jessicas Kopf erschien. Beim Anblick der Feuerwand an der Stirnseite der Scheune schrie sie entsetzt auf.

Florian sprang erneut aus dem Kombi, rannte zu ihr und half ihr aus dem Loch heraus.

»Um Himmels Willen, Florian«, rief Jessica voller Panik. »Das Dach wird gleich einstürzen.« Über ihnen knarzte es laut, ein Dachbalken brach krachend auseinander, fiel brennend herab und landete direkt vor dem offenen Scheunentor. Ein ganzes Arsenal von Dachziegeln folgte. Dieser Weg nach draußen war blockiert.

Die Hitze war kaum noch zu ertragen.

»Hier entlang.« Florian griff nach Jessicas Hand und zog sie hinter sich her, stolperte über herabgefallene Bretter auf die offene Seitentür zu, die ebenfalls Feuer gefangen hatte. Als sie draußen waren, verlangsamte Jessica ihren Schritt, doch Florian lief geistesgegenwärtig weiter und zog sie mit sich auf den Waldrand zu. Sie hatten die erste Baumreihe gerade erreicht, als der Regen einsetzte, ein Blitz die Umgebung taghell erleuchtete und die alte, lichterloh brennende Scheunenruine knisternd und krachend in sich zusammenstürzte.

40

»Herrje, Chef. Geht's dir gut?« Kommissar Willig lief in großem Bogen um den brennenden Haufen aus aufgetürmtem Holz herum, der einmal die Scheune gewesen war. Der Platzregen, der auf das Feuer niederprasselte, schaffte es bisher nicht, es zu löschen, hielt die Flammen aber davon ab, auf das Wohngebäude oder den Wald überzugreifen.

»Gerade noch einmal Glück gehabt«, sagte Florian und fuhr sich mit der Hand übers Gesicht, um den Ruß wegzuwischen. Damit bewirkte er nur, dass die schwarze Staubschicht auf Stirn und Wangen nass und schmierig wurde. »Wir müssen denjenigen finden, der den Brand gelegt hat«, sagte er und hustete keuchend. »Das war Absicht! Ich vermute, der Täter hat billigend in Kauf genommen, dass Jessica in den Flammen stirbt.«

»Wir haben an der Ausfahrt zur Landstraße zwei Jungs gestellt. Sie sitzen im Streifenwagen«, erklärte Berthold und lächelte stolz. »Ich habe gleich begriffen, dass die beiden in Jessicas Wagen nichts verloren hatten.«

»Die beiden?«, fragte Florian.

»Josef Benz und Hendrik Preuß. Stimmt's?« Jessica hatte nicht allzu viel Rauch eingeatmet, fühlte sich aber benommen. Die Wunde an ihrem Kopf blutete nicht mehr, doch ihr war speiübel.

Kommissar Berthold Willig nickte zustimmend. »Der eine sagt gar nichts, der andere redet wie ein Wasserfall.«

»Und Gesa? Haben die beiden etwas über Gesa Rothausen gesagt?«, wollte Jessica wissen, beugte sich vor, stützte ihre Hände auf ihren Knien ab und atmete schwer. Florian legte ihr besorgt die Hand auf die Schulter.

»Karl Rothausen hat sich vor einer Stunde im Präsidium gemeldet«, berichtete Berthold. »Seine Tochter war unerlaubterweise mit seinem Angestellten in München.«

Jessica seufzte. »Mit Simon? Gut, dann ist dem Mädchen wenigstens nichts passiert.«

Kommissar Willig fuhr mit seinem Kollegen und den zwei verhafteten jungen Männern zurück aufs Präsidium. Jessica und Florian warteten auf die Feuerwehr und die Spurensicherung und kamen eine halbe Stunde später auf die Dienststelle nach.

»Meinst du, unser Glück ist irgendwann aufgebraucht?«, fragte Jessica und zwinkerte ihrem Freund zu, der verärgert mit angezogenen Beinen auf dem Beifahrersitz ihres Kleinwagens saß. »Ich meine, wenn du mich nicht gerettet hättest, wäre ich jetzt unter diesem riesigen Aschehaufen begraben«, lachte sie und gab auf der Landstraße Gas. »Vermutlich hätte mich nie jemand gefunden.«

»Das ist nicht witzig«, sagte Florian trocken. »Du hättest nicht alleine zu dem Hof fahren dürfen. Das ist dir hoffentlich klar!«, schimpfte er.

Jessica nickte ergeben. »Ja, du hast recht. Es tut mir leid.«

Eine lange Pause entstand. Florian starrte aus dem Fenster, konnte aber in der Dunkelheit kaum noch etwas sehen außer die Blitze aus den sich entfernenden Gewitterwolken.

»Dein Wagen ist Schrott«, sagte Jessica plötzlich. »Hast du eine Ahnung, wie wir uns ein neues Auto plus die Renovierungen für das Haus leisten können?«

»Ich weiß es nicht.«

*

Nun fügte sich alles wie ein Puzzle zusammen.

Josef Benz verweigerte nach wie vor die Aussage zu allen Vorwürfen, die man ihm und seinem Freund Hendrik machte. Einen Anwalt wollte er nicht.

Hendrik war sofort geständig. Mit den Abgründen, die sich durch seine Aussagen auftaten, hatte Jessica allerdings nicht gerechnet.

Als sie drei Tage später die Befragung von Hendrik Preuß nach über einer Stunde unterbrach, um dem jungen Mann eine Pause zu gönnen, bat sie Florian dazu. Die Brandstiftung hatte Herr Preuß bereits eingeräumt. Auch die Reichsflaggen und die Nazi-Sprüche gingen auf sein Konto, doch Jessica vermutete, dass Preuß damit nur seinem Freund imponieren wollte. Sie attestierte dem jungen Mann keine rechtsradikale Gesinnung, aber ein schwaches Selbstbewusstsein. Josef Benz war eindeutig der dominante Part des Duos und Hendrik von seinem Wohlwollen abhängig.

Das, was Herr Preuß außerdem erzählte, ging auch Florian etwas an.

»Die Beweise, die uns nach DNA-Abgleichen und nach Auswertung Ihrer Fingerabdrücke vorliegen, sind eindeutig«, sagte Jessica, bot Florian einen Platz neben sich an und setzte sich dem Befragten nach der Pause direkt gegenüber. Auch Hendrik Preuß wollte keinen Anwalt, nippte vorsichtig an seinem Glas Wasser und wippte nervös mit dem Bein.

»Wir können nachweisen, dass Sie und Ihr Freund am Tatort waren. Warum haben Sie den Afrikaner Senyo getötet?«

»Das waren wir nicht«, sagte Preuß, stellte sein Glas zurück auf den Tisch und rieb sich die Stirn. »Der ist einfach so umgefallen. Mitten in die Heugabel hinein«, berichtete er flüsternd. »Der Josef hat ihn geschlagen, ja, das schon. Und ich sag noch zu ihm, er soll aufpassen, die verdammte Mistgabel steckt verkehrt herum in dem Heuballen. Welcher Idiot macht denn so etwas?«

»Warum musste Senyo sterben? Wieso habt ihr ihn verprügelt?« Jessica sah den jungen Hofhelfer durchdringend an.

Florian verschränkte die Arme und lehnte sich über den Tisch.

»›Ein dreckiger Nigger vergreift sich nicht an einem weißen Mädchen‹, hat Josef gesagt.« Hendrik sah beschämt zu Boden. »Ich … ich finde, er hat … vielleicht recht.«

»Aha«, sagte Florian. »Aber Senyo hat dem Mädchen nichts getan.«

»Nein, hat er nicht«, bestätigte Preuß. »Mein Freund hat Gesa ein wenig erschreckt, in der Nacht, als sie mit diesem Kerl verabredet war. Das war klug von ihm, denn jeder dachte, dass der Nigger sie belästigt habe. Josef sagt, Gesa sei eine dreckige Nigger-Schlampe. Außerdem war es ein prima Druckmittel, die Schwuchtel vom Hof fernzuhalten.«

»Maximilian Rothausen? Gesas Bruder?«, wollte Jessica wissen. »Sie beide haben also nicht nur etwas gegen Ausländer, sondern auch gegen homosexuelle Menschen? Durfte Rothausens Sohn nicht mehr auf dem Hof sein, weil er auf Männer stand?«

»Das ist doch krank«, schimpfte Hendrik. »Diese verdammte Schwuchtel ist einfach nur ekelig.«

»Mäßigen Sie sich bitte. Das Einzige, was hier ekelig ist, ist Ihre Wortwahl, Herr Preuß.« Jessica sah den jungen Mann so böse an, dass dieser im Stuhl zusammensackte und furchtsam zu der Hauptkommissarin aufsah. »Ich akzeptiere kein menschenverachtendes, herablassendes Gerede. Haben wir uns da verstanden?«

Als Preuß nickte, fragte Jessica nach dem Opfer auf der Kluxhagener Alpe.

»Josef mag keine Schw… ähm … Homosexuellen. Das sei wider die Natur, sagt er. Deshalb wollte er dem Freund eine Lektion erteilen. Und der Idiot stolpert einfach in dieses Loch. So ein Blödmann«, lachte Hendrik und fing sich erneut einen strengen Blick der Hauptkommissarin ein.

»Stolperte? Genau wie Senyo? Viktor Weixler, der Ermordete aus der Klamm, ist bereits vor dem Sturz tot gewesen. Ihr Freund hat ihn getötet«, behauptete Florian. »Haben Sie gesehen, was passiert ist?«

Hendrik schüttelte den Kopf. »Ich war gar nicht oben auf der Alpe. Ich habe im Auto auf dem Parkplatz gewartet. Josef hat mir nur davon berichtet. Hat er ihn wirklich umgebracht?«

»So sieht es aus«, bestätigte Florian und lehnte sich auf dem Stuhl zurück. »Ich glaube, Jessy, dein Fall ist restlos aufgeklärt. Gratuliere.«

Jessica lachte. »Und warum, meinst du, habe ich dich hergebeten? Deinen Fall klären wir jetzt auch noch. Die Spurensicherung hat unter der verkohlten Scheune in dem Kellerverlies, in dem ich steckte, fast alle Wertsachen aus den Einbruchdiebstählen gefunden, die du mit Berthold bearbeitest«, sagte sie triumphierend. »Möchtest du jetzt die Befragung fortsetzen?«

Florians verwirrter Gesichtsausdruck amüsierte sie. Es dauerte ein paar Sekunden, bis er aufstand und durch den Verhörraum wanderte.

»Gut«, sagte er zu Hendrik Preuß, stützte seine Hände auf der Tischplatte ab und sah dem Verdächtigen direkt in die Augen. »Dann sprechen wir mal über das ermordete Ehepaar Michelsbach.«

41

»Aber was hat Oberwachtmeister Glasinger mit der ganzen Sache zu tun?« Berthold sah seinen Vorgesetzten misstrauisch an. »Das ergibt doch gar keinen Sinn.«

Florian Forster hatte seinem Kollegen ausführlich von dem Verhör berichtet. Den beiden jungen Männern konnten sie nun alle ihnen vorgeworfenen Diebstähle lückenlos nachweisen. So wie es aussah, war Hendrik immer nur Mitläufer gewesen. Er hatte seinem Freund Josef Benz bei den Einbrüchen zwar geholfen, aber nie selbst Profit daraus geschlagen. Auch konnte Hendrik Preuß glaubhaft versichern, dass der Hofhelfer Benz das Ehepaar Michelsbach allein getötet hatte. Dennoch würde es schwierig werden, dem Täter ohne ein Geständnis die Morde nachzuweisen, denn DNA-Spuren am Tatort gab es ausschließlich von Matteo Lorenz. Allerdings war es nur eine Frage der Zeit, bis dieser Josef gestand, da war Florian sich sicher.

»Ich habe absolut keine Ahnung, was Thomas mit der Sache zu tun hat«, sagte Florian. »Hendrik Preuß konnte dazu kaum Angaben machen, er war wenig informiert über die Machenschaften. Der Drahtzieher war Benz.«

»Was hat er denn gesagt? Wie haben die beiden es geschafft, Oberwachtmeister Glasinger dazu zu bringen, die vertraulichen Daten weiterzugeben?« Berthold war nach wie vor verwirrt. »Was kann einen Beamten dazu veranlassen, kriminell zu werden?«

»Bestimmt so einiges«, lachte Florian, sah Bertholds entsetztes Gesicht und winkte ab. »Das war ein Scherz«, sagte er schnell, obwohl er wusste, dass er selbst schon mehrmals in Versuchung geraten war, das Gesetz zu brechen. Manchmal steht man ganz kurz davor, besinnt sich aber gerade noch rechtzeitig eines Besseren. Sollte es einmal wirklich nötig sein, würde er, ohne zu zögern, vergessen, dass er eine Dienstmarke trug und Recht und Ordnung verpflichtet war. Er schüttelte die Gedanken ab und antwortete Berthold: »Preuß sagt, dass Benz den Glasinger mit irgendeiner Information in der Hand hat, dass Thomas erpressbar war. Doch näher ausführen konnte er das nicht. Der Junge hat keine Ahnung von der ganzen Sache. Leider.«

Berthold nickte. »Wir müssen Glasinger finden. Seine Erpresser sind in Haft, vielleicht redet er jetzt.«

»Wir suchen seit über zwei Wochen nach Thomas und haben nicht die geringste Ahnung, wo er sich aufhält«, sagte Florian. »Wenn er nicht freiwillig zurückkommt, befürchte ich, werden wir das Geheimnis niemals lüften.«

*

Die Staatsanwaltschaft bestand auf eine adäquate Aussage von Josef Benz zu allen Tatvorwürfen, damit die Anklageschriften gegen die zwei Hofhelfer von Karl Rothausen unanfechtbar waren. Die beiden sollten sich einer Verurteilung zu vielen Jahren Gefängnis nicht entziehen können. Die bisher ermittelten Indizien speziell zum Mordfall Michelsbach reichten nicht aus, um einen Gerichtsprozess sicher zu gewinnen. Der Tod von Senyo war den Ermittlungsergebnissen nach nur ein tragischer Unfall.

Doch das von der Staatsanwaltschaft geforderte Geständnis war unmöglich aus dem Verdächtigen herauszubekommen. Jedenfalls nicht mit rechtlich korrekten Mitteln.

Hauptkommissar Forster verließ den Verhörraum, schloss die Tür und lehnte sich seufzend mit dem Rücken an die Wand gegenüber. Als er sich gefasst hatte, straffte er die Schultern und stieß sich von der Wand ab. Sein Weg führte ihn zur kleinen Personalküche.

»Und?«, wollte Jessica wissen, die zusammen mit ihrem Kollegen Kern an dem einzigen Bistrotisch stand und einen Kakao trank. »Redet er endlich?«

Florian Forster schüttelte missmutig den Kopf, nahm sich eine Tasse aus dem Schrank und goss sich einen Kaffee ein. Dann stellte er sich neben Jessica und nickte Kern zu.

»Ich habe die erlaubte Verhörzeit schon weit überzogen«, gab Florian zu. »Ein so erzwungenes Geständnis wäre eh schon grenzwertig.«

»Oh, hier ist sie!« Berthold Willig betrat die Küche und wies mit der Hand auf Jessica. »Frau Grothe«, sagte er förmlich, »Besuch für Sie.«

Jessica drehte sich genau in dem Moment um, als der Landwirt Karl Rothausen die Personalküche betrat. »Sie habe ich nicht erwartet«, sagte die Hauptkommissarin überrascht. »Wie kann ich Ihnen behilflich sein?«

Rothausen nahm den Kaffeebecher entgegen, den Florian Forster ihm reichte, stellte sich zu den Beamten und lächelte freundlich. »Ich möchte mich bei Ihnen bedanken. Bei Ihnen beiden.« Er nickte Hauptkommissar Forster kurz zu. »Mein Sohn ist von den Vorwürfen des Mordes an Viktor Weixler rehabilitiert und endlich aus dem Gefängnis.«

Als Jessica großmütig abwinken und erklären wollte, dass ein Dank nicht nötig war, hob der Landwirt die Hand und ließ die Hauptkommissarin nicht zu Wort kommen. »Ich bin noch nicht fertig, Frau Grothe«, fuhr er fort, nippte an seiner Tasse und räusperte sich. »Außerdem möchte ich mich entschuldigen. Im Namen meines Sohnes.«

»Warum?« Ihre Verwunderung war nicht gespielt. Es gab keinen Grund, sich zu entschuldigen. Maximilian Rothausen hatte ihr nie etwas getan.

»Der Junge hat Sie mit seinem falschen Geständnis ganz schön in Schwierigkeiten gebracht. Max wusste, wer für den Überfall an Gesa verantwortlich war. Meine kriminellen Angestellten haben ihn mit der Drohung erpresst, Gesa oder Rosa wehzutun. Mein Sohn hatte nach dem Mord an seinem Freund Todesängste um seine Schwestern. Doch er hätte nicht schweigen dürfen. Ich habe meine Kinder zur Ehrlichkeit erzogen. Sein Schweigen und sein falsches Geständnis waren alles andere als ehrlich.«

»Aber nachvollziehbar«, entschied Jessica. »Jeder hätte gehandelt wie Ihr Sohn.«

Karl Rothausen rümpfte die Nase. Er war anderer Meinung. Nun wandte er sich an Hauptkommissar Forster. »Ich habe eben mitbekommen, dass Josef nicht redet. Sie müssen ihn viel härter rannehmen. Vor mir hat er immer Respekt gehabt! Lassen Sie mich mit ihm sprechen. Ich habe wegen Gesa ohnehin noch ein Hühnchen mit ihm zu rupfen.«

»Herrn Benz droht eine lebenslange Gefängnisstrafe. Er wird so lange alles leugnen, bis ich ihm die Taten unwiderrufbar nachweisen kann.« Florian sah den Landwirt ernst an. »Sie können selbstverständlich nicht mit ihm reden!«

»Kann ich dann wenigstens zusehen?«, fragte Rothausen vorsichtig. »Es gibt bestimmt so einen Spiegel, durch den man hindurchsehen kann, oder? Wie in den Krimis im Fernsehen.«

»Auch das ist Ihnen nicht erlaubt, Herr Rothausen«, erklärte Florian Forster geduldig und wollte sich verabschieden. Josefs Pause war lang genug gewesen. Das Verhör konnte weitergehen.

»Kleiner Tipp noch, Herr Hauptkommissar«, sagte Rothausen und zwinkerte ihm zu. »Packen Sie ihn bei seinem Lieblingsthema – dem Hof, den er nie besessen hat.«

»Die alte Ruine?«, fragte Florian. »Selbst wenn Herr Benz sich hier herauswinden kann – laut unseren Informationen hat er nicht genug Kapital, um an der Versteigerung nächste Woche teilzunehmen. Der Hof ist für ihn verloren.«

»Das stimmt, aber aus einem anderen Grund. Die Versteigerung findet nicht mehr statt. Ich habe der Bank heute ein gutes Angebot gemacht, das sie nicht ablehnen konnte«, triumphierte Rothausen. »Josef weiß das noch nicht.«

Florian nickte und verließ die Küche.

Auf dem Weg zum Verhörzimmer dachte er angestrengt nach. Als er die Tür zu dem Raum öffnete, in dem der Verdächtige saß, lächelte er zufrieden. Bevor er sie hinter sich schloss, steckte er noch einmal den Kopf in den menschenleeren Flur und sagte so laut, dass Benz es hören konnte: »Gern, Herr Rothausen. Gehen Sie durch die nächste Tür, dann können Sie das Verhör beobachten.«

Er wandte sich zu dem jungen Mann, der ihn voller Argwohn anstarrte.

»Ihr Freund hat Sie schwer belastet, Herr Benz. Wenn von Ihnen nun nichts Brauchbares kommt, geht die Staatsanwaltschaft davon aus, dass Sie alles alleine geplant und durchgeführt haben.«

»Ich habe gar nichts gemacht«, sagte der Verdächtige und grinste überheblich. Doch als Florian sich zu dem Spiegel in seinem Rücken umdrehte und dem imaginären Zuschauer zunickte, zog Benz fast unmerklich seinen Kopf ein und wurde ganz still.

»Wir haben einen DNA-Nachweis von Ihnen am Tatort gefunden. Es ist eindeutig, dass –«

»Das sagten Sie bereits, Herr Hauptkommissar«, unterbrach ihn Josef Benz. »Und ich habe Ihnen geantwortet, dass die rote Kappe mir vor Wochen gestohlen worden ist. Die kann also jeder dort platziert haben.«

»Wo platziert?«

»Keine Ahnung. Das haben Sie noch nicht erwähnt, Herr Hauptkommissar.«

Der Stallbursche war nicht dumm. Rothausen hatte vermutlich recht. Man musste ihn bei seiner Ehre packen.

»Ihr Freund wird spätestens morgen das Gefängnis verlassen dürfen«, log Florian Forster und blätterte geschäftig in seinen Akten. »Er ist geständig, war an keinem Tatort dabei und belastet Sie schwer. Als Kronzeuge vor Gericht wird er vermutlich straffrei oder mit einer Bewährungsstrafe davonkommen.«

Josef grinste breit. »Und?«

»Wir haben ermittelt, dass die abgebrannte Scheune und das Bauernhaus einmal Ihrer Familie gehörten. Warum haben Sie es angezündet?«

»Das habe ich doch gar nicht.«

»Ihr Freund behauptet aber –«

Wieder wurde Florian vom Befragten rüde unterbrochen. »Der irrt sich. Der ist nicht ganz helle. Dem fehlt etwas im Oberstübchen. Wir haben nur gesehen, dass die Scheune brannte. Dann sind wir schnell losgefahren, um die Feuerwehr zu rufen. Das Auto Ihrer Kollegin stand offen herum, der Zündschlüssel steckte. Ich hatte mein Handy nicht dabei.« Sein süffisantes Lächeln verriet, dass er genau wusste, was er tat. Wenn er mit dieser Masche weitermachte, war es schwer, ihn zu verurteilen.

»Ich weiß«, sagte der Hauptkommissar dem Hofhelfer auf den Kopf zu, »dass Sie von der Bank die Daten zur Versteigerung angefordert haben. Wir haben die Unterlagen in Ihrem Zimmer auf dem Hof von Karl Rothausen gefunden. Woher wollten Sie das Geld für den Rückkauf des Hofes nehmen? Haben Sie bei Rothausen so gut verdient? Oder haben Sie die Beute aus den Diebstählen vertickt? Wie viel ist dabei herausgekommen?«

Der Beschuldigte konnte sich ein schiefes Lächeln nicht verkneifen. »Sie haben die Beute aus den Diebstählen noch nicht gefunden?«, fragte Benz triumphierend. »Warum sitze ich dann hier? Sie können mir gar nichts. Ich habe nichts getan.«

»Ich kann Ihnen wohl was.« Hauptkommissar Forster erhob sich und ging im Zimmer auf und ab. Er würdigte den Verdächtigen keines Blickes mehr, sondern schaute regelmäßig in den Spiegel, hinter dem, wie er wusste, nur sein Kollege Berthold Willig saß. »Ich kann Ihnen den Überfall auf Gesa nachweisen. Wir haben Spuren an ihrer Kleidung sicherstellen können«, log der Hauptkommissar. »Außerdem gibt es die Übereinstimmungen mit der roten Kappe, den Fußabdruck auf der Fensterbank und einen Zeugen, der den Mord an Rudolf und Christine Michelsbach beobachtet hat. Ihr Sohn hat erst kürzlich eine Aussage gemacht und Sie auf einem Foto identifiziert.«

»Der Spasti? Das glaube ich nicht«, rief Josef Benz herablassend und schlug sich erschrocken die Hand auf den Mund.

»Ach, Sie kennen den Sohn des Ehepaares Michelsbach?«

Jetzt hatte er ihn.

Endlich.

42

Es war kühl geworden, doch der Herbst im Allgäu zeigte sich in diesem Jahr von seiner besten Seite. Die wenigen Wolken am hellblauen Himmel trübten die Stimmung kaum, denn die Sonne schien seit Tagen, die Blätter der Bäume verfärbten sich langsam rot, gelb und braun und rieselten vereinzelt bedächtig zu Boden. Der erste Nachtfrost würde die meisten der Bäume schlagartig kahl werden lassen, doch jetzt waren sie noch voll buntem Laub.

Der Hofplatz vor dem Wohnhaus der Mühlbrunners war hübsch herausgeputzt und geschmückt mit farbigen Lampions, schillernden Girlanden und hübschen Blumengestecken. Die Tische, die im ganzen Hof verteilt herumstanden, waren üppig beladen mit allerlei Leckereien. Ein bärtiger, dicker Mann in Allgäuer Tracht saß neben der Haustür auf einem Stuhl und spielte Akkordeon.

»Herr Forster, Frau Grothe«, grüßte der breit lächelnde Hofbesitzer. »Ich freue mich sehr, dass Sie meine Einladung angenommen haben. Herzlich willkommen zu unserem Hoffest. Und wer sind diese beiden Racker?«

»Das sind meine Tochter Svenja und mein Sohn Tobias«, stellte Florian die beiden Kinder vor. »Vielen Dank für die Einladung.«

»Oh, die beiden entführe ich Ihnen gleich.« Mühlbrunners Tochter Wilma drängte sich lachend an ihrem

Vater vorbei und kniete sich zu den Kindern hinunter. »Mögt ihr das neugeborene Ponyfohlen sehen? Darf ich die beiden mitnehmen?« Sie sah fragend zu Jessica Grothe auf. Als diese nickte, reichte Wilma Tobias die Hand, der sie strahlend nahm. Beide Kinder folgten der jungen Frau in den Stall.

»War das das hässliche Entlein?«, flüsterte Florian hinter vorgehaltener Hand seiner Freundin zu.

Jessica ignorierte seine Frage und deutete auf eine Gruppe von Menschen am anderen Ende der aufgestellten Tische. »Schau mal. Rothausen und seine komplette Familie sind auch hier.«

»Ja«, strahlte Mühlbrunner, der immer noch bei ihnen stand. »Das habe ich Ihnen zu verdanken, Frau Grothe.«

»Hat Maximilian Rothausen einen neuen Freund?« Jessica war der junge Mann neben Rothausens Sohn aufgefallen, der inmitten des Kreises der Familie stand. »Die zwei sind ein schönes Paar.«

»Nein, nein. Soviel ich weiß, ist das der Freund von Laura, der Nichte von Rothausen«, erklärte Michael Mühlbrunner, beugte sich zu der Hauptkommissarin hinüber und sah sie schmunzelnd an. »Reden Sie hier nur nicht so laut über homosexuelle Männer«, beschwor er sie. »Es gibt unter den Besuchern Menschen, die können damit überhaupt nicht umgehen.« Er sah sich verstohlen um, rief laut nach Karl Rothausen, der herübersah, freudig winkte und sich aufmachte, zu ihnen zu kommen.

Als er neben Michael Mühlbrunner stand, legte er den Arm um dessen Schulter und lächelte. »Frau Grothe«, sagte er. »Ich weiß, wir beide hatten keinen guten Start, und ich gebe zu, dass Sie mich mehr als einmal ordentlich genervt haben. Ich hätte Sie am liebsten zum Teufel gejagt.« Er entließ Mühlbrunner aus seiner Umarmung und streckte der Hauptkommissarin seine Hand entgegen. »Danke. Denn trotz allem haben Sie mein Leben entschieden leichter gemacht.«

Noch bevor Jessica die Hand von Rothausen nahm, fügte Mühlbrunner hinzu: »Und meins auch. Deshalb möchten wir beide uns bei Ihnen bedanken.« Der Hofbesitzer zog einen Umschlag hinter seinem Rücken hervor und hielt ihn der Hauptkommissarin entgegen.

»Oh nein«, winkte diese ab. »Ich darf und ich werde nichts annehmen. Vielen Dank. Ich habe nur meinen Job gemacht.« Demonstrativ verschränkte sie die Arme vor der Brust. »Als Polizeibeamtin darf ich keine Geschenke annehmen. Diese werden als Bestechung ausgelegt.«

Rothausen lachte schallend und griff nach dem Umschlag. »Ich verstehe. Wir wollten Ihnen beiden nur ein verlängertes Wochenende auf der Alpe von Georg Bruchstein spendieren. Er vermietet die Hütte im Herbst und im Winter manchmal an gute Bekannte. Er könnte das Geld gut gebrauchen.«

»Einverstanden«, meldete sich Florian zu Wort und schnappte sich den Umschlag. »Aber ich bezahle. Geht es nächstes Wochenende?«

»Unsere Väter haben ihren Streit endlich beigelegt und das Kriegsbeil begraben«, berichtete Wilma Mühlbrunner zufrieden. Sie saß neben Maximilian Rothausen an einem der Tische und hatte sich angeregt mit ihm unterhalten, als Jessica sich ungefragt zu ihnen gesetzt hatte.

»Und ja, Sie wissen es inzwischen, der Max und ich sind natürlich kein Paar. Entschuldigen Sie meine Lüge, Frau Hauptkommissarin.«

Jessica winkte ab, wollte allerdings den Grund für den kleinen Schwindel erfahren.

»Max und ich sind gute Freunde geworden«, erklärte Wilma und griff instinktiv nach seiner Hand.

»Wilma wollte mich nur schützen«, sagte Maximilian und drückte die Hand seiner Freundin. »Schwule Männer sind nicht sonderlich beliebt hier. Man geht damit nicht ohne Weiteres hausieren.«

Obwohl Jessica Grothe nicht dieser Meinung war, nickte sie verständnisvoll. »Gibt es nun auch keine Differenzen mehr wegen der Nachkommen von Henriette?«, wollte sie wissen. Sie verstand immer noch nicht, warum Josef und Hendrik das Kalb entführt hatten. Alle anderen ihrer vielen Straftaten ließen sich erklären, beruhten auf Fremdenhass, Homophobie oder dem Wunsch, sich zu bereichern. Doch das gestohlene Kalb passte zu keiner dieser Intentionen.

»Das Kalb gehört jetzt Maximilian.« Wilma klang zufrieden und lächelte. »Papa und Herr Rothausen haben sich gemeinsam darauf geeinigt, denn der Max bekommt den alten Hof im Unterallgäu. Den mit der abgebrannten Scheune und dem …«

»Ich werde dort einen Biohof betreiben«, fuhr Maximilian aufgeregt dazwischen. »Michael, Wilmas Vater, bekommt biologisch produziertes Viehfutter zum Vorteilspreis und verzichtet dafür auf seinen Anspruch auf das Kalb. Der Hof hat so lange brachgelegen, da wird es ein Leichtes sein, die Bedingungen für einen Biohof zu erfüllen. Anfangs muss ich mich mit Getreide und Viehfutterproduktion begnügen, aber in ein paar Jahren sollen Tiere dazukommen.« Maximilian strahlte vor Zufriedenheit. »Mein Vater wollte zwar wegen des Kalbes von Henriette noch verhandeln, denn er fühlt sich nach wie vor im Recht. Doch er hat eingesehen, dass das Feuer auf dem Hof ein einziger Glücksfall für ihn war. Er hat den Grund dadurch noch billiger erhalten, als er es bei einer Zwangsversteigerung erreicht hätte. Alle haben profitiert. Ich habe den Hof bekommen, und meine Schwestern erben einmal Vaters Hof«, schloss der stolze neue Landwirt und legte seinen Arm um Wilmas Schultern. »Ich glaube, er hofft, dass eine der beiden Simon heiraten wird. Simon ist der Sohn, den er immer wollte«, fügte Maximilian lachend und ohne Verbitterung hinzu.

Etwas abseits hinter dem mächtigen Stamm eines alten Kastanienbaumes stand ein Mann, der mit den Umständen alles andere als zufrieden war. Die niedergebrannte Scheune hatte er zuerst für einen Vorteil gehalten. Doch nun war es ein einziges Desaster.

Eine Katastrophe.

Ein Zustand, den man nicht tolerieren konnte, wenn man nur einen Hauch deutschen Stolzes in sich trug.

Und wer war schuld an der ganzen Sache?

Der verdammte Rechtsstaat, der kriminelle Ausländer und Schwuchteln tolerierte. Sein eigenes Kind war ihm nicht auf dem rechten Weg gefolgt, und das machte ihn unendlich wütend. Aber der Staat würde ihn nicht kleinkriegen. So verzweifelt war er nicht.

Die zwei Hauptkommissare, die er von Anfang an nicht ausstehen konnte, hatten sein Leben zerstört.

Er musste sie bestrafen. Und wenn es das Letzte war, das er tat.

43

»Gut, dass wir nur drei Nächte dort oben bleiben. Mehr Gepäck hätten wir in deinem Auto nicht unterbekommen«, spottete Florian, legte sich den Gurt der Umhängetasche über die Schulter und schlug die Kofferraumklappe zu. »Wir brauchen schnellstmöglich wieder ein vernünftiges Auto.« Vor zwei Tagen war er bei der Bank gewesen. Dem Zuschuss zum Kauf der kleinen Eigentumswohnung für seine Mutter stand nichts im Weg, aber ein zusätzlicher Kleinkredit für ein Auto oder für die Sanierung der Heizungsanlage im alten Stadthaus war nicht mehr drin.

»Du wirst dich mit dem Wagen begnügen müssen, bis wir im Lotto gewinnen«, zog Jessica ihren Freund auf und schnürte sich den Rucksack mit den Lebensmitteln auf den Rücken. Georg Bruchstein hatte zugesagt, dass Getränke wie Bier, Limonade und Kaffee im Mietpreis enthalten waren, ebenso Bettwäsche und Handtücher. Jessica war froh, dadurch nicht allzu viel Gewicht den Berg hinaufschleppen zu müssen. »Wenn man sich ein wenig einschränkt, reicht mein Kleinwagen für uns vier vollkommen aus. Und zur Arbeit kannst du zur Not mit dem Fahrrad fahren. Oder Götze stellt dir einen Dienstwagen zur Verfügung.«

Florian verzog das Gesicht, sagte aber nichts. Er hatte dieses verlängerte Wochenende mit Jessica geplant, um ihr endlich einen Heiratsantrag zu machen. Der Ring steckte in seiner Hosentasche. Dieses Mal würde nichts dazwischenkommen. Wenn sie Ja gesagt hatte, konnte er sich um all die anderen Probleme kümmern. Nicht jetzt. Nicht an diesem Wochenende.

Für Jessica dagegen hatten sich alle Sorgen nach einem Gespräch mit ihrem Vater vor ein paar Tagen in Luft aufgelöst. Sie wartete gespannt darauf, dass Florian den lang ersehnten Heiratsantrag endlich über seine Lippen brachte. Dann konnte sie ihm von dem Baby erzählen. Und ihm anschließend die Angst vor den finanziellen Herausforderungen nehmen. Vorausgesetzt, er hatte nichts gegen den Vorschlag ihres Vaters einzuwenden.

Die Sonne stand bereits sehr tief. Das Tal unter ihnen lag größtenteils im Schatten, doch hier am Berghang und oben auf der Alpe zeigte der warme Herbstnachmittag sich von seiner besten Seite. Zwei Adler kreisten am wolkenlosen Himmel, und über die sattgrünen Wiesen links und rechts vom Weg sprangen ein paar Feldhasen.

Der Aufstieg zur Alpe dauerte vom Parkplatz aus ungefähr eine halbe Stunde. Da es nicht mehr allzu warm war und ein frischer Wind wehte, hielten sich die Strapazen in Grenzen, obwohl der Rucksack auf Jessicas Schultern langsam schwer wurde.

»Ich weiß, wir wollten an diesem Wochenende nicht über die Arbeit sprechen«, sagte Jessica und schob ihre Daumen unter den Riemen des Rucksacks. »Aber ich denke seit Tagen darüber nach, wie Maximilian Rothausen von der angeblichen Bedrohung seiner Schwester erfahren haben will. Er hat nachweislich keine Anrufe bekommen im Gefängnis. Von den Handys der zwei Hofhelfer Hendrik und Josef wurde auch nicht in der JVA angerufen. Außerdem haben die beiden keine Verbindung zu einem anderen Häftling, der Maximilian eine solche Nachricht hätte überbringen können.«

»Das weiß ich auch nicht.« Florians Gesichtsausdruck verriet, dass ihm ein Gespräch über den abgeschlossenen Fall gar nicht recht war. Er wollte ein paar Tage nicht an die Arbeit denken.

Jessicas Telefon kündigte eine Nachricht an.

Florian wurde ungehalten. »Wir hatten doch abgemacht, unsere Handys an diesem Wochenende auszuschalten«, brummte er ärgerlich. »Meins liegt im Auto.«

Jessica seufzte. »Auf der Alpe ist sowieso kein Empfang. Ich dachte, es wäre okay, wenn ich es mitnehme. Für den Notfall.«

»Klar«, sagte Florian sarkastisch. »Falls uns eine versehentlich zurückgelassene Kuh angreift. Oder ein Berggnom oder ein tollwütiger Bär«, zählte er auf und überholte seine Freundin. »Komm endlich. Sonst sind wir nicht oben, bevor es dunkel wird.«

Doch Jessica blieb abrupt stehen. »Gibt es wirklich Bären dort oben?«, wollte sie wissen und sah sich sorgenvoll um. »Ich habe keine Angst vor Kühen, aber Bären sind bestimmt gefährlich.«

Florian ließ lachend die Umhängetasche von seiner Schulter gleiten und ins Gras fallen. Er ging zu seiner Freundin und nahm sie in den Arm. »Keine Angst. Wir werden die Hütte sowieso drei Tage lang nicht verlassen. Das verspreche ich dir. Und sollte doch ein Bär anklopfen oder eine Kuh – die können nämlich auch gefährlich sein –, werde ich dich bis aufs Blut verteidigen, Frau meines Lebens!« Er gab ihr einen Kuss. »Wer hat denn nun geschrieben?«

Die Nachricht auf Jessicas Smartphone war von Berthold. Er bat dringend um Rückruf, entschuldigte sich mehrmals für die unpassende Störung, erwähnte die Dringlichkeit, ließ aber offen, worum es ging.

Florian, der Jessica über die Schulter geschaut hatte, fluchte leise. »Gib her. Ich gehe ein paar Meter zurück und kontaktiere Berthold. Danach schalte ich das verdammte Ding aus«, schlug er vor. »Geh du schon zur Hütte. Bruchstein sagte, der Schlüssel hängt innen über der Stalltür an einem kleinen Haken.«

Die letzten 200 Meter zur Hütte waren sehr steil. Völlig außer Atem kam Jessica genau in dem Moment an, als die Sonne in leuchtendem Rot und Gelb gerade noch über den Gipfeln der Berge auf der anderen Seite des Tales zu sehen war. Es wirkte, als würden die Berge glühen.

Hier oben war es merklich kühler als auf dem Parkplatz, doch ihre Jacke steckte im Rucksack, und für die 30 Meter bis zur Alphütte lohnte es sich nicht, sie herauszunehmen. Ein Blick zurück verriet ihr, dass Florian noch nicht zu sehen war. Das Gespräch mit Berthold schien länger zu dauern. Gut so. Sie wollte in der Hütte für das gemeinsame Abendessen alles vorbereiten, bevor er eintraf. Dann endlich konnte der Urlaub beginnen.

Als sie das kleine Häuschen erreichte, bemerkte sie sofort die weit geöffnete Tür. Auf dem Tisch im Inneren der Hütte stand eine Kaffeetasse neben einer benutzten Müslischüssel. Draußen vor dem Stall hatte jemand einen voll beladenen Bollerwagen abgestellt, auf dem ein großes Tablett mit Wurst und Käse, Weintrauben und Melonenscheiben nebst einer Flasche Champagner, zwei Flaschen Bier, Milch und frischem Brot stand. An dem Wagen hing ein Zettel. »Als kleines Dankeschön den zwei Hauptkommissaren.«

»Herr Bruchstein?«, rief Jessica durch die geöffnete Tür und schob diese vorsichtig auf. »Sind Sie noch hier?«

Niemand gab eine Antwort, doch jemand war hier gewesen und hatte auch das Bett benutzt. Dreckiges Geschirr stand auf der Ablage neben der Spüle.

»Hallo? Ist jemand hier?«

Als es hinter ihr wütend brummte, fuhr Jessica erschrocken herum.

44

»Und er ist sich absolut sicher?«, wollte Florian wissen. »Es gibt keinen Zweifel?«

In der Ferne sah er bereits den Parkplatz, auf dem nur noch Jessicas Auto stand. Der Handyempfang war hier am Berghang sehr schlecht. Als er vor ein paar Minuten endlich eine Verbindung zum Präsidium herstellen konnte, war er schon ein ganzes Stück Richtung Tal gelaufen. Aber erst jetzt, etwa 100 Meter weiter, verstand er Berthold endlich klar und deutlich. Jessica war inzwischen vermutlich an der Hütte angekommen. Er konnte sie von hier aus nicht mehr sehen.

»Bruchstein hat ihn auf einem Foto identifiziert«, wiederholte Berthold seinen Bericht. »Ich hatte da so eine Ahnung, weil wir das Handy wochenlang nicht orten konnten.«

»Und es ist wirklich Thomas Glasinger?« Florian konnte es nicht glauben. Hielt der geflüchtete Kollege sich tatsächlich auf der Alpe auf?

»Ja, Bruchstein ist sich sicher, trotz des Bartes und der dreckigen Kleidung, die Glasinger trägt. Frau Glasinger war übrigens heute auch auf dem Präsidium«, fügte Berthold hinzu. Die Ereignisse hatten sich heute Nachmittag überschlagen, und er war froh, alle Informationen noch vor dem Wochenende loszuwerden.

»Isolde Glasinger war auf dem Revier?«

»Nein, nicht die Mutter. Sylvia, die Ehefrau«, erklärte Kommissar Willig. »Sie hat auf eigene Faust ein paar Nachforschungen bei der Versicherungsgesellschaft angestellt, die vor einem Jahr die Lebensversicherung von Glasingers Vater abgewickelt hat.«

»Spann mich nicht länger auf die Folter, Berthold. Ich möchte endlich zu Jessica.« Die Information zum Aufenthaltsort seines Kollegen Glasinger verwunderte Florian zwar, doch machte er sich um Jessica keine Sorgen. Der geflüchtete Beamte war ein friedlicher Mensch und gut mit Jessica und ihm befreundet. Er würde ihr nichts tun. Vermutlich war er bereits wieder auf der Flucht.

»Du wirst es nicht glauben, Chef.« Berthold klang aufgeregt. »Der Autounfall von Herrn Glasinger senior … Erinnerst du dich an das aufgestellte Kreuz bei dem Abbieger zum verlassenen Bauernhof? Dort ist der alte Glasinger gegen einen Baum gefahren und war sofort tot.«

»Oh, ehrlich? Was für ein Zufall!« Florian, der die ganze Zeit über auf und ab gegangen war, blieb nun stehen und stellte das Gespräch auf laut. »Jetzt erzähl mir nur noch, dass Glasinger etwas mit der Bauernhofruine zu tun hat, und ich falle gänzlich vom Glauben ab«, lachte der Hauptkommissar kopfschüttelnd.

Berthold war verstummt.

»Hey, Berthold. Bist du noch dran?«

»Ja, Chef. Es gibt einen Zeugen, der den Unfall zufällig beobachtet hat«, sagte der Kommissar zögernd. Weil sein Vorgesetzter nichts erwiderte, fuhr er fort, ausführlich zu berichten. »Die Versicherung ging ursprünglich von Selbstmord aus, da keine Bremsspuren auf der Fahrbahn waren. Der besagte Zeuge hat dem Polizeibericht zufolge ausgesagt, das Auto sei mit purer Absicht in den Baum gefahren. Später hat er seine Aussage widerrufen und behauptet, ein Wildschwein habe die Landstraße gequert und der Fahrer des Fahrzeugs sei spontan ausgewichen. Das war der Grund, warum die Versicherung überhaupt gezahlt hat. Bei Selbstmord ist sie nämlich nicht regresspflichtig.«

»Verstehe. Und jetzt vermutest du, dass die Wildschweintheorie falsch ist und das Geld aus der Lebensversicherung erschlichen wurde«, riet Florian Forster. »Denkst du, Thomas Glasinger hat das arrangiert?«

»Nein«, sagte Berthold. »Sylvia Glasinger ist überzeugt, dass ihre Schwiegermutter mit dem Zeugen einen Deal gemacht hat. Sie wollte das Geld aus der Versicherung, weil sie angeblich bettelarm ist und einen Berg Schulden hat, was nachweislich nicht stimmt.«

»Wer ist dieser ominöse Zeuge?«

»Du wirst es nicht glauben, Chef«, wiederholte Berthold. »Der Zeuge, der den Unfall beziehungsweise Selbstmord beobachtet hat, ist Josef Benz, der Stallbursche vom Landwirt Rothausen.«

45

»Oh Gott.« Jessica starrte wie gebannt auf den Lauf eines Jagdgewehres, dann in das Gesicht des Mannes, der mit der Waffe direkt auf ihren Brustkorb zielte – keine zwei Meter von ihr entfernt.

»Mit mir hat hier wohl keiner gerechnet«, sagte der Mann und sah sie dabei so bitterböse an, dass Jessica sicher war, er würde abdrücken, wenn sie nicht tat, was er von ihr verlangte.

»Ich verstehe das nicht«, stammelte sie, sah ihn verzweifelt an und schüttelte kaum merklich den Kopf. »Warum?«

»Ihr beide habt alles kaputt gemacht«, sagte er monoton. »Wo ist dein Mann?« Sein Blick wanderte kurz über die Wiesen in seinem Rücken. »Ist er in der Hütte?«

Jessica gab keine Antwort, machte zaghaft ein paar Schritte zurück und tastete mit der Hand nach dem Türrahmen. Wenn es ihr gelang, in die Alphütte zu kommen und die Tür zuzuschlagen, wäre sie zumindest kurzzeitig sicher. Der Rucksack auf ihrem Rücken stieß gegen die alten Holzschindeln. Die Tür war etwas weiter links.

Doch was war dann mit Florian? Er würde geradewegs und völlig ungeschützt in die nächste Kugel rennen, die den Gewehrlauf verließ. Auf dem schmalen Trampelpfad zwischen den Wiesen wäre er schon von Weitem zu sehen und gab eine perfekte Zielscheibe ab.

»Stehen bleiben!« Er kam auf sie zu und presste die Spitze des Gewehres direkt auf ihr Brustbein. »Wir gehen da rüber«, befahl er und wies mit einem Ruck seines Kopfes in Richtung Zaun. »Weißt du, was hinter dem Holzzaun ist?«

Wieder blieb sie stumm, setzte sich aber in Bewegung.

»Dahinter ist die Klux-Klamm«, plapperte ihr Peiniger belanglos vor sich hin, zielte mit dem Gewehr auf den Hinterkopf der Hauptkommissarin und ging langsam hinter ihr her. Weit und breit war niemand zu sehen. »Aber den Namen der Klamm kennst du ja. Du warst die ermittelnde Beamtin in dem Mordfall!«

Vor der hüfthohen Absperrung blieb Jessica stehen und drehte sich langsam um. Wie tief die Felsspalte an dieser Stelle war, konnte man nicht einmal erahnen, denn der Boden tat sich erst über einen Meter hinter dem Zaun auf und es war unmöglich, von hier aus den Grund zu sehen. Noch dazu dämmerte es bereits. Das Tal unter ihnen lag schon in absoluter Dunkelheit.

Jessica wusste, dass an dieser Stelle die gespaltene Felswand über zehn Meter in die Tiefe abfiel. Einen Sturz konnte sie schon deshalb kaum überleben, weil scharfkantige Vorsprünge und spitze Felsnadeln am Boden ihren Körper und ihre Haut dermaßen aufreißen würden, dass sie elendig verbluten müsste – von den Knochenbrüchen ganz abgesehen.

»Niemand wird glauben, dass ich abgestürzt bin. Der Zaun ist hier so hoch, da fällt man nicht einfach drüber«, behauptete sie und dachte angestrengt nach, was sie als Nächstes tun konnte. Wo blieb Florian? Gemeinsam hatten sie vielleicht eine Chance. Sie musste Zeit gewinnen.

»Das Problem können wir lösen.« Er wies Jessica an, beiseitezugehen, indem er sie grob mit dem Gewehrlauf schubste, und trat beherzt mit dem schweren Stiefel gegen das Brett der Absperrung. Das Holz brach krachend entzwei, die Nägel der zerstörten Bretterteile lösten sich aus den Pfosten, die kaputten Reste des Zaunes flogen in hohem Bogen in die Klamm und zerschellten an der gegenüberliegenden Felswand. »Jetzt geht es besser, oder?«, lachte er, sah sie streng an und stupste mit dem Gewehrlauf gegen ihren Arm. »Springst du freiwillig?«

Sie würde nichts dergleichen tun. Stattdessen versuchte sie, den Rucksack loszuwerden, der, sollte sie fliehen müssen, ihr sicher das Laufen erschwerte.

»Nein, nein«, sagte der Mann leise. »Das Ding bleibt auf dem Rücken.« Der Gewehrlauf zielte direkt auf ihr Gesicht, und er schmunzelte, als er die Angst in ihren Augen sah. »Ich weiß«, sagte er beschwichtigend. »Das denkt niemand von mir, aber so bin ich nun einmal. Probleme habe ich schon immer auf meine Art gelöst. Jetzt spring!«

Sie atmete hektisch und trat vorsichtig einen Schritt zurück. Hinter ihr – keinen halben Meter entfernt – öffnete sich die tödliche Schlucht. »Ich möchte nur wissen, warum? Ich verstehe nicht, wieso ich sterben soll«, versuchte sie erneut, Zeit zu gewinnen. Von hier aus konnte sie die halbe Länge des Weges ins Tal hinunterschauen, sah sogar die große Reisetasche, die auf dem Pfad lag. Danach verschwand der Weg in der Finsternis. Von Florian fehlte jede Spur. »Ging es nur um Geld?«, fragte Jessica. Sie musste ihn in ein Gespräch verwickeln. Dabei war es egal, was sie fragte. Hauptsache, sie konnte ihn zu einer Antwort provozieren. »Ging es um persönliche Bereicherung?«

»Geld«, spuckte er verächtlich aus. »Das Feuer auf dem Ferstl-Hof habe ich in Auftrag gegeben, um den Besitz günstig ersteigern zu können. Doch dann kam alles anders. Maximilian ist es nicht wert. Er ist …«

»Aber Maximilian ist doch …« Sie hatte den hasserfüllten Mann völlig falsch eingeschätzt.

»Maximilian ist die Ausgeburt einer kranken Kreatur. Eine lebensunwürdige Schwuchtel. Josef hätte ihn totschlagen sollen. Ich habe ihm gezeigt, wie man tötet. Aber erst bei dem elendigen Nigger hat er endlich getan, was ich wollte. Dabei hatte ich ihm den Hof als Dank versprochen. Josef ist ein guter Junge. Er hat keines unserer geheimen Treffen ausfallen lassen. Er hat verstanden, worauf es im Leben ankommt – den Erhalt der deutschen Kultur und Rasse! Nur wenige Deutsche sehen die Gefahr. Josef war ein gelehriger Schüler. Nun sitzt er im Knast, und ich muss alles allein regeln.«

»Josef hat Viktor Weixler nicht getötet?« Jessicas Hände zitterten und sie trat vorsichtig einen Schritt auf den Mann zu. Sie wollte von der Kante der Klamm weg.

»Nee, das war ich. Hab ihn mit einem Stein erschlagen. Josef hat nur zugesehen. Er hat mir geholfen, den Körper in die Klamm zu werfen. Aber das ist nicht mehr wichtig. Als Nächstes wird man die Leiche einer bestechlichen Polizeibeamtin in der gleichen Position wie die Weixler-Schwuchtel vorfinden.«

»Bestechlich?«, fragte Jessica heiser. Sie hatte das immense Ausmaß an Hass nie wahrgenommen. Wie hatte sie sich derart täuschen können? »Wieso hat Maximilian den Mord an Weixler gestanden?«

Er kratzte sich am Kopf und verdrehte die Augen. »Ich hab da so meine Beziehungen«, sagte er. »Im Knast sitzt seit Jahren einer, der so etwas für mich erledigt. Hat dem Jungen gesteckt, dass es seiner kleinen Schwester schlimm ergeht, wenn er die Schuld nicht auf sich nimmt.«

»Was ist mit dem Ehepaar Michelsbach?«

»Mit wem? Die kenne ich nicht.« Er zielte weiterhin mit dem Gewehr auf sie. »Ach so, das sind sicher die beiden, die meine Jungs beim Einbruch überrascht haben. Stimmt, die hat Josef auch getötet. Aber die Einbrüche gehen mich nichts an. Das war seine Sache. Jetzt haben wir genug geplaudert, meine liebe Hauptkommissarin.«

»Und das Kalb?«, wollte Jessica wissen, trat einen weiteren Schritt auf ihn zu und zwang ihn dadurch, ebenfalls nach hinten auszuweichen.

Er war gerade so in Gedanken, dass es ihm nicht aufzufallen schien.

»Das Kalb von Henriette«, erinnerte ihn Jessica. »Warum war es wichtig?«

Er lächelte. »Apropos Kalb«, sagte er, legte den Kopf schräg und schaute sie siegessicher an. »Besonders für trächtige Kühe, Mutterkühe und ihre Kälber ist dieser Felsspalt tödlich.« Plötzlich trat er blitzschnell auf die Hauptkommissarin zu und rammte ihr brutal die breite Rückseite des Gewehrgriffs gegen die linke Schulter.

Jessica stolperte zwei Schritte rückwärts, trat mit dem rechten Fuß über die Kante der Klamm, rutschte ab und prallte mit dem Oberkörper auf den grasbewachsenen Boden vor ihr. Ihre Hände suchten nach Halt, doch der schwere Rucksack, der bereits über dem Abgrund hing, zog sie unerbittlich nach unten. Sie bekam einen Stein zu fassen, der in der Wiese steckte, ihre verkrampften Finger glitten jedoch ab, gruben sich stattdessen in die Erde und rissen eine tiefe Furche ins Gras. Sie rutschte unaufhaltsam, riss sich den Unterarm an einem spitzen Stein auf, suchte verzweifelt Halt mit ihren Füßen, schrie voller Panik auf und verschwand aus dem Blickfeld des zufrieden nickenden Mannes.

»So ein Pech, werte Frau Hauptkommissarin«, sagte er grinsend. »Auf Bergen ist es gefährlich. Ich habe Ihnen gesagt, Sie müssen achtsam sein.«

Er drehte sich um und ging mit großen Schritten auf die Hütte zu.

46

Kommissar Willig war in puncto Internetrecherche ein hervorragender Polizist, doch die Unterscheidung von wichtigen und unwichtigen Informationen fiel ihm nach wie vor schwer. Er war kaum zu stoppen in seinem Redefluss und berichtete Florian am Telefon alles, was seit dessen Abwesenheit im Präsidium vorgefallen war. Allerdings vergaß er ein sehr wichtiges Detail.

Florian versuchte schließlich, seinen Kollegen abzuwürgen. Er wollte endlich zu Jessica. Um die beruflichen Dinge würde er sich nach dem Wochenende kümmern.

»Ist gut, Chef, ähm … Florian«, sagte Berthold hektisch. »Nur eins noch. Das habe ich vergessen zu erwähnen: Sei bitte vorsichtig. Georg Bruchstein sagte, Oberwachtmeister Glasinger habe ihn mit einem Gewehr bedroht. Bruchstein sei voller Angst geflüchtet, und unser Kollege habe daraufhin sogar auf ihn geschossen.«

Florian schluckte.

Dann setzte augenblicklich die Panik ein.

Er beendete das Gespräch, stopfte das Smartphone in seine Hosentasche und rannte los.

Die Hütte konnte er von hier aus nicht sehen. Der Pfad machte hinter der Baumgruppe einen Bogen und führte danach steil nach oben in Richtung Berggipfel.

Oberwachtmeister Glasingers Reaktion auf den Älpler Georg Bruchstein konnte sich Florian nur so erklären, dass der Beamte sich in die Enge gedrängt fühlte und einfach ausgerastet war. Nach wochenlangem Versteckspiel, vermutlich ohne jeden menschlichen Kontakt, war es kein Wunder, wenn man die Nerven verlor. Außerdem wusste Florians Kollege weder von der Schwangerschaft seiner Frau noch von dem falschen Spiel, das seine Mutter mit ihm spielte.

Doch würde er Jessica etwas antun?

Und war er überhaupt noch oben auf der Alpe?

Als er die Sporttasche neben dem Trampelpfad erreichte, rang er bereits nach Atem. Nach weiteren zehn Metern hörte er ihren Schrei, blieb erschrocken stehen, keuchte schwer und rannte sofort weiter. Die Lunge brannte bei jedem Atemzug, dennoch wurde er, selbst auf dem steileren Abschnitt des Pfades, nicht langsamer und kämpfte sich eisern den Berg hinauf.

Die Sonne war fast untergegangen, warf tiefe Schatten über das Tal, doch in der einsetzenden Dämmerung war hier oben alles noch gut zu erkennen.

Auf der Wiese vor der Alphütte blieb Florian stehen, beugte sich vor, stützte die Hände auf seinen Knien ab und versuchte verzweifelt, genug Sauerstoff in seine schmerzenden Lungen zu bekommen.

Um die Hütte herum nahm er niemanden wahr, aber die Eingangstür stand offen. Im Inneren war es so dunkel, dass er von hier aus nicht hineinsehen konnte.

War Jessica in der Hütte?

Wo war Thomas?

»Jessy? Wo bist du?« Florian riskierte es, nach seiner Freundin zu rufen. Sollte Thomas Glasinger tatsächlich meinen, nichts mehr zu verlieren zu haben, würde er spätestens jetzt aus einem Hinterhalt auf ihn schießen.

Nichts geschah.

»Jessy? Bist du im Haus?«, versuchte er es erneut und ging vorsichtig ein paar Schritte auf die Tür zu. Dann hörte er ein Geräusch. Etwa 20 Meter neben der Hütte fielen Felsbrocken in die kleine Schlucht. Es polterte laut, als Stein auf Stein schlug.

Jemand schrie aus Leibeskräften.

Florian rannte auf den Abgrund zu, warf sich auf den Boden und schaute voller Angst über die felsige Kante in das tiefschwarze Loch.

Er hörte sie. Sie atmete panisch und flach.

Es war so dunkel, dass er nur wenige Zentimeter der Felsen im oberen Bereich der Spalte erkennen konnte. Irgendwo weit unten löste sich ein Stein von der Felswand und krachte auf den harten Boden. Jessica stöhnte gequält auf. Vermutlich versuchte sie hinaufzuklettern, fand aber keinen Halt an der rutschigen Felswand. Ihre Füße schabten hektisch über die Wand und traten dabei kleinere Steine los.

Da sah Florian ihre Hand an einem kleinen Vorsprung. Er musste sich weit über die Kante lehnen, um ihren Arm zu erreichen. Als ihre Finger abrutschten und sie in die Tiefe zu stürzen drohte, umschloss er ihr Handgelenk.

»Oh Gott, Jessy«, presste er mühsam hervor. Das Gewicht ihres Körpers zog ihn unnachgiebig über die Kante. Der harte Stein drückte gegen seine Brust und erschwerte zusätzlich das Atmen. Doch es gelang ihm, mit seiner freien Hand ihre Finger zu fassen. »Jessy, kannst du dich irgendwo abstützen?«

Verzweifelt rieben ihre Schuhsohlen über den glatten Stein. Florian rutschte Zentimeter um Zentimeter tiefer in die unheilbringende Klamm. Als Jessica endlich eine Stelle fand, an der sie ihren Fuß abstützen konnte, seufzte sie erleichtert. Aber der Felsvorsprung brach so plötzlich unter ihrem Gewicht, dass ihr Körper ruckartig nach unten sackte. Florian schrie schmerzerfüllt und voller Panik auf.

Jessica weinte.

»Ich lass dich nicht los, Jessy«, versprach er. Obwohl das Reden ihm immense Kraft abverlangte, hörte er nicht auf, seiner Freundin wieder und wieder zu beteuern, dass er sie niemals in diese Schlucht stürzen ließ. »Bleib ganz ruhig. Ich werde versuchen, dich hochzuziehen.«

Er fand endlich mit seinen Füßen den nötigen Halt, um nicht noch weiter abzurutschen. Dennoch gelang es ihm nicht, Jessica zu helfen. Dazu hätte er aufstehen müssen, um sie weiter als nur bis an den Rand nach oben ziehen zu können. Doch wenn er mit den Füßen den Zaunpfahl losließ, an dem er sich festhielt, konnte er für nichts mehr garantieren. Sie würden beide abstürzen und mit großer Wahrscheinlichkeit sterben. Florian konnte sich gut an die vielen gebrochenen Knochen und die zahlreichen Verletzungen der Haut des Toten erinnern, der in dieser Klamm gelegen hatte. So durfte es nicht enden.

Plötzlich spürte er einen leichten Tritt mit einem festen Schuh in seine Rippen. Es war unmöglich, aufzusehen, doch er wusste, wer es war.

»Thomas, gut, dass du da bist«, sagte er gequält. Jessicas Finger rutschten ihm aus der Hand und er musste sie kurz loslassen, um auch mit dieser Hand nach ihrem

Arm zu greifen. Er erwischte nur ihren Pullover. »Verdammt«, fluchte er und spürte, wie die Finger seiner Freundin sich um sein Handgelenk legten. Er hatte das Gefühl, dass sein Arm jeden Augenblick abreißen würde, so sehr schmerzte ihr Gewicht. »Thomas, egal was war, du musst mir helfen, Jessy hochzuziehen. Bitte«, flehte er. Jemand hinter ihm lachte verbittert.

»Bär«, hörte er Jessicas Stimme. »Bär … nicht Thomas.«

*

»Gut, dass Sie noch da sind, Herr Götze.« Kommissar Willig betrat, ohne zu klopfen, das Büro des Dienststellenleiters und ignorierte sein ärgerliches Gesicht. »Ich möchte höflichst darum bitten«, verfiel er in einen demütigen Ton und setzte sich seinem Chef gegenüber auf einen der zwei Stühle vor dem Schreibtisch. »Bitte, Herr Götze. Würden Sie einen Einsatz mit dem Hubschrauber erlauben?«

Hauptkommissar Götze sah ihn verwundert an. »Jetzt? Warum?«

»Ich vermute den zur Fahndung ausgeschriebenen Oberwachtmeister Glasinger auf der Alphütte, die Florian und Jessica … ähm … Herr Forster und Frau Grothe fürs Wochenende gemietet haben.«

»Wie kommen Sie denn darauf, Willig?« Götze schüttelte lachend den Kopf. »Was machen meine zwei Hauptkommissare auf einer Alphütte?«

Als Berthold stammelnd um eine Erklärung rang, winkte Götze hektisch ab. »Das war eine rhetorische

Frage, Herr Willig. Ich will gar nicht wissen, was Ihre Kollegen dort tun. Aber wozu brauchen Sie den Hubschrauber? Ist Ihnen klar, was das für ein Papierkram ist, um den anzufordern? Ein Nachtflug! Und alles nur wegen eines flüchtigen Mannes? Den kriegen wir auch noch morgen. Lassen Sie zwei Beamte der Nachtschicht hinfahren. Es sei denn, Forster und Grothe dürfen nicht gestört werden«, fügte er sarkastisch hinzu.

»Aber Herr Götze«, flehte Berthold, stand auf und lehnte sich weit über den Schreibtisch. »Ich fürchte um ihr Leben.«

»Um mein Leben? Um wessen Leben fürchten Sie, Willig? Sagen Sie einfach klar, worum es geht.« Dienststellenleiter Götze erhob sich ebenfalls.

Berthold, der unter allen Kollegen im Präsidium mit seinen knapp 2,10 Metern der mit Abstand Größte war, starrte auf ihn herab.

Das war unangenehm und verwirrte Götze. »Setzen Sie sich bitte wieder, Kommissar Willig!«

»Thomas Glasinger hat den Älpler Georg Bruchstein mit einer Waffe bedroht und sogar auf ihn geschossen. Bruchstein konnte glücklicherweise flüchten und der Gefahr entgehen.« Berthold setzte sich. Er war außer Atem vor Verzweiflung.

»Der Älpler? Ich dachte, Grothe und Forster sind auf der Hütte?«

»Herrgott noch mal, Chef«, brüllte Berthold ungehalten. »Ich brauche den Helikopter. Jessica und Florian sind in Lebensgefahr.«

47

Jessica hielt sich so krampfhaft an Florians Handgelenk fest, dass ihre Finger bereits heftig schmerzten. Sie zitterte am ganzen Körper und schaffte es einfach nicht, mit den Füßen irgendwo Halt zu finden.

Die Felswand, an der sie hing, war steil, fiel aber nicht gerade ab. An der Oberfläche war der Spalt über fünf Meter breit, nach unten hin liefen die Felswände konisch zusammen und bewirkten, dass ihr eigenes Gewicht sie zwar unablässig nach unten zog, sie auf der schrägen Ebene jedoch nur langsam tiefer rutschte.

Sie konnte den Mann im Dämmerlicht sehen, der über Florian stand. Das matte Restlicht des frühen Abends ließ die Gesichtszüge des Mannes noch deutlich erkennen. Florians Gesicht hingegen lag im Schatten. Er hing bedrohlich mit dem Oberkörper über der Kante. Wenn er sie nicht losließ, stürzten sie beide in die Spalte.

Neben Florian stand nicht Thomas Glasinger. Wie kam er nur darauf, dass es der flüchtige Oberwachtmeister war? Thomas hätte ihnen geholfen.

Dieser hämisch grinsende Mann hier würde einen Teufel tun, sie aus der Situation zu retten.

»Es ist Behrbihler«, krächzte sie heiser. Sie war sich nicht sicher, ob überhaupt etwas von dem, was sie sagte, bis zu Florian durchdrang. »Behrbihler, nicht Thomas!«

»Zuerst wollte ich dich erschießen, als du so schutzlos vor der Hütte gestanden bist«, sagte Donatus Behrbihler, Michael Mühlbrunners Schwiegervater, und lachte laut. »Gut, dass ich es nicht getan habe. So ist es viel besser. Ihr stürzt beide in diese vermaledeite Schlucht. Was für ein Unglück! Manchmal mischt das Schicksal die Karten eben zu meinem Vorteil!« Er trat erneut, dieses Mal beherzter, in die Rippen des am Boden liegenden Hauptkommissars.

Florian konnte ein schmerzerfülltes Stöhnen nicht unterdrücken.

»Das mit dem Pfosten, an dem du dich festhältst, ist aber schon etwas unfair. Findest du nicht?«

Jessica ahnte, was nun passieren würde, hielt erschrocken die Luft an und überlegte fieberhaft. »Du musst mich loslassen, Florian«, bekniete sie ihren Freund, schaffte es aber kaum, laut genug zu sprechen. »Du kannst ihn überwältigen, wenn du mich loslässt. Behrbihler ist ein alter Mann«, sagte Jessica flehend. »Wenn er das Gewehr weglegt, um den Pfosten zu lockern, kannst du ihn überwältigen.« Sie schniefte. »Ich liebe dich, Florian. Bitte. *Lass … mich … jetzt … los.*«

Es war fast unmöglich, ihre verkrampften Finger von seinem Handgelenk zu lösen, doch als sie es endlich schaffte, rutschte ihr Körper unaufhaltsam nach unten.

Tausend Gedanken auf einmal schossen durch sein Hirn, als der Druck ihrer Finger an seinem Handgelenk nachließ und sie ihm aus seinem Griff zu gleiten drohte.

Es stimmte, er war dem Mann über ihm schutzlos ausgeliefert. Sie beide waren das.

Wenn Mühlbrunners Schwiegervater ihm den einzigen Halt nahm, den er hatte, wenn er den Pfosten lockerte, der ihren Absturz verhinderte, starben sie beide.

Aber wenn Jessica fiel, wenn sie hinabstürzte, wenn sie sich so schwer verletzte, dass sie dort unten qualvoll starb, wäre auch sein Leben vorbei.

Er würde sie nicht loslassen.

Niemals.

Sie rutschte, glitt ihm durch die Finger.

Über ihm rüttelte der alte Mann unaufhörlich an dem Zaunpfosten.

Sie durfte nicht abstürzen.

Er musste sie retten. Sie war sein Leben.

Mit den Füßen schob er sich ein kleines Stück vor, griff verzweifelt nach Jessica und erwischte den Gurt des Rucksacks, der weit hochgerutscht war und auf Höhe ihres Ellenbogens hing. Nun ließ er Jessicas Hand los und griff nach dem Kragen in ihrem Nacken, hielt sie fest, rutschte weiter, spürte den Schmerz in seinem Brustkorb. Seine Haut an Armen und Brust war aufgeschürft von den vielen scharfen Kanten im Stein. Er hing so weit über dem Abgrund, dass er jeden Moment fallen konnte. Seine Beine fanden im rutschigen Gras kaum Halt.

»Jessy«, brachte er unter schmerzerfülltem Stöhnen heraus. »Ich werde auf gar keinen Fall loslassen. Niemals. Gib nicht auf. Bitte, Jessy.«

»Herzergreifend, Leute«, hörte er die verächtliche Stimme von Behrbihler, der nun den losen Pfosten des Zauns achtlos in die Klamm warf und nach seinem Gewehr griff.

Florian rutschte, anders als vermutet, nicht sofort in die Schlucht. Er bohrte seine Schuhspitzen mit voller Kraft ins Gras. Aber lange konnte das nicht gutgehen. Er vernahm das leise Klicken einer Schusswaffe, die entsichert und geladen wurde, und schloss ergeben die Augen.

»Das dauert mir alles zu lange. Dann stürzt ihr eben ab, nachdem ich euch erschossen habe.«

Mit allerletzter Kraft zog Florian seine Freundin an Rucksack und Kragen ein kleines Stück nach oben. »Du bist die Liebe meines Lebens, Jessy. Es tut mir unendlich leid!«

Als der Schuss fiel, schrie Jessica aus Leibeskräften.

48

Der immense Druck auf seinem Rücken raubte ihm den Atem. Er bekam keine Luft mehr, und die scharfe Felskante presste sich unnachgiebig gegen seinen unteren Rippenbogen.

Jemand beugte sich über seinen Kopf, griff nach Jessicas Arm und zog sie mit so viel Schwung nach oben, dass sie aus der Klamm herausflog und der Länge nach neben Florian im Gras landete.

»Geht es euch beiden gut?« Thomas Glasinger, der den Körper seines Kollegen mit dem Knie am Boden fixiert hatte, damit dieser nicht weiter abrutschte, erhob sich von Florians Rücken. Dieser schob sich von der Kante weg, blieb völlig erschöpft mit dem Gesicht im feuchten Boden liegen und rang schwer nach Sauerstoff.

»Thomas«, flüsterte Jessica außer Atem, drehte sich auf den Rücken und schaute zu ihrem Kollegen auf, der seit Wochen zur Fahndung ausgeschrieben war. »Was machst du hier?«

»Ich verstecke mich hier oben seit geraumer Zeit vor meinem eigenen verkorksten Leben«, sagte er und lachte traurig. »Ich will das nicht mehr«, fuhr er verbittert fort. »Ich werde aussagen und jede mir auferlegte Strafe akzeptieren. Weitergabe von Adressen zum Zweck eines Einbruchs ist strafbar. Ich habe Mist gebaut und werde dafür geradestehen. Meine Mutter muss selbst damit klarkommen, wenn der Unfallzeuge seine Aussage zurücknimmt. Ich hätte mich – ausgerechnet von zwei depperten Kleinkriminellen – nicht erpressen lassen dürfen.«

»Was ist mit Behrbihler?«, fragte Florian, ohne den Kopf zu heben.

»Mit wem?«

»Mit dem alten Mann, der uns beide töten wollte«, erklärte Florian, stemmte sich stöhnend hoch, blieb aber im Gras sitzen.

»Ach so. Der liegt hier.« Oberwachtmeister Glasinger wies mit der Hand auf den bewusstlosen Mann auf der anderen Seite des kaputten Zaunes. »Er lebt. Ich habe ihn niedergeschlagen. Dabei hat sich ein Schuss seines Gewehres gelöst. Himmel«, sagte er erleichtert. »Ich dachte schon, er hätte einen von euch erwischt.«

»Wir hatten wohl mal wieder Glück«, bemerkte Jessica, die sich ebenfalls aufgesetzt hatte und sich nun aus den Gurten des Rucksacks befreite. Sie sah zu Florian und zwinkerte ihm zu. Dann wandte sie sich an Glasinger. »Thomas, du weißt ja noch gar nicht das Neuste! Es ist viel passiert, seit du weg bist. Zuerst musst du wissen …«, begann sie, wurde jedoch von Florian unterbrochen. Er legte ihr zwei Finger seiner rechten Hand auf die Lippen und brachte sie so zum Schweigen.

»Stopp«, sagte er leise. »Das hat Zeit.« Er rutschte zu ihr hinüber und nahm sie in den Arm. »Bevor noch mal etwas passiert …« Er legte seine Hand sanft an ihre Wange. »Bevor gleich noch mal ein Irrer aus dem Nichts auftaucht und nach unserem Leben trachtet – das passiert uns scheinbar ständig –, muss ich jetzt endlich etwas loswerden. Wer weiß, wann ich sonst jemals die Gelegenheit dazu bekomme.« Er sah ihr tief in die Augen und lächelte. »Der Ring ist in meiner Hosentasche, aber ich habe keine Kraft mehr, aufzustehen, um ihn herauszuholen. Jessy, ich liebe dich, ich brauche dich und ich verspreche dir: Ich werde dich niemals loslassen. Niemals. Jessica Grothe, Liebe meines Lebens, willst du mich heiraten?«

In der Ferne hörte man die wummernden Rotorblätter eines nahenden Helikopters. »Ich will ganz ehrlich zu dir sein, Florian«, sagte sie monoton und beobachtete, wie sich sein Gesichtsausdruck von hoffnungsvoll zu misstrauisch änderte. »Du hast gerade eine werdende Mutter gefragt, ob sie deine Frau werden will. Das musst du wissen. Wenn du mich jetzt immer noch willst, dann frag bitte noch einmal«, flüsterte sie und konnte sich ein Schmunzeln nicht verkneifen, denn Florian starrte sie völlig fassungslos an. »Ach ja, und es wäre schön, wenn du dich dafür hinkniest, wie es sich gehört«, fügte sie lächelnd hinzu. »Wir wollen es doch dieses Mal richtig machen.«

Florian zögerte kurz. »Steh auf«, befahl er trocken.

Jessica sah ihn irritiert an.

»Wenn ich knien muss, dann musst du stehen«, erklärte er nüchtern und wiederholte grinsend Jessicas Satz: »Wir wollen es doch richtig machen.«

Es fiel den beiden merklich schwer, sich zu erheben. Florian stöhnte schmerzerfüllt, als er sich hinkniete und den Ring aus seiner Hosentasche zog. Jessica zitterte vor Erschöpfung am ganzen Körper, stand etwas wackelig auf den Beinen und sah erwartungsvoll zu ihm hinunter.

Doch anstatt seiner Freundin nun endlich die eine wichtige Frage zu stellen, legte er seine Hände auf ihren Bauch und lehnte seine Stirn dagegen.

»Hör mir zu, Kind. Eins will ich dir jetzt schon sagen über deine Mutter. Sie ist stur und eigensinnig. Ich habe sie Dutzende Male gefragt, ob sie mich heiraten will, aber sie bekommt ein einfaches Ja nicht über die Lippen. Bezaubernde Lippen übrigens, die ich – wie alles an ihr –unendlich liebe. Ich freue mich auf dich und ich verspreche, dass ich immer für dich da bin. Und für deine Mutter!«

Über ihm begann Jessica heftig zu schluchzen. »Ja«, brachte sie schniefend heraus und legte ihre Hände auf seinen Kopf.

Florian sah zu ihr auf. »Hast du etwas gesagt? Ich habe dich nicht richtig verstanden.«

»Ja«, sagte sie nun laut und deutlich. »Ja, verdammt. Ich will dich heiraten, du sturer Allgäuer!«

ZEHN MONATE SPÄTER

Leise fluchend stieg er über die schwarze, mit Zementresten verdreckte Plastikwanne, die direkt neben der neuen Tür zur Einliegerwohnung stand. Die kahlen Wände des Eingangsbereiches waren fertig verputzt, aber noch nicht tapeziert. Der Fußboden musste noch gefliest werden. Seit Wochen lebten sie alle auf einer Baustelle.

Sein Anzug saß perfekt. Jessica hatte gesagt, die Farbe heiße Atlantikblau, doch wen interessierte das. Er sah großartig aus und fühlte sich wie ein britischer Geheimagent.

»Noch ein paar Wochen, dann sind die Bauarbeiten sicher abgeschlossen«, sagte Herbert Grothe hinter ihm und legte ihm beruhigend die Hand auf die Schulter. Er trug einen dunkelgrauen Anzug, eine farbenfrohe Krawatte und ein passendes Einstecktuch. »Bist du aufgeregt?«

»Ein bisschen«, gab Florian zu. »Wann sind die Damen denn endlich fertig?«

Im oberen Stockwerk, in dem Jessica sich mit Unterstützung ihrer Freundin Paula und ihrer zukünftigen Schwiegermutter umzog, sah es nicht anders aus als hier unten im Flur.

Herbert Grothe hatte im letzten Herbst seine Eigentumswohnung in Hamburg verkauft und mit dem Erlös den Anbau und die Heizungssanierung der alten Stadtvilla finanziert. Im Untergeschoss entstanden so zwei neue Zimmer in einer abgeschlossenen Einliegerwohnung mit eigener Küche. Diese Wohnung wollte er in Zukunft bewohnen. Oben gab es dank der Erweiterung nun vier Schlafzimmer, ein Bad, ein Gäste-WC und ein Wohnzimmer mit Balkon. Die große Küche im Untergeschoss stand ihnen weiterhin zur Verfügung. Die Anzahl der Schlafzimmer reichte zwar auf Dauer nicht, aber fürs Erste musste es genügen.

»Ich bin immer noch nicht dafür, dass er das Kleid schon vor der Hochzeit sieht«, plapperte Paula vor sich hin, als sie die alte Steintreppe hinabschritt. Beim Anblick von Florian hielt sie lächelnd inne. »Wow, schöner Mann«, sagte sie anerkennend. »Das Atlantikblau deines Anzuges passt perfekt zu Jessys Strumpfband.«

»Atlantikblau?«, fragte Herbert, sah seinen Schwiegersohn von oben bis unten an und runzelte die Stirn. »Blau ist Blau, findest du nicht?«

Florian nickte, konnte aber nicht antworten.

Seine Traumfrau schwebte in einem schlichten weißen Kleid die Treppe herunter. Ein glitzernder Schleier, der mit einem silbernen Kamm am Hinterkopf fixiert war, umspielte die elegante Hochsteckfrisur. Jessicas Augen leuchteten. Sie strahlte übers ganze Gesicht.

Sie war sein Glück. Sie war die schönste Frau, die er je gesehen hatte – nicht nur in diesem Moment. Und sie war die Mutter seiner Kinder.

»Heißes Gerät«, hörte Florian seinen Halbbruder Matteo, der sich neben ihm aufbaute und lächelnd zu Jessica hinaufsah.

»Die gehört mir, Kleiner«, sagte Florian und boxte Matteo grob gegen den Oberarm.

»Schon gut, alter Mann.« Matteo hob beschwichtigend die Arme. »Du siehst ja auch ganz gut aus. Ich, als euer Chauffeur, wollte nur sagen, dass wir in einer halben Stunde einen wichtigen Termin haben.«

»Wo sind meine Kinder?«, rief Florian nach oben. »Wir müssen langsam los.«

»Wir sind hier«, rief Svenja und lachte. Tobias lief in seinem Anzug die Treppen hinunter, überholte Jessica und baute sich stolz vor Florian auf. Svenja, die den kleinen Lukas auf dem Arm trug, winkte kurz von oben und stieg dann vorsichtig Stufe um Stufe hinterher. »Wir können los«, verkündete sie aufgeregt. »Alle sind fertig.«

»Aber da fehlt noch einer«, sagte Florian, schaute zufrieden jeden Einzelnen seiner Familie an und war nicht zum ersten, vermutlich auch nicht zum letzten Mal unendlich dankbar, dass alle gesund und munter waren.

»Keine Panik, mein Junge«, hörte er seine Mutter Maria aus dem Obergeschoss. »Mein kleiner Enkel Elias brauchte noch eine frische Windel. Im Gegensatz zu seinem Zwillingsbruder hat er eine sehr rege Verdauung«, lachte sie. »Aber jetzt sind wir startklar.«

Es war ein friedvoller, festlicher, fröhlicher, besinnlicher und lustiger Tag.

Es wurde ein stimmungsvoller Abend mit gutem Essen und zufriedener Gelassenheit, sorgenfreien Gästen und viel Wein und Gesang.

Jessicas und Florians Hochzeitstag endete in einer Nacht voller Liebe und Leidenschaft.

Es war perfekt.

Nichts, aber auch gar nichts, konnte dieses Glück stören.

Hätten sie gewusst, dass irgendwo im Allgäu an diesem Tag eine junge Frau in einem dunklen Kellerverlies um ihr Kind und um ihr Leben bangte, wäre vielleicht alles anders gekommen.

Die Kommissare Jessica Grothe und Florian Forster ermitteln:

1. Fall: Schattenklamm
ISBN 978-3-8392-1852-5

2. Fall: Schonfrist
ISBN 978-3-8392-2103-7

3. Fall: Tödliche Klamm
ISBN 978-3-8392-2465-6

4. Fall: Mordsklamm
ISBN 978-3-8392-2739-8

5. Fall: Tod zum Viehscheid
ISBN 978-3-8392-0084-1

GMEINER SPANNUNG

WWW.GMEINER-VERLAG.DE
Wir machen's spannend

DIE NEUEN Lieblings-plätze

ISBN 978-3-8392-2730-5

ISBN 978-3-8392-2929-3

ISBN 978-3-8392-2614-8

ISBN 978-3-8392-2930-9

ISBN 978-3-8392-2927-9

ISBN 978-3-8392-0043-8

ISBN 978-3-8392-2926-2

ISBN 978-3-8392-2925-5

ISBN 978-3-8392-0044-5

ISBN 978-3-8392-2932-3

ISBN 978-3-8392-2924-8

ISBN 978-3-8392-2624-7

ISBN 978-3-8392-2628-5

ISBN 978-3-8392-2931-6

ISBN 978-3-8392-2634-6

ISBN 978-3-8392-2928-6